VENGANZA SANGRIENTA

Carolina García-Aguilera

Venganza sangrienta

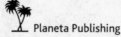
Planeta Publishing

Título original: *Bloody Shame*

© 2003, Carolina García-Aguilera
© 2003, Planeta Publishing Corp.
2057 N.W. 87th Ave.
Miami, FL 33172 (Estados Unidos)
©Traducción: Santiago Llach
Diseño de la portada: Karla Noriega

Primera edición EE.UU.: mayo de 2003
ISBN: 0-9719-9507-9

Impresión y encuadernación: Editorial Linotipia Bolívar
Printed in Colombia – Impreso en Colombia

Dedico este libro a mis tres hijas,
Sarah, Antonia y Gabriella,
los amores y pasiones de mi vida,
y a Cuba,
mi patria.
¡Viva Cuba libre!

AGRADECIMIENTOS

Me siento honrada por la amistad de mi agente literario, Elizabeth Ziemska, de Nicholas Ellison Inc.. Como suelo hacer cuando hablo con ella, me gustaría agradecerle por todos los esfuerzos que hizo por mí. Desde el comienzo mismo de nuestra relación, ha mostrado una enorme fe en mí, y me ha alentado incansablemente para que escriba mis relatos. Celina Spiegel, mi editora en G. P. Putnam's Sons, también se ha convertido en una amiga valiosa. Además de ser una excelente editora, Cindy está siempre dispuesta a escuchar mis ideas, incitando de esa manera mi creatividad. Me siento en deuda con ella, de varias maneras. Quinton Skinner merece mi agradecimiento por su ayuda y por su mágica habilidad con las palabras.

Como siempre, deseo dejar sentada la enorme importancia de mi familia en mi vida. Mi marido, Robert K. Hamshaw, es una fuente continua de apoyo y fuerza; mi madre, Lourdes Aguilera de García, merece mi agradecimiento por el constante respaldo a mi trabajo, para no mencionar la insistencia con que convence a sus amigas de que compren mis libros; mi hermana, Sara O'Connell, y mi hermano, Carlos Antonio García, siempre preguntan por mis libros y mi escritura; también estoy en deuda con mi sobrino, Richard O'Connell, que siempre se jacta de su tía.

Pero, inevitablemente, es con mis hijas Sarah, Antonia y Gabby con quienes tengo la deuda más grande. Quiero agradecerles por el orgullo que puedo reconocer en sus voces cuando dicen: «Mi madre escribe libros». Eso quedará en mí para siempre.

Gracias, gracias, gracias.

1

Miré el velocímetro del Mercedes para asegurarme de que no había traspasado el límite que me había auto impuesto: treinta kilómetros por hora por encima del límite legal en la South Dixie Highway. Luego volví a mirar por el espejo retrovisor para ver si había algún policía detrás de mí. Me han hecho detenerme al costado de la autopista tantas veces que mi agente de seguros me tiene programada en su medidor.

Pero no estaba demasiado preocupada. Lo más probable era que, si se trataba de un policía masculino, pudiera llegar a un acuerdo; el precio en ese caso sería recibir una advertencia y una invitación a cenar. Todas mis multas me las habían puesto agentes femeninas. A la mayoría de las mujeres no les gusto demasiado; es un hecho que aprendí a aceptar hace ya mucho tiempo. Por esa razón cuido como a un tesoro a las pocas mujeres a quienes realmente puedo llamar amigas. Entre ellas está Margarita Vidal, mi mejor amiga cubana. Hundí un poco más el pie en mi acelerador, porque estaba llegando tarde a mi almuerzo con ella en South Beach.

Aun cuando amaba a Margarita, me fastidiaba saber que iba a aleccionarme sin piedad si llegaba sólo un par de minutos tarde. Margarita tenía un abuelo inglés que había logrado inculcarle a toda su familia el valor de la puntualidad, cuya única razón de ser es hacer sentir mal a los demás.

Margarita y yo nos encontrábamos para almorzar cada dos semanas. Era una de las pocas costumbres que yo respetaba con regularidad. Siempre nos citábamos en South Beach, aun cuando no nos quedaba cerca a ninguna de las dos. Ella trabajaba en MMV Interiors, una empresa con oficinas en el barrio de los diseñadores, mientras que mi agencia de detectives estaba en Coconut Grove. Pero el esfuerzo valía la pena, porque nuestros almuerzos eran como terapias psicológicas gratuitas. No había casi nada que una desconociera de la otra.

El tráfico se fue haciendo más denso a medida que me acercaba a South Beach, y como siempre yo me iba enfureciendo poco a poco. Maldije las luces rojas de los semáforos, frené con violencia, conduje pegada a los autos que iban delante y me convertí en un manojo de nervios. Hasta que finalmente encontré un espacio abierto y pisé a fondo el acelerador del Mercedes. ¡Ah, cómo me gustan estos alemanes! Pasé como una exhalación junto a un Oldsmobile repleto de turistas confundidos y llegué a Ocean Drive con unos minutos de antelación.

Cuando vi a Margarita sentada en una mesa que daba a la calle en el News Café, lancé un quejido. Mi único consuelo fue que pude «tele-parquear»; es decir, encontrar un lugar libre perfecto frente al restaurante, como hacen los detectives de la televisión, que nunca tienen problemas para parquear. En mi apuro por cruzar la calle choqué con un turista que, con la cámara al cuello, miraba embobado a las patinadoras semidesnudas.

Me deslicé hasta la minúscula mesa que había elegido Margarita y le di un beso. Ella ya había pedido una botella de agua mineral para mí.

—¡Tremendo encontronazo! —dijo mi amiga, sonriendo irónicamente—. Pero fuera de eso, chica, se te ve bien. ¿Alguna novedad?

—No, ninguna —dije—. Trabajo demasiado, duermo demasiado poco, salgo con los mismos tipos. Lo de siempre.

Margarita sonrió, dejando a la vista sus dientes blancos y perfectos.

—¡La vida de soltera! —exclamó. Y agregó con tono amargo—: Todavía me acuerdo. Los viejos buenos tiempos...

Yo no supe qué decir, de modo que resolví beber un trago de agua mientras me quedaba mirando a mi amiga. Como siempre, a Margarita se la veía muy chic. Tenía ese tipo hispano que es casi un cliché: cabello negro y rizado, ojos castaños oscuros, piel canela y un cuerpo voluptuoso. Todo ello enfatizado por los vívidos colores que usaba. Margarita no era una mujer naturalmente bella, pero siempre daba la impresión de serlo. Lo lograban, en parte, el bisturí y el maquillaje, pero lo que había detrás era una belleza interior que le otorgaba un brillo especial.

Yo había decidido dejar pasar su comentario, pero tenía alguna idea de lo que podía tenerla mal.

—¿Cómo está Rodrigo? —le dije. Rodrigo era su marido. La verdad, a mí me importaba un comino cómo podía estar él.

—Bien —dijo ella, sin entrar en detalles.

—Qué bueno —dije yo, satisfecha de oír una respuesta tan breve. El mal comportamiento de su marido solía ocuparnos almuerzos enteros. A mí el tipo no me resultaba nada simpático y escuchar a Margarita hablar largamente de él era algo que muchas veces no podía tolerar.

El camarero se acercó y tomó nuestro pedido. Por primera vez, habíamos estado juntas diez minutos y nuestros bípers no habían sonado. El hecho de que yo hubiera apagado el mío había ayudado bastante. Éste era un gran día para mí, y estaba ansiosa por contárselo a Margarita.

—¿Y tú? ¿Cómo estás, Lupe? —Margarita miró hacia la calle—. ¿Cómo anda tu trabajo?

A Margarita, mi oficio siempre le había resultado muy interesante, tal vez porque era tan diferente al de ella, la decoración de interiores. Yo siempre la mantenía al tanto de mis casos, aunque me cuidaba de no infringir el secreto profesional. Pero esta vez tenía algo realmente bueno que contarle.

—¿Recuerdas cuántas veces te dije que necesitaba unas vacaciones? —comencé—. Bueno, pasado mañana me voy. Mañana ordenaré mis cosas, escribiré algunos informes y devolveré todas las llamadas pendientes. Hablaré con Leonardo para que se ponga al día con las facturas de cobro y entonces podré relajarme.

—¿Quieres decir que tienen facturas que ni siquiera han mandado? —dijo Margarita asombrada.

—Imagínate lo ocupada que estaba —respondí. Unos años atrás, este estado de cosas habría sido inimaginable—. Pero ahora me voy a los Cayos, lejos de todo. La decisión más estresante que tendré que tomar será qué vestido de baño ponerme para ir a la playa.

La comida había llegado en medio de mi charla. Debí haber estado algo sobreexcitada, porque el joven camarero me miró como si fuese un ser peligroso. De todas formas, su temor no le impidió rozarme el hombro cuando me sirvió mi plato.

—¡Lupe, querida, qué alegría! —dijo Margarita hundiendo el tenedor en su ensalada—. Te confieso que pensé que nunca te tomarías unas vacaciones. ¿Desde cuándo no lo hacías?

Hacía tanto tiempo que tuve que pensarlo unos segundos antes de contestarle. En los siete años que habían pasado desde la apertura de Solano Investigations, parecía que cada día tenía más trabajo aunque tenía quien me ayudara. Mi vida laboral consumía tanto tiempo y energía que tenía la tendencia a olvidarme de mí misma. Pero no me podía quejar. Al fin y al cabo, me estaba abriendo camino en el mundo, esto era mejor que...

—¡Coño!, la verdad es que no recuerdo cuándo me tomé vacaciones por última vez —dije. Con cierto fastidio, mordí un trozo de hamburguesa. En ese momento me di cuenta de que la ensalada de Margarita no era un entrada sino el plato principal. Eso era extraño. Yo no soy precisamente alguien que coma poco, pero ella siempre pedía y comía más que yo.

—¿No tienes hambre? —le pregunté, echándole una mirada a su plato.

Margarita se encogió de hombros con delicadeza.

—Debe ser el calor. Últimamente no he comido mucho.

Advertí que se veía algo pálida.

Nos quedamos unos minutos en silencio, comiendo y mirando a la calle. Nuestra mesa tenía una vista excelente. Era una tarde típica de South Beach: cuerpos jóvenes y bellos iban y venían por las aceras, como en un desfile alocado. Margarita y yo teníamos veintiocho años, pero para los estándares de South Beach ya estábamos en condiciones de jubilarnos. Era difícil no sentirse un *voyeur* al observar la procesión de carne joven y ropas escasas que pasaba en todas las direcciones.

El News Café estaba justo al otro lado de la calle del ancho tramo de arena que llevaba al mar. Las palmeras se balanceaban perezosamente con la brisa, oleadas de calor hacían hervir la arena y la espuma de las olas bailaba allá a lo lejos. La escena tenía un toque surrealista. Sólo faltaban unos relojes derretidos sobre las palmeras para que fuera un cuadro de Dalí.

Como nativa de Miami, yo me había acostumbrado a ir a South Beach mucho antes de que se convirtiera en un lugar de moda. Cuando mis hermanas y yo éramos niñas, mi madre nos traía aquí, nos sentaba junto al océano y nos contaba de las increíbles playas cubanas. Cuando más tarde se estaba muriendo en el hospital, lo único que lamentaba era que ya no podía ver ni oler el mar. De sus tres hijas, yo era la única que había heredado su amor por el mar.

Ya adolescente, mis visitas a South Beach eran menos inocentes. Margarita y yo solíamos utilizar documentos falsos para poder entrar a las discotecas. En esa época parecíamos incluso más jóvenes de lo que éramos, y eran más las veces que nos rechazaban que las que nos dejaban entrar. Pero a veces alguno de los porteros nos cogía lástima, levantaba la mágica soga de terciopelo rojo y nos dejaba entrar con la condición de que ni siquiera se nos ocurriera pedir un trago.

Margarita no parecía estar bien. Le di un codazo y le dije:

—¿Recuerdas cuando éramos niñas y veníamos a las discotecas?

Mi truco pareció funcionar. Margarita me miró como si yo acabara de pintarle un bigote a la Mona Lisa.

—Claro que lo recuerdo —dijo—. ¿Te acuerdas de la primera identificación falsa que tuviste, la que nos encontramos en una gasolinera de la Calle Ocho, que decía que tenías veinticinco años cuando tenías quince, y que tu nombre era Mary y habías nacido en Ohio?

—¿Y tú? ¿Señora... Candace Olafsen?

Nos reímos tan fuerte que los otros clientes comenzaron a mirarnos. Pero entonces sonó el bíper de Margarita. La diversión no podía durar demasiado.

—Maldita sea —dije.

Margarita miró la pantalla del bíper.

—No puedo quedarme —dijo—. Tengo que encontrarme con un cliente en cuarenta y cinco minutos.

Y eso fue todo. Margarita hubiera preferido que le cortaran una mano antes que llegar tarde a una reunión. Cuanto más crecíamos y más nos absorbía el trabajo, más breves se volvían nuestros almuerzos.

Yo pagué la cuenta, porque me tocaba, y volví a guardar la tarjeta de crédito en mi billetera.

—Vamos, te acompaño hasta el auto —dije.

Cuando llegamos al Lexus de Margarita, ella me abrazó de pronto con fuerza. No me gusta demostrar mi afecto hacia las mujeres de manera física, y Margarita lo sabía. Su gesto me sorprendió.

—¿Hay algo que me quieras decir? —le pregunté.

Cuando mi amiga me soltó, sus ojos brillaban.

—No. Sólo estoy muy contenta de tener una amiga tan buena. ¿Hay algo de malo en eso?

Me estaba mintiendo.

—No me vengas con eso. Hace veinte años que somos amigas y nunca te pones sentimental por esas cosas. Dale. Cuéntame.

Margarita apagó la alarma de su carro y se subió al vehículo sin responderme. Bajó la ventana y me clavó la mirada.

—Estoy bien, Lupe —dijo—. No seas tan desconfiada.

Yo lo pensé por un momento, y me dije que tal vez ella tuviera razón.

—Te llamaré cuando vuelva de mis vacaciones —dije.

Mi amiga me tiró un beso, sonriendo, y luego arrancó. Yo la miré distraída hasta que dobló la esquina. Debí haber insistido en que me contara más. Eso podría haber cambiado las cosas.

2

—Vamos, Lupe, piénsalo bien.

La voz del otro lado de la línea sonaba tan seductora que yo estaba tentada de aceptar.

—Este te gustará —dijo—. Homicidio en segundo grado, justo lo tuyo. Sabes que eres la mejor investigadora de Dade County y te necesito. Dime que lo harás.

Tommy McDonald intentaba convencerme a toda costa de tomar un caso en el que yo no tenía el menor interés. Conecté su llamada al micrófono para poder seguir hablando con él mientras disfrutaba de mi helado de chocolate. Gracias a Dios que yo no engordaba con facilidad; porque si no hubiera estado bebiendo Ultra Slim-Fast. Nadie en el mundo podía convencerme de tomar ese caso, pero lo dejé que siguiera hablando por cortesía. Al fin y al cabo, escuchar al mejor abogado criminal de Miami suplicarme que trabajara con él siempre resultaba halagador. Y una necesita miel en los oídos de vez en cuando.

—Tommy, mi amor, sabes muy bien que necesito un descanso —lo interrumpí después de un rato—. Y tú casi me matas la última vez que trabajamos juntos. Quiero ir a algún lugar donde no haya

teléfono, ni fax, ni bípers. En otras palabras, al paraíso. Me voy a los
Cayos a vegetar. Me entiendes, ¿verdad?

Tommy no pareció haberme oído.

—Lupe, mi amor —rogó—. Esta vez será rápido, te lo prometo.
Un par de entrevistas con testigos, alguna averiguación de antecedentes y ya. No mucho más. Eso será todo, te lo juro.

—Tú siempre dices que será todo muy rápido. —Terminé mi
helado, limpiando el vaso con mi cucharilla plástica para asegurarme de que no quedara nada. Si había decidido desayunar mil ca-
lorías, las quería todas. Bajé las piernas del escritorio y arrojé el vasito
al cesto que había en un rincón—. ¡Mierda! —grité cuando erré el
tiro.

Tommy se quedó unos segundos en silencio. Estaba exprimién-
dose el cerebro para encontrar alguna forma de convencerme.

—¿Eso quiere decir que aceptas? —dijo. Había que admitir que
no era hombre de rendirse con facilidad—. Ahora mismo te envío el
expediente con un mensajero.

—Lo siento, querido —dije—. Fue sólo que erré una cesta. Y no
te lo diré otra vez: en cuanto termine de escribir un par de informes,
me voy. Mañana estaré sentada en la arena mirando el atardecer. El
relax es necesario, ¿verdad, Tommy?

—No hay problema. Mañana estarás en la playa, pero antes te
ocuparás de mi caso.

Yo suspiré. Tommy se estaba poniendo pesado.

—¿Por qué no llamas a otra persona para que te ayude? Puedo
darte algunos nombres —dije con ánimo generoso; generoso y un
poquito provocativo.

—Está bien —dijo por fin, parecía acceder—. Te recogeré esta
noche temprano para ir a cenar y te contaré un poco del caso. Sólo
te pido eso. Iremos a algún lugar agradable y tranquilo y hablare-
mos, ¿qué te parece?

No. No. Sabía lo que eso significaba, y él también lo sabía. Ese es
el problema de salir con clientes: siempre quieren llevarme a un lugar tranquilo y agradable. No era una mala estrategia en el caso de

Tommy, porque él conocía bien la rutina. Me llevaría a cenar a algún lugar sexy, me haría beber toda la champaña posible y a la mañana yo ya sería su detective. Siempre había sido así en los últimos siete años.

Pero esta vez yo estaba decidida a resistir.

—De ninguna manera, Tommy. Esta noche empaco y salgo mañana a la mañana. Y eso es todo. Te llamaré cuando vuelva a Miami. Buena suerte con el caso.

Muy orgullosa de mi firmeza, colgué pero alcancé a escuchar que Tommy intentaba otra estrategia. Sabía que no se iba a enojar demasiado conmigo. Fuera del trabajo, siempre nos habíamos entendido.

Yo abrí las ventanas de mi oficina y cerré los ojos un momento, sintiendo el aire cálido y húmedo y oyendo a las cotorras que parloteaban en la mata de aguacate. Luego me obligué a volver al escritorio.

Me tomó una hora terminar con el papeleo. Finalmente, logré volver a ver la superficie de madera de mi escritorio. La velocidad con que se acumulaba el papel en mi oficina era asombrosa. Escribir informes no era mi fuerte; tendía a guardar los datos de los casos sólo en mi memoria o en papelitos dispersos. Mientras archivaba algunos informes, no podía dejar de pensar en Margarita. Me dije que tenía que volver a llamarla antes de salir hacia los Cayos.

Justo cuando resolví que estaba lista para partir, encontré un bloc que no había sido tocado en seis meses. Sabía que la caligrafía era mía, pero al parecer iba a necesitar un experto en jeroglíficos para descifrarla.

Afortunadamente, en ese momento apareció Leonardo, mi asistente, vestido como siempre con ropa de gimnasia. Yo, por mi parte, vestía un par de jeans y un suéter azul. Como podrán apreciar, Solano Investigations no tiene una regla de etiqueta demasiado exigente.

—Lupe —dijo mi primo—, acaba de llegar esto para ti.

Yo apenas podía verlo, porque traía en sus brazos un enorme ramo de flores —una mezcla ostentosa de rosas blancas y orquídeas rodeadas por unas lujosas florecillas desconocidas, todo ello en una canasta de paja blanca—. El aroma era intoxicante, y yo terminé de asombrarme cuando vi que en medio de las flores asomaban dos botellas de Dom Pérignon.

Menos mal que Leonardo hacía pesas, porque aquel armatoste parecía pesado. En ese momento, haberlo autorizado a llenar la sala vacía de la oficina con aparatos de gimnasia parecía un gesto justificado. Pero, incluso para él, el peso resultó excesivo, y antes de perder el equilibrio se abalanzó sobre mi escritorio y dejó caer la canasta. En el momento en que depositó su pesada carga, volaron en todas direcciones las lapiceras, los anotadores y los archivos que quedaban por allí.

Leonardo dio un paso atrás y se apartó el cabello ensortijado que le caía sobre la frente.

—¡Uf! —exclamó.

Yo fui hacia él, y por unos segundos miramos la canasta en silencio. Este ramo gigantesco era más apropiado para el lobby de un hotel que para una humilde agencia de detectives. Pero le sacó a Leonardo un influjo creativo: en cuanto se recuperó del shock, mi primo comenzó a mover las flores y a arreglarlas para que el conjunto luciera lo mejor posible. Con un gesto ampuloso, me alcanzó una tarjeta repujada en oro que estaba pegada a un tallo verde.

Yo reí entre dientes cuando la leí: «Que descanses mucho. Te extrañaré. Con todo mi amor, Tommy». En el reverso había otro mensaje: «P.D.: Mi cliente estará bien en la cárcel mientras tú estás de vacaciones. Me aseguraré de que no se olvide de tomar sus medicamentos.»

Si no hubiera desayunado ya, podría haberme comido la tarjeta, de la furia que me dio leerla.

—Nunca imaginé que Tommy podía caer tan bajo —dije.

Leonardo me miró sin creerme. De hecho, que Tommy pudiera hacer eso era algo que no nos sorprendía en absoluto a ninguno de los dos. Tommy podía llegar a límites insospechados, especialmente durante un juicio. Sus clientes lo amaban por ello, como era natural, y solían pagarle unos exorbitantes honorarios sin protestar.

—Creo que va a convencerte —dijo Leonardo, dejándose caer en uno de los sillones y ajustándose las pesas que tenía adheridas a sus pantorrillas—. Tu mirada me lo dice.

—¡Nada de eso! —protesté.

Como asistente y pariente, Leonardo me conocía muy bien. Pero esta vez estaba equivocado.

—No importa que me mande diez canastas como ésta —dije—. No hay manera de que yo posponga mi merecido descanso.

—Como tú digas, Lupe.

Leonardo sacudió la cabeza sin convencerse. A través de su camiseta, que cubria su pecho musculoso, yo podía distinguir el monitor cardíaco que había comenzado a utilizar últimamente. Para un hombre de veinticinco años, su preocupación por la salud era absolutamente obsesiva. Sabía de memoria los números de teléfono de su nutricionista, su acupunturista y su reflexólogo. En los siete años que había trabajado para mí, nunca se había enfermado.

Se puso de pie y siguió acomodando las flores, como una anciana que estuviera preparando su trabajo para una muestra de jardinería. Tomó una de las botellas de Dom Pérignon de su canasta y se volvió hacia mí con la sonrisa traviesa de un niño pidiendo una porción de torta.

Yo me encogí de hombros.

—Si tanto lo quieres...

—No es bueno para la salud —dijo Leonardo golpeando la piel firme de su estómago—. Pero es Dom Pérignon.

Yo miré la hora. Eran las diez de la mañana.

—Sé que es un crimen hacer esto con una buena champaña, ¿pero por qué no lo mezclas con jugo de naranja y bebemos unas mimosas?

Los ojos de Leonardo se encendieron ante la perspectiva de consumir vitamina C con alcohol. Yo busqué la hielera y una bandeja de plata que guardábamos para las grandes ocasiones, mientras Leonardo corría a comprar jugo de naranja recién exprimido en el puesto de la esquina. Encontrar jugo de naranja de primera clase en Coconut Grove no es una tarea demasiado difícil.

Cuando volvió, fuimos a la galería y nos acomodamos en los sillones de mimbre. Bebimos las mimosas en nuestros vasos especiales congelados y escuchamos a los pájaros.

—Brindo por nosotros, trabajadores independientes —dije.

—Yo brindo por tus merecidas vacaciones —dijo Leonardo con dulzura. Se quitó el monitor cardíaco y lo puso a un lado—. No tiene sentido mantener encendidas las alarmas.

Cuando apareció Tommy McDonald, ya íbamos por la segunda botella. Se nos había acabado el jugo de naranja y habíamos comenzado a beber champaña sola, mientras escuchábamos la música New Age de Leonardo. Yo odiaba ese tipo de música, pero a esa altura comenzaba a agradarme. Cuando tomé a Tommy en brazos y comencé a bailar lentamente pegada a él, una parte de mi cerebro pedía auxilio.

Mi destino estaba sellado. Aceptar un caso de homicidio en segundo grado parecía lo más natural. Tommy siempre se había caracterizado por su *timing*.

3

Yo no sentía mayor apego por el jugo de mango rancio que había en el refrigerador de mi oficina, pero era lo suficientemente bueno como para hacer que una aspirina bajara hasta mi estómago. Era la cuarta aspirina que tomaba en los últimos quince minutos.

Después de un último sorbo de jugo, intenté enderezarme para que el lugar dejara de girar. Pero no me fue posible; seguía ebria. Una hora antes, Tommy me había dejado allí de camino a su oficina. Yo había intentado irme en mi Mercedes, pero no estaba en condiciones de manejar.

Rindiéndome ante lo inevitable, avancé por la sala que Leonardo había convertido en gimnasio y me hundí en la colchoneta de cuero que mi primo utilizaba para sus ejercicios. Deseé que fuera posible separar la cabeza del cuerpo por un par de horas. Sentía la boca como un radiador recalentado en medio del desierto. Cada vez que pestañeaba sentía un enorme dolor. No había tenido una resaca así desde los quince de mi prima Inés, hacía diez años. Esta vez, al menos, me había despertado en un lugar conocido: la cama de Tommy McDonald.

Leonardo no había ido a trabajar. Me di cuenta de ello cuando vi que su auto no estaba aparcado. Y lo confirmé cuando yo misma desactivé la alarma de la agencia. Cuando entré, la alarma sonó con toda su potencia, al punto casi de provocarme un ataque al corazón, y apenas tuve tiempo de llamar a la compañía de seguridad para darles la contraseña antes de que viniera la policía. De la alarma se ocupaba Leonardo.

Intenté reconstruir todo lo que había ocurrido en las últimas veinticuatro horas, pero los detalles se me escapaban. Sólo una cosa me consolaba: no me había rendido sin negociar. En lugar de aceptar hacerme cargo de todo el caso de homicidio en segundo grado, había aceptado hacer una entrevista en la cárcel y el informe consiguiente. Pero me estaba engañando a mí misma. En ese momento debería estar en la autopista, rumbo al sur, con la cabeza fresca y la radio a todo volumen. En lugar de ello, lo único que estaba en condiciones de hacer era descansar.

Después de intentar ponerme de pie una vez más y de que la náusea me detuviera, me recosté y esperé a que el lugar dejara de moverse. Fue entonces que sonó el teléfono.

—Ahora o nunca —dije, pero mi propia voz me provocó un dolor de cabeza. Logré dar unos pasos hacia mi oficina, apoyándome en la pared, y tomar el teléfono antes de que respondiera la máquina contestadora.

—¿Cómo estás, Lupe? —susurró Tommy dulcemente. Yo lo oía desde la distancia, como si estuviera bajo el agua—. Pensé en llamarte para ver cómo estás. No se te veía bien cuando te dejé.

—¡Hijo de puta! —grité—. ¡¿Todavía tienes el coraje de llamarme, después de lo que me has hecho?!

—Cálmate, mi amor —dijo Tommy riendo—. ¡Fuiste tú la que me llevó a una larga noche de juerga! Lo único que hice yo fue seguirte el ritmo.

—No estoy hablando de eso —dije yo, malhumorada—. Estoy hablando del truco que me hiciste para que aceptara encargarme de tu caso. Me jugaste sucio.

—Vamos, Lupe. Ya no eres una niña —dijo—. No puedes culparme por haber querido convencerte. ¿Qué abogado no quiere que la mejor detective de la ciudad trabaje para uno?

—¿Y por qué se te oye tan jovial? —pregunté. Tommy había ido a la par mía con el alcohol—. Yo siento que estoy a punto de morir.

—No olvides que soy irlandés. De todas maneras, es sólo una entrevista en la cárcel. Juro que eso es todo lo que voy a pedir de ti. Sé que te mereces unas buenas vacaciones, Lupe, y te agradezco que las hayas demorado un día más por mí. Sé que no te harás cargo de todo el caso, pero me gustaría que tengas una conversación con este tipo. Tú tienes un sexto sentido para detectar la mentira, y eso es precisamente lo que necesito con mi cliente.

Aun cuando disentía con los métodos de persuasión de Tommy, no podía objetarle ese punto. Y para ser justa, tenía que admitir también que yo había aceptado de buen grado su plan de seducción. La primera perforación de mi armadura fue cuando ingerí el primer sorbo de champaña el día anterior, imaginando que, puesto que me iba de vacaciones al día siguiente, no me haría ningún daño comenzar a celebrar de antemano.

—Una entrevista y nada más, Tommy. Me voy de vacaciones.

—Excelente —dijo Tommy. Estaba segura de que su rostro se había iluminado con una sonrisa.

—Bien —dije—. No perdamos más tiempo.

—Lo mismo digo. —Oí un ruido de papeles del otro lado de la línea—. Hoy a las tres de la tarde iré a la Dade County Stockade para ver a nuestro hombre.

—Querrás decir *tu* hombre.

—Como tú digas. Necesito que vengas conmigo. Me tomé la libertad de hacerle preparar a Sonia un expediente para ti, incluyendo tu autorización como investigadora del caso. Eso ya está listo. Sé que es sólo una entrevista, pero tenemos que presentar la nota para que te dejen entrar.

—Bien. Llena todos los papeles que quieras, pero después de la entrevista no me pidas nada más. Puedes recogerme y me cuentas acerca del caso en el viaje.

Colgué sin siquiera decir adiós. Incluso en el estado mental en que me encontraba, no me era muy difícil entender que Tommy iba a intentarlo todo para conseguir que yo trabajara en el caso hasta el final.

—«Investigadora del caso» —dije en voz alta—. Debe pensar que soy una idiota.

Después de asegurarme de que podía sostenerme en pie, lo siguiente que debía hacer era llamar a Leonardo para ver si estaba vivo. Él nunca bebía demasiado, por lo que era probable que estuviera en peor estado que yo. Mis recuerdos del día anterior seguían cubiertos por la bruma, pero podía distinguir en ellos la imagen de Leonardo bailando solo frente al espejo del gimnasio. Era lo último que había visto de él, y algo me decía que no debía de estar bien.

Maldije cuando me atendió su contestador; dejé un mensaje decorado con algunos insultos y colgué. Recé para que la falta de respuesta significara que Leonardo estaba en camino a la agencia. Conmigo allí sola, la oficina parecía más una sala de hospital que una agencia de detectives.

Fui al baño y me lavé la cara con agua helada. Era hora de hacer el inventario. En el espejo vi que, sorpresivamente, no parecía que acabara de despertarme de una tremenda borrachera tras dormir sólo dos horas. Pensé en darme una ducha para limpiar lo que quedaba de la noche anterior, pero preferí no hacerlo. Recordé que en medio de mi última ducha en el baño de la oficina había descubierto que no había más jabón de almendra mi favorito. Lo admito, soy una mujer mimada. Decidí ir a Cocoplum, donde había provisiones de sobra y podían prepararme un auténtico desayuno cubano. De todos modos, tenía que matar el tiempo antes de ir a la Stockade con Tommy. Le escribí una nota a Leonardo y salí.

Mientras daba marcha atrás con el Mercedes, desde el parqueo y hacia la calle, me sentí afortunada por tener un trabajo que me obligaba a pasar algunas noches fuera de casa. Si yo no aparecía una noche, eso no alarmaba a nadie. Las señoritas cubanas de buena familia no pasan la noche fuera de casa, aun cuando porten un arma. Aunque yo vivía sola en un apartamento en Brickell Avenue, pasaba mucho tiempo en la casa de mi familia en Cocoplum. Mi padre y mis hermanas me llamaban a toda hora para ver si estaba bien, pero generalmente no hacían demasiadas preguntas. Yo los tenía bien entrenados.

A esa hora del día no había demasiado tránsito en Main Highway, la ruta que yo solía utilizar para ir y venir de mi agencia en Coconut Grove a mi casa en Cocoplum, que era parte de Coral Gables. Aún no estaba del todo consciente, pero iba mejorando. De todos modos, cuando llegué a la casilla de guardia que protegía la entrada a Cocoplum me pareció que el viaje había durado sólo un par de minutos.

Mientras pensaba por millonésima vez en cuánto odiaba vivir en un lugar tan protegido, saludé al guardia para que levantara la barrera de madera. De todos modos, podía entender que la seguridad trajera paz mental a los habitantes de este barrio privado y pagaban bastante para tener ese lujo. Es sabido que, en el Miami de hoy, la seguridad y la paz mental son bienes tan estimados a la hora de valuar una propiedad como la cantidad de metros cuadrados.

Observé nuestra casa desde una cuadra de distancia. Cuando la construyó, Papi hizo que diera al sudeste, en dirección a su amada Cuba. Cuando Fidel Castro cayera, o lo sacaran del poder, Papi quería tener la posibilidad de embarcar en el Hatteras sin dilaciones. Su plan era salir de inmediato hacia La Habana, llevando las cenizas de mi madre para enterrarlas allí.

Aunque no hablábamos demasiado de ello, mis hermanas y yo estábamos comenzando a preocuparnos por Papi. Últimamente dedicaba todas sus horas a escuchar las radios hispanas, para seguir al minuto la situación política cubana. Ya hacía mucho que mantenía el Hatteras equipado con alimentos no perecederos, que le servirían para el viaje por el Estrecho de Florida. Pero últimamente guardaba también allí alimentos perecederos. En mi opinión, la caída de Castro estaba lejos de ser inminente. Sabía que iba a ocurrir en el transcurso de mi vida, pero Papi estaba convencido de que podía suceder en cualquier momento.

En las últimas dos noches de Año Nuevo, aniversario de la Revolución Cubana, Papi había pensado que Fidel iba a caer durante esas noches. Los cubanos respetan mucho los símbolos y los augurios. A la mañana siguiente se había despertado de mal humor, deprimido. Nada había ocurrido: ni una revolución ni un asesinato ni nada. Y Papi se quedaba deprimido varios días, asumiendo que iba a verse obligado a quedarse en Miami todavía un tiempo más.

Cuando Mami estaba viva, ella podía controlarlo, pero ahora que ya no estaba, no había ningún obstáculo en el camino de su obsesión por volver a Cuba. Aunque nunca lo había dicho explícitamente, yo sabía que no descansaría hasta no ver a su esposa enterrada en La Habana. De hecho, había un lado positivo en su obsesión: puesto que Papi y Fidel Castro tenían aproximadamente la misma edad, él se mantenía en forma decidido a sobrevivir al dictador. Papi se había entristecido al saber que Castro había renunciado a los tabacos, porque esto significaba que él también iba a verse obligado a renunciar a uno de sus grandes placeres. La carrera era muy pareja, pero yo apostaba por Papi: él no tenía que preocuparse por los intentos de asesinato.

Acercándome aún más a la casa, la observé con más atención que nunca. Mi estado era realmente delicado. El lugar era monstruoso desde donde se lo mirara. Era una suerte de alucinación rosada repleta de balcones y balaustradas. Papi había hecho acarrear tierra desde Homestead para construir la casa sobre una colina; dijo que esa era una buena protección contra las inundaciones en caso de huracanes, pero mis hermanas y yo sabíamos bien que la casa de los Solano tenía que ser más grande, más ruidosa y más alta que las de todos los vecinos.

Es verdad que es difícil construir una casa con diez habitaciones que sea pequeña y de buen gusto, pero Papi se había pasado de la raya. Él era constructor y podía conseguir los materiales a bajo precio, pero eso no lo explicaba todo. La casa era la pesadilla viviente de un inmigrante ostentoso, y todos los vecinos nos odiaban. Aun cuando nuestra casa hubiera elevado considerablemente el precio de sus propiedades.

Yo intenté ser cuidadosa y no salirme del camino que iba por dentro de la propiedad, para no dañar el jardín que con tanto amor cuidaba Osvaldo. Ya pasados los setenta años, a Osvaldo le costaba muchísimo inclinarse y dedicar horas enteras a tal o cual arbusto. Pero su esfuerzo valía la pena. En contraste con la lujuria de la casa, el jardín era prolijo y de buen gusto. Teníamos, por mucho, el mejor jardín de Cocoplum.

Por fortuna, no me topé con nadie, y pude ir hasta la cocina y servirme un poco de café y de pan recién horneado que habían quedado del desayuno preparado por Aída.

Fui escaleras arriba y me metí debajo de la ducha, sintiendo que volvía a la vida. Después de cambiarme la ropa me dispuse a salir, ignorando a Aída, la esposa de Osvaldo, que me llamaba desde la cocina. Ella sabía que era yo y no un intruso —uno de sus pasatiempos favoritos era chequear el monitor de seguridad que reflejaba lo que registraban las cámaras instaladas junto a la puerta de entrada—. Seguramente su intención era someterme a un interrogatorio detallado acerca de mis actividades recientes. En verdad, ella tenía toda la autoridad para hacerme esas preguntas, porque trabajaba con mi familia desde antes, incluso, de que yo naciera. Mientras atravesaba el jardín, sentí el aroma del bacon friéndose. Como siempre, Aída estaba cocinando algún manjar. Recé para que quedara al menos algún resto cuando yo volviera.

Cuando llegué a Solano Investigations, me alivió ver el jeep de Leonardo parqueado en el lugar habitual. Esto me liberaba de la engorrosa tarea de pasar la tarde buscándolo en todos los hospitales de la ciudad. Miré la hora en mi reloj y advertí que Tommy estaba a punto de pasar a buscarme para ir a la Dade County Stockade.

—¡Buenos días! —grité, dejando que la puerta se cerrara con un pequeño estruendo.

Leonardo levantó la cabeza con la mirada dolida de un perrito.

—Hola, Lupe —dijo con tono de lamentación—. Voy a tardar unos minutos antes de poder comenzar con la facturación.

Pobre Leonardo. Su tez había adquirido un tinte verdoso, sólo interrumpido por unos huecos rojos donde antes estaban sus ojos. Estuve a punto de decirle que faltaba mucho para Navidad, pero me contuve a tiempo. Que no se diga después que no tengo compasión.

—Tómate tu tiempo —le dije—. Estoy a punto de salir, me voy a la Stockade. Y acabo de recordar que tengo otra cosa que hacer.

Leonardo asintió, triste.

—Lo que tú digas, Lupe.

Estaba a punto de salir cuando Leonardo me gritó.

—¡Lupe, por favor! —dijo—. Ayúdame a recordar algo, de ahora en adelante. Una sola cosa.

—¿A qué te refieres? —pregunté.

—Mírame bien —dijo, tomándose el rostro con sus manos—. La próxima vez que quiera beber, recuérdame cómo me veo en este momento.

—No es para tanto, hoy mismo estarás de vuelta en tu gimnasio —dije—. Bébete un batido o alguno de tus refrescos saludables.

Me apresuré a entrar en mi oficina, porque me había olvidado de llamar a Margarita, como me había prometido a mí misma. La llamé a su oficina en el barrio de los diseñadores, a su línea privada. Pero me atendió su contestador telefónico, de modo que probé con el número de su secretaria, Leonora.

La mujer atendió al segundo llamado.

—Hola, Lupe, ¿cómo estás? —dijo—. Margarita no está aquí. Fue a ver a una pareja de posibles clientes que acaban de construir una mansión.

Sabía que iba a conocer más detalles de los que necesitaba, porque Leonora amaba hablar cuando creía tener a su alcance alguien que quisiera escucharla. Yo solía decirle a Margarita que intentara corregir esta tendencia de su secretaria, pero mi amiga estaba tan contenta con su trabajo que no tenía la menor intención de ponerle límites.

—¿Cuándo volverá? —le pregunté, intentando ir al grano.

—Bueno, va a encontrarse con esta familia, de apellido Sánchez. Probablemente sabes de ellos, hicieron una fortuna de la noche a la mañana con la limpieza de alfombras —Leonora le daba rienda suelta a su voz chillona—. Ahora parece que se han creído que son de la nobleza, porque le van a agregar el «de» a su apellido, «de Sánchez». ¿Puedes creerlo?

—Estoy segura de que Margarita obtendrá el trabajo —dije—. Después de verla en persona, nadie se niega a contratarla. ¿Podrías decirle que me llame cuando vuelva?

Pocos segundos después de colgar, Leonardo me anunció por el intercomunicador que Tommy acababa de llegar. Yo tomé un bloc de notas y me apresuré a salir.

Seguía sin poder desprenderme de una cierta inquietud relacionada con Margarita. Mi madre siempre me decía que podríamos haber sido hermanas. Mami aseguraba que acostumbrábamos a terminar las frases que había comenzado la otra, y que cuando una se lastimaba, la otra lloraba. Me hubiera tranquilizado hablar con mi amiga. Intenté con su teléfono celular, pero estaba apagado.

Cuando oí a Tommy, que en la oficina contigua le preguntaba a Leonardo por su dolor de cabeza, sentí el impulso de volver a llamar a Leonora. Podría haberle preguntado cualquier cosa, tal vez el número de teléfono de la mansión de los Sánchez. Pero me dije que no debía caer en la paranoia. ¿Qué podía ocurrirle a una persona tan equilibrada como Margarita?

4

—¡Maneja tú! —me dijo Tommy mientras me alcanzaba las llaves—. Te leeré el expediente en el camino.

No me costó demasiado aceptar: no todos los días uno tiene la posibilidad de manejar un Rolls Royce. Al lado del Silver Shadow de Tommy, mi Mercedes parecía salido de una chivera. El motor era tan silencioso que tuve que acelerar bastante para poder oírlo. Pensé en decirle a Tommy que bajara la capota, pero me contuve a tiempo.

Tommy y yo tenemos toda una historia. Nos habíamos conocido siete años antes, durante un juicio civil profundamente aburrido. Normalmente, Tommy sólo aceptaba casos criminales, pero esa vez le estaba haciendo un favor a un socio. Era un caso de daños personales que incluía un fraude a una aseguradora, y como yo estaba comenzando en la profesión, tenía mucha importancia para mí. Stanley Zimmerman, el abogado de mi familia, me había presentado a Tommy.

Tommy quería que yo probara que el demandante estaba intentando engañar a la compañía de seguros al alegar daños que no eran tales. Uno de los socios de Tommy, Marcel Parrish, era un importante abogado especializado en el tema, y yo quería dar una buena impresión. Realmente había trabajado mucho. Había conseguido testigos y fotografías que probaban que el demandante era un mentiroso. Desde entonces, Tommy siempre ha confiado en mí.

—Bueno, déjame que te cuente de qué se trata —dijo Tommy. Se quitó los espejuelos y los colocó en un encantador estuche de cuero negro Oliver Peoples, volviéndose hacia mí. Aun en mi estado, me invadió una oleada de deseo. El aire acondicionado enviaba hacia mi lado el aroma distinguido de su colonia. Me era difícil concentrarme en el manejo.

—El nombre del cliente es Alonso Arango. Está acusado de haber asesinado a un hombre llamado Gustavo Gastón —dijo Tommy—. Alonso es el dueño de Optima Jewelers; tú sabes, la joyería lujosa de Miracle Mile, en Coral Gables.

—Conozco el lugar —dije, tocando la bocina mientras pasaba junto a una pick-up.

—Te cuento la versión del cliente: Gastón entró a la tienda y fue directamente hacia la parte trasera, donde preparan los paquetes, se ocupan de las reparaciones, de las cuentas, etcétera. Esa zona está vedada para los clientes. Alonso estaba allí reparando un reloj. Dice que vio venir a Gastón hacia él con un cuchillo, por lo que sacó su Magnum y le disparó.

—¿No intercambiaron palabra? —pregunté.

—Nada —respondió Tommy—. Y tampoco hubo vacilación. Y no le disparó una sola vez. No. Le disparó seis veces en menos de treinta segundos. A la policía no le convence que eso haya sido defensa personal.

Teníamos que detenernos porque el semáforo estaba en rojo. Yo tomé el informe que Tommy tenía en sus manos y le eché una ojeada. La caligrafía de Jesús Miranda, oficial de policía de Coral Gables, parecía la de un niño de nueve años. El informe del arresto era demasiado largo como para leerlo en ese momento, pero pude ver que había una extensa lista de testigos. Si Arango estaba diciendo la verdad, seguramente podría encontrar a tres personas que corroboraran su historia.

—¿No puedes sacarlo bajo fianza? —pregunté, cuando se puso la luz verde.

—De ninguna manera. En la audiencia, la jueza puso en duda que fuera un caso de defensa personal. Dijo que un disparo, o a lo sumo dos, habrían sido suficientes para detener a un agresor a esa distancia. Sobre todo, después de que la fiscalía reveló que Alonso Arango había tomado un curso de defensa personal con armas de fuego el año pasado. Yo le discutí todo lo que pude, pero no hubo manera de convencerla.

—¿Quién es la jueza?

—Shirley Markey —dijo Tommy con un susurro.

—¡Ay, mierda! —exclamé, dándole un golpe al volante—. ¿Sparky Markey? ¡Alonso Arango va a tener que comenzar a rezar!

En el mundo legal, la jueza Shirley Markey era conocida como Sparky Markey, por su notoria afición a enviar a los acusados a la «Old Sparky», la silla eléctrica del Starke Correctional Facility. Sparky Markey no creía en la rehabilitación; era más bien partidaria de oprimir el botón y enviar al criminal a los tribunales eternos. Además, sus fallos eran siempre impecables. En treinta años de carrera, ninguno de ellos había sido revocado. A Alonso Arango no lo iban a electrocutar por un homicidio en segundo grado, pero de todos modos estaba en serios problemas.

—Yo tampoco estoy feliz de tener que vérmelas con ella —dijo Tommy mirando por la ventana—. De todos modos, he visto a Alonso sólo una vez, en la audiencia de fianza. Fue ahí que aceptó contratarme para todo el caso. Su dominio del inglés es muy bueno, pero dice que tiende a fallarle cuando se pone nervioso. Puede que tengas que hacer de traductora también.

Para entonces, había perdido la concentración. Estábamos acercándonos a la intersección cercana a la Stockade, y el tránsito era caótico. Enormes camiones pasaban a toda velocidad, provenientes de una zona de depósitos cercana. En la intersección se cruzaban seis avenidas y, por si eso fuera poco, dos vías férreas. Para contribuir a la confusión, la Stockade estaba justo debajo de una ruta aérea y cerca del aeropuerto.

—¿Y cómo llegaste a este caso? —pregunté, apretando los dientes y atravesando el cruce sin mirar demasiado. A mis espaldas sentí el bocinazo irritado de una camioneta que pasé a sólo unos milímetros.

—¡Ese sí que estuvo cerca! —Tommy miró hacia atrás, impresionado—. Mi socio, Peter, defendió a una vecina de Alonso el año pasado, en un caso grave de daños personales. Tal vez lo recuerdes. Una mujer fue chocada atrás por un camión de Apex Concrete and Cement. La compañía arregló por diez millones.

—¿Peter estuvo en ese caso? —Yo señalé hacia la izquierda, en dirección a la Stockade—. Me acuerdo bien. La mujer tenía siete hijos y acababa de dejar a los niños en la escuela. ¿Y Peter cobró la tarifa usual de cuarenta por ciento? No me extraña que se haya mudado a Indian Creek.

—Sí. Y yo que solía burlarme de él porque ponía avisos publicitarios en las paradas de ómnibus cuando comenzó. —Tommy sacudió la cabeza—. Sin duda sabía lo que hacía.

Con un suspiro, pensando posiblemente en el dinero perdido, Tommy colocó los papeles en su maletín. Yo estacioné lo más cerca posible del alambre de púa que protegía el sendero que conducía a la oficina central.

Después de cerrar el Rolls, tomé mis licencias de detective y de conductor y coloqué mi cartera Chanel en el maletero. A los visitantes no se les permitía entrar con pertenencias personales que no fueran los papeles del caso y bolígrafos. Yo podía dejar mi cartera en la oficina antes de entrar, pero no sentía deseos de explicar la presencia de mi Beretta. Además, ellos no sabrían cómo cuidar de una cartera de cuero auténtico.

Antes de ingresar tuve también que arreglarme un poco. Había aprendido hacía mucho cómo vestirme para una visita a la cárcel, especialmente si esa cárcel era la Dade County Stockade. Había elegido un traje de dos piezas de lino azul, que cubría casi todo mi cuerpo. Me até mi largo cabello en una colita y me quité el lápiz labial.

En lugar de mis típicos tacones altos, llevaba unas humildes zapatillas. En general, nunca me gusta usar tacones bajos. Pero cuando estoy con Tommy, hacerlo me resulta directamente una tortura. Él mide unos treinta centímetros más que yo, y con mi altura cada centímetro menos parece una catástrofe. Apoyado en su automóvil, Tommy observaba mis preparativos con notorio desinterés. Ya habíamos ido antes juntos a la cárcel, y nada de esto lo sorprendía.

Antes de llegar al área de entrevistas, se exigía que los visitantes pasaran por una zona totalmente expuesta. Esta zona daba a las celdas, y los aburridos presos, que podían ver muy bien a los visitantes que ingresaban, no se ahorraban la posibilidad de compartir sus opiniones con el resto. Los comentarios, ya en inglés, ya en español, eran tan específicos que yo sentía por momentos que estaba asistiendo a una conferencia de anatomía. No es necesario decir que desde mi primera visita aprendí a vestirme con sobriedad antes de atravesar esa pasarela tan particular.

Esta vez pasé sin generar mayores comentarios, más allá de las típicas vulgaridades. Aunque intenté no interpretar el hecho como un menosprecio, no pude evitar sentirme desilusionada. Siempre contaba con que los presos me ilustraran acerca de los últimos sinónimos con que se designaban las partes íntimas femeninas. Me gusta estar informada.

Tommy y yo llegamos rápidamente a la primera de las oficinas de registro, rodeada por encima y a los costados por barras de hierro. Cuando nos acercamos a la oficina principal, vi a tres hombres en su uniforme verde oscuro moviéndose detrás de sus compartimentos de vidrio a prueba de balas. Mostramos nuestras identificaciones a través de una abertura minúscula y firmamos un papel.

Los funcionarios se quedaron con nuestros documentos, siguiendo la rutina habitual. Había dos razones para que hicieran esto. Primero, querían saber la identidad de quienes posiblemente iban a obtener la libertad de sus presos. Y segundo —lo más plausible a mi juicio, dada la calidad humana de los huéspedes del sistema carcelero de Dade County—, querían saber a quién notificar si alguno de nosotros era asesinado allí dentro.

Mientras esperábamos para que nos autorizaran a pasar, yo aproveché para llamar al celular de Margarita desde uno de los teléfonos públicos que había fuera de la oficina de guardia. El teléfono sonó sin parar, pero nadie atendió.

A esa altura, Margarita comenzó a preocuparme en serio. Primero el teléfono había estado desconectado, y ahora sonaba pero ella no atendía. ¿Qué diablos le ocurría? Pensé en llamar otra vez a Leonora, pero no lo hice. Ya había dejado un mensaje, y no quería tener que escuchar otra vez a la inagotable Leonora.

—¡Alonso Arango! —ladró un funcionario penitenciario que llevaba en las manos un walkie-talkie. Puso el tono de voz de quien está hablando de un insecto horrible.

Una ventaja de ser detective privado, si así puede llamársela, es que uno puede ir a una cárcel a cualquier hora, y no sólo en los horarios de visita. Después de oída la confusa respuesta a través del walkie-talkie, el guardia nos guió hasta otra oficina donde debíamos esperar el arribo de nuestro cliente. El cliente de Tommy, me corregí a mí misma.

Tommy se acomodó en una silla de metal que había frente a una mesa de madera oscura bastante deteriorada, y comenzó a hacer anotaciones en su libreta. Uno de los guardias se quedó esperando con nosotros en la habitación, y de ninguna manera íbamos a hablar del caso frente a él.

Yo intenté no pensar en Margarita por el momento, y me di cuenta de pronto de que la resaca me había abandonado por completo. Supuse que un poco de azúcar ayudaría aún más, y fui hasta la máquina que había en el fondo del corredor esperando comprar una Coca Cola.

Me decepcioné mucho al ver que lo único que quedaba era Crush de naranja, pero justo en ese momento los cuadrados blancos y ne-

gros del piso comenzaron a vibrar. No importaba el sabor, lo importante era que fuera dulce.

En cuanto abrí la lata, una voz muy alta me hizo dar un brinco.
Era el sistema de altoparlantes del lugar, que me informaba que
Alonso Arango me estaba esperando en la sala de entrevistas.

5

Alonso Arango tenía una barba distinguida, y estaba de pie bajo el marco de la puerta de una de las salas de entrevistas que daban a la zona principal. De acuerdo con las reglas de la cárcel, estaba esposado, pero esto no empalidecía su apariencia señorial. A los presos de la Stockade les estaba permitido vestir sus propias ropas, y Alonso llevaba unos pantalones caqui, una camisa deportiva y un suéter de cardigan que le daba un aire casi académico.

Un oficial correccional le quitó las esposas, y el joyero nos invitó a pasar a la sala donde iba a tener lugar la entrevista. Lo hizo con un gesto cortés y benevolente, como si estuviéramos en su casa. Antes de entrar, el oficial nos mostró un timbre que tendríamos que tocar para avisar que habíamos terminado. Los tres —cliente, abogado y detective— suspiramos aliviados cuando la puerta por fin se cerró.

—Señor Arango, déjeme presentarle a la señorita Guadalupe Solano —dijo Tommy con voz profesional—. Es la detective que he contratado para ayudarme con este caso. Solemos trabajar juntos.

—Es un placer conocerlo —dije. Introduje una mano en el bolsillo de mi saco y le entregué una tarjeta personal.

Alonso Arango la tomó en sus manos y la examinó con cuidado mientras yo le echaba una ojeada a la sala. Era igual que en otras prisiones: un cuadrado pequeño y sin ventanas, que apenas podía contener una mesa y tres sillas. Yo esperé que Arango no tuviera la necesidad de caminar; no había mucho espacio para ello.

—Miss Solano, le agradezco mucho su ayuda —dijo Alonso, colocando la tarjeta en su bolsillo mientras nosotros nos acomodábamos en las sillas.

En cuanto terminamos de hacerlo, Alonso puso sus manos sobre la mesa como si fuera a ponerse de pie otra vez.

—No estoy seguro de qué es lo que estoy haciendo aquí —me dijo—. Un hombre intentó asesinarme y yo le disparé para defenderme. ¡Hay testigos que lo vieron todo! ¡Vino hacia mí con un cuchillo en la mano!

De pronto, pareció darse cuenta de que estaba a punto de perder el control. Sus ojos oscuros brillaban bajo su cabello corto y fino. Una vena brillante sobresalía en su frente bronceada.

—Perdón, estoy demasiado alterado —dijo—. ¿Pero acaso uno no tiene derecho a defender su propia vida en este país, señorita Solano?

En lugar de responderle, volví a mirar los papeles que Tommy había colocado sobre la mesa. Alonso había nacido el 15 de junio de 1936: tenía ahora sesenta años. Y el estado lo acusaba de asesinato en segundo grado. Tommy iba a intentar seguramente que el cargo fuera reducido a «homicidio no premeditado», pero si no lo lograba y perdía el juicio, Alonso Arango podía pasar el resto de sus días en la cárcel.

Yo no sabía qué decir, de modo que me limité a un comentario cortés.

—Por favor, llámeme Lupe.

—Está bien —dijo—. Pero sólo si usted me llama Alonso.

Ahora que se había calmado, podía ver que era un hombre apuesto, especialmente cuando me dirigía una sonrisa.

Tommy miró el intercambio con una sonrisa propia en los labios. Sabía del efecto que yo podía tener sobre los hombres, especialmente los de cierta edad. También sabía que yo podría extraerle a Alonso información que él nunca obtendría por sí solo. Este era uno de mis puntos fuertes como detective: a la gente le gustaba hablar conmigo, e inevitablemente me terminaban confiando cosas que ni siquiera sabían que sabían.

—Señor Arango, ¿qué le parece si comienza por hablarnos del incidente? —dijo Tommy, con la vista fija en su libreta—. Yo ya tengo su declaración, pero me gustaría que Lupe escuche de su boca el relato de lo que ocurrió el sábado. Puede que a ella se le ocurran otras preguntas.

—Muy bien. —Alonso respiró ruidosamente, se cruzó de brazos y comenzó a mirar la pared que había detrás de mí—. El sábado en la mañana abrimos, como siempre, a las nueve y media. En verdad no abrimos hasta las diez, pero venimos a trabajar media hora antes para tener todo listo para los clientes.

Yo comencé a tomar algunos apuntes. Por alguna razón, mi madre me había insistido muchos años atrás para que fuera a un curso de escritura rápida. En el momento parecía algo completamente inútil, pero más tarde esa habilidad me sirvió de mucho. La gente no habla con tanta libertad frente a una grabadora. Yo me mantuve en silencio, dejando que Alonso se compenetrara con su propio relato. Cuando él terminara, yo comenzaría con las preguntas.

—Alrededor de las diez y cuarto, los cuatro empleados se habían hecho presentes —continuó—. Tenemos tres vendedores, dos cubanas y un americano. Y una persona que lleva los libros: Silvia Romero. Su oficina está en la parte trasera, junto a la mía, detrás del mostrador que utilizamos para las reparaciones, los paquetes, los pagos a cuenta y todo ese tipo de cosas. La zona trasera está separada de la tienda principal y sólo se puede llegar a ella a través de una puerta que normalmente está cerrada. No dejamos que los clientes pasen de ese lado.

Alonso hizo una pausa y me miró a los ojos.

—Adelante, por favor —dijo Tommy—. Volvamos al sábado en la mañana. Después le preguntaremos por los detalles del lugar.

—Disculpen —dijo Alonso. Cuando volvió a hablar, su voz sonó más baja—. Esa mañana yo estaba parado en la parte trasera, detrás del mostrador, cambiando la correa de un reloj de una cliente venezolana que lo había dejado unos minutos antes. Quería que el trabajo se hiciera rápido porque esa misma tarde volaba a Caracas y quería llevar el reloj consigo. Se lo dejó a George, mi vendedor americano, y dijo que pasaría a recogerlo media hora más tarde, después de hacer algunos trámites. Yo estaba muy concentrado con ese trabajo, porque había que hacerlo rápido. La mujer venezolana es una vieja cliente nuestra. Yo quería asegurarme de que el reloj estuviera listo cuando ella pasara a buscarlo.

Tommy se movió, impaciente por las vueltas que daba Alonso para ir al punto. Yo lo pateé suavemente por debajo de la mesa. No tenía sentido apurar a Alonso; obviamente, era un hombre acostumbrado a hablar a su manera, con sus propios tiempos. Además, nos estaba pagando bien. Si el viejo quería tomarse su tiempo, estaba en su derecho.

—Recuerdo que estaba solo en la parte trasera de la tienda —dijo Alonso—. Silvia había ido a la oficina de correo a comprar estampillas. Y entonces sentí que había alguien en el vano de la puerta. Simplemente lo sentí, pero no levanté la vista porque estaba muy concentrado en la correa del reloj. Quienquiera que fuera, se quedaba allí sin entrar. Yo pensé que sería un cliente, de modo que finalmente levanté la vista. Y vi a un hombre.

—Gustavo Gastón —dijo Tommy con la mirada clavada en su libreta.

—Más tarde supe cuál era su nombre. También, que es un balsero cubano —dijo Alonso—. La cuestión es que este Gastón estaba allí parado, mirándome. Yo le dije que los clientes no podían pasar, o algo así. Pero entonces comenzó a acercarse con un cuchillo en las manos. Yo supe que iba a apuñalarme y entonces busqué la Magnum que había debajo del mostrador. Le dije que se fuera, pero como seguía acercándose le disparé.

Alonso se echó hacia atrás y respiró hondo. Sus manos descansaban inmóviles sobre sus muslos. Yo no tenía que preocuparme por el tamaño de la habitación; Alonso no era una persona que cuando se inquietaba se ponía a caminar. Aunque era evidente que contar otra vez su historia lo ponía nervioso, su compostura no se quebraba en absoluto. Esto era algo inusual.

—¿Alguien más vio lo que sucedió? —preguntó Tommy.

—Bueno, no, no creo. Los disparos en sí no los vio nadie. —Alonso se peinó con la mano el cabello que le caía sobre la frente—. Yo estaba solo en la parte de atrás. Silvia volvió por la puerta trasera justo cuando el tipo caía al suelo. Dijo que había oído los disparos. Y George entró por la puerta principal un momento después.

Era mi turno.

—Antes de entrar en más detalles sobre los disparos, me gustaría saber algo más acerca de sus empleados —comenzó—. Usted dijo que tiene tres vendedores: George, el americano, y dos cubanas. Cuénteme algo acerca de ellos. Los nombres de ellas y hace cuánto que trabajan para usted.

—Las dos vendedoras son primas. Se llaman Elsa y Olivia Ramírez —dijo Alonso. Su voz no denotaba la menor emoción—. Elsa comenzó a trabajar primero. Ha estado conmigo casi desde el principio. Desde hace unos doce años. Yo comencé con Optima Jewelers en 1984, y Elsa ha estado conmigo todo ese tiempo. Trabajamos juntos durante cuatro años en otra joyería. Así fue que la conocí.

Yo iba por mi tercera página de apuntes.

—Adelante —dije.

—Olivia vino a mí sin la menor experiencia. Su marido la había dejado sola con sus dos hijos y necesitaba un trabajo. Elsa dijo que podía entrenarla. Y así fue, lo hizo muy bien. George Mortimer trabaja con nosotros desde hace tres años. Es joven, y se acaba de graduar en la FIU. Éste es su primer trabajo.

—¿Puedo ver fichas personales en su oficina? —pregunté.

Alonso asintió y luego sonrió.

—Pero yo no soy de guardar buenos registros, se lo advierto. Contrato a las personas más que nada siguiendo un instinto personal, no por su experiencia o sus referencias. Sigo los dictados de éste. —Alonso colocó su dedo índice sobre su corazón—. Así ha sido siempre.

No me interesaba responder los gestos dramáticos de este típico caballero cubano.

—¿Y qué hay de Silvia Romero?

—Ella lleva los libros. Es puertorriqueña y vino de Nueva York —dijo Alonso—. Al principio venía dos veces a la semana, pero el negocio prosperó y la tomé *full time*. Ella se encarga de todo el papeleo: la facturación, los seguros, los cargos de las tarjetas de crédito. Hace menos de un año que trabaja *full time*. Y en total, hace ya cuatro años que está con nosotros.

Le eché una ojeada rápida a mi reloj y vi que ya hacía más de una hora que estábamos en la Stockade. Mi trasero comenzaba a dolerme de tanto estar sentada. Tommy, por su parte, había comenzado a sudar, y tenía algunos cabellos pegados a su frente. Alonso, en cambio, parecía estar muy cómodo.

—¿Y quién hace la limpieza? —le pregunté a Alonso—. ¿Tienen a alguien que lo haga regularmente?

—Sí, claro, Reina Sotolongo. Me había olvidado de ella. —Alonso se golpeó suavemente la frente, produciendo un sonido amortiguado—. Es la mujer de la limpieza, viene por las noches. Tiene su propia llave y llega cuando nosotros ya no estamos.

—¿Hace cuánto que trabaja para usted?

—Hace muchísimos años, desde el comienzo. Recuerdo que vino a pedir trabajo el mismo día en que abrimos. Es una trabajadora excelente; le toma menos de una hora limpiar la tienda entera. Limpia también muchas otras tiendas de Miracle Mile. Ese sábado en la mañana también estaba allí, limpiando la tienda de novias vecina. Oyó los ruidos de los disparos y fue a ver qué pasaba.

Todo esto estaba muy bien, pero no tenía sentido seguir sin hacer la pregunta clave, la más difícil de todas. Yo señalé el informe policial.

—Alonso, según el informe de la policía de Coral Gables, nadie encontró el cuchillo con el que usted dice Gastón trató de atacarlo.

Yo sentí que Tommy se enderezaba en su silla. Seguramente estaba agradecido conmigo por hacer esa pregunta. Esa era la razón por la cual Sparky Markey no había aceptado la fianza.

—Sí, eso me dijeron —dijo Alonso con voz firme—. No tengo idea de qué fue lo que pasó con ese cuchillo. Lo único que sé es que lo vi. El tipo podría haberme apuñalado con él. Puedo jurar que lo tenía.

Tommy se puso de pie y comenzó a ordenar sus papeles.

—Creo que eso es todo lo que necesitamos por ahora —dijo—. Por favor, dígale a su esposa y a sus hijos que necesitaremos hablar con ellos pronto, y también con los empleados de su tienda. Entiendo que su esposa se está ocupando del negocio hasta que usted salga.

—Así es —dijo Alonso, y pareció hundirse un poco. Algo de su brillo había desaparecido, y ahora sí aparentaba la edad que tenía—. Va a trabajar algunas horas, todos los días.

—Tómeselo con calma, no es para tanto. —Tommy puso su mano sobre el hombro de Alonso y apretó gentilmente—. Sé que es difícil, pero tiene que ser fuerte. Pondremos todo nuestro esfuerzo y lo sacaremos de aquí.

Tommy tocó el timbre y los tres nos quedamos mirando las paredes hasta que llegó el oficial que nos sacaría de allí. Cuando la gruesa puerta de metal se abrió, Alonso asintió y salió.

Mientras era conducido a su celda, Tommy y yo nos dirigimos hacia la oficina de salida. No dijimos nada hasta que subimos al Rolls. Ahora conducía Tommy.

—Vamos a tomar un trago —dije. Realmente lo necesitaba.

—Bien.

—Está mintiendo —observé.

—Definitivamente.

Tommy y yo fuimos hasta el Grand Bay Hotel en Coconut Grove y subimos al bar del segundo piso. Yo le pedí un minuto para ir a llamar a Margarita desde un teléfono público. Lo intenté, pero nada. Otra vez tenía el suyo apagado. Llamé a su casa y me respondió el contestador. Dejé un mensaje, diciéndole que me llamara a cualquier hora.

Tommy me estaba esperando pacientemente en la barra, haciendo anotaciones en una libreta. La camarera nos llevó a una de las mesas más discretas. Después de acomodarnos en los sillones de cuero y pedir una botella de Dom Pérignon —pagada por el bufete de Tommy—, él comenzó a hablar.

—¿Por qué piensas que está mintiendo? —preguntó.

Mientras buscaba una buena respuesta, observé a la camarera, que con gesto experto descorchaba la botella.

—No mira de frente —dije.

Tommy hizo un ruido extraño y bebió su vaso de un sorbo.

—¡Te estoy pagando cien dólares la hora y todo lo que puedes decirme es que mi cliente no mira de frente!

—Me estás pagando para que te dé las impresiones que me provocó tu cliente y su historia —respondí—. No estoy trabajando en este caso, ¿lo recuerdas? Mañana parto hacia los Cayos. Hoy te acompañé porque me había comprometido a hacerlo y tú sabes que yo cumplo con mi palabra. El tipo sabe mucho más de lo que te está diciendo. Así de simple. No necesito más de una entrevista para saberlo.

Dicho esto, me eché atrás en el sillón y bebí un sorbo de champaña. En un rincón, una mujer ofrecía una delicada versión de la canción «Dejé mi corazón en San Francisco», acompañándose con un piano. Cuando ella miró en nuestra dirección, yo elevé mi copa. Era muy fácil acostumbrarse a un ritmo vacacional.

Súbitamente, lancé una carcajada al recordar una noche en la pequeña Habana, unos años atrás.

—Tommy, ¿recuerdas aquella noche en que fuimos a un bar peruano a escuchar a una cliente tuya que era cantante? ¿Recuerdas? Creo que la mujer estaba acusada de asesinato por eliminar a su amante con ceviche casero...

A pesar de sí mismo, Tommy también comenzó a reír a carcajadas.

—¡Nunca pensé que el jurado aceptaría probar la comida que preparaba esa mujer! ¡En cuanto la probaron decidieron soltarla!

Yo me estaba riendo tanto que mis ojos comenzaron a humedecerse.

—¿Recuerdas que ella cantó «Dejé mi corazón en Lima», y todos los peruanos se pusieron de pie y comenzaron a agitar esas pequeñas banderas de papel, llorando y bebiendo sus piscos?

Tommy se golpeaba el muslo, divertido, y luego me miró largamente.

—¡Dios mío, Lupe! Hemos pasado grandes momentos trabajando juntos, ¿verdad?

—De ninguna manera voy a entrar en ese juego esta vez, Tommy —le dije, interceptando su mano, que se dirigía hacia mi hombro—. En cuanto terminemos con esto me iré a casa y escribiré mis impresiones de la entrevista. Le dejaré al detective del caso un informe detallado con los puntos débiles. Si quieres, incluso puedo conseguirte algún otro detective. Pero eso es todo, Tommy. Se acabó.

Para mi asombro, Tommy se encogió de hombros, sirvió más champaña en las copas de ambos y cambió de tema. Comenzó a hablar de un yate que estaba pensando en comprar, y se preguntó cómo quedaría el bote en comparación con el Hatteras de Papi. Me sorprendió ver que se rendía tan fácilmente. Pero me sentí agradecida, porque estaba cansada de pelear con él.

Cuando terminamos la champaña, nos despedimos. Tommy me llevó a mi oficina para que recogiera mi auto y me dio un beso en la mejilla como despedida.

—Que disfrutes tus vacaciones —me dijo.

Yo comencé a conducir en dirección a mi apartamento en Brickell Avenue, pero cambié de idea cuando recordé que mi hermana Lourdes iba a cenar esa noche a Cocoplum. Ella era exactamente la monja que necesitaba ver para conservar mi humor vacacional.

6

Le eché una ojeada a los números verdes brillantes de mi reloj despertador. Era cerca de la medianoche. El día había sido muy largo, y además la noche anterior sólo había dormido dos horas. Pero igual quería terminar con el informe en el que había estado trabajando las últimas tres horas, para poder pasárselo la mañana siguiente a Leonardo. Él lo digitaría.

Bostecé, estirándome como un gato, y me serví otro vaso de champaña de la botella que había dentro de la hielera de plata. Había comenzado a beber champaña con Tommy y no había ningún motivo para cambiar. Ahora noté con alarma que la hielera, apoyada sobre mi cama e inclinada entre unas almohadas y unas libretas, había formado un pequeño charco de agua helada que se acercaba hacia mí. Justo cuando comenzaba a secarlo con un súeter que encontré en el piso, sonó el teléfono.

—Lupe, soy yo. ¿Estabas durmiendo?

—Hola, Tommy. No, no estaba durmiendo. Estaba trabajando en el informe sobre Alonso Arango.

—¿Algo interesante?

—Puede ser. —Hice una pausa—. Es demasiado pronto para saberlo. Me faltan algunos datos, pero hay algunas cosas que podrías chequear.

—Vamos, Lupe, no te hagas la misteriosa. No me tortures. ¿Qué averiguaste?

—Más tarde, Tommy. Hasta luego.

Cortar tan bruscamente no me hizo sentir para nada culpable. Con él no. Ni siquiera me había pagado lo suficiente por haberme engañado para convencerme de ir a la Stockade con él. Si no hubiera estado por irme de vacaciones, me abría sentido tentada de aceptar. Al fin y al cabo, Tommy era uno de los mejores abogados criminales de la ciudad, y trabajar con él era una experiencia en la que uno sin duda aprendía mucho. Y él casi siempre lograba sacar de problemas a sus clientes, lo cual significaba que yo también podía consolidar mi reputación trabajando a su lado.

Y aun cuando Leonardo y yo estábamos retrasados con nuestra facturación, nos venía bien el dinero. Compartíamos una mentalidad de refugiados: ambos temíamos, sin decirlo, que el negocio se evaporara un día sin aviso, y que fuéramos a parar a la calle. Ambos sabíamos que eso no era lo más probable, pero nos habíamos sacrificado muchísimo al comienzo y de ninguna manera queríamos volver a esa época.

Papi me había ayudado financieramente cuando comencé siete años antes con Solano Investigations, y yo estaba orgullosa de haberle devuelto cada centavo de su inversión. Cuando comenzaba, tenía que tomar todos los casos con los que me topaba, pero el tiempo pasó y mi esfuerzo, mi honestidad y no exagerar mis honorarios me habían forjado una buena reputación. A partir de cierto momento, pude darme el lujo de elegir en qué casos trabajar.

Recuerdo cuánto me enojé cuando Papi me obligó a emplear a mi primo como condición de su financiamiento inicial. Apenas conocía a Leonardo —sabía que era la oveja negra de la familia de la hermana de mi madre, y que tenía cinco años menos que yo—. Para mi sorpresa, nos llevamos muy bien desde el comienzo. Ahora no podría siquiera imaginar no tenerlo cerca, aun cuando a veces me vuelve loca con toda su basura New Age y sus amigos comedores de granos.

Pero es un precio pequeño a cambio de tenerlo en la oficina. A veces tengo que ponerle límites, como la vez en que intentó convertir el cuarto de atrás en una sala de meditación, incluyendo pósters de Sedona, velas, incienso y cristales. Podría haber tolerado todo eso, pero me volví loca cuando vi que había cubierto el piso con arena. Su *timing* no podría haber sido peor. Después de veinticuatro horas corridas vigilando a un tipo, agotada, sucia y sedienta, descubrí su obra de arte. Y perdí el control. Eché a una docena de sus amigos, interrumpiéndolos en medio de un canto. Cuando volví a trabajar al día siguiente, el cuarto trasero había recuperado su estado original, convertido de nuevo en depósito de nuestros archivos y nuestras provisiones. Leonardo y yo nunca volvimos a hablar del tema, y eso estaba muy bien para mí. La única duda que me quedó fue qué había querido decir uno de sus amigos cuando apuntó que yo tenía un aura púrpura y roja, pero supuse que no valía la pena saberlo.

Recuerdo, como si fuera hoy, el día en que Leonardo y yo nos dimos el lujo de rechazar un pequeño caso doméstico. Fuimos a celebrarlo. Los casos domésticos son los peores, de eso no hay duda. La Florida es un estado en el que a la ley no le importa que un marido o una esposa engañen a su cónyuge. Pero la gente es gente, y todos quieren tener una prueba de que su pareja los está engañando.

Algunos de ellos quieren fotos o vídeos —en color—, o bien una grabación. Yo sigo teniendo pesadillas en las cuales mis clientes les muestran los vídeos a sus hijos, sus parientes o sus amigos, sólo para probar cuán miserable era su cónyuge. En la peor de mis pesadillas, de esas que hacen sudar, veía a mis clientes sirviendo *popcorn* mientras miraban la prueba del adulterio en la sala familiar, en una televisión gigante.

Tal vez porque había trabajado demasiados casos de ese tipo, el matrimonio no era algo que me atrajera. Estaba muy contenta reciclando a mis antiguos novios, rotándolos al ritmo de mis cambios de humor. Estaba cómoda con ellos, y ellos me entendían. Tal vez estábamos comenzando a envejecer y era tarde para cambiar. No lo sabía con certeza.

Acababa de terminar con mi informe para Tommy cuando alguien golpeó suavemente a mi puerta.

—Adelante —dije, terminando una de las últimas oraciones.

Mi hermana mayor, Lourdes asomó la cabeza.

—Vi que tenías la luz encendida, Lupe. Estás trabajando hasta tarde. ¿Ya terminas?

—En este mismo instante. Espera a que guarde mis papeles. —Recogí la pila de hojas y las coloqué en un sobre de manila sobre el cual escribí el nombre de Alonso Arango.

Lourdes entró al cuarto y se echó en la cama junto a mí, como cuando éramos niñas. Ella dio un grito cuando aterrizó en el agua helada que había dejado mi hielera.

—Disculpa —dije, intentando ordenar un poco—. Siéntate aquí donde estaba yo.

Lourdes giró hacia el otro lado de la cama con una sonrisa.

—Bueno, sé que estabas sola. No me voy a molestar por una sábana húmeda.

Lourdes era muy *cool*, sobre todo considerando que era una monja de la Orden del Santo Rosario. Se había cambiado la bata y las pantuflas rosas que había usado más temprano por unos shorts de los Miami Heat y su camiseta favorita, que llevaba una gran leyenda que proclamaba con orgullo: «Soy una perra». Su largo cabello estaba peinado hacia atrás en una colita.

Tengo dos hermanas, Fátima y Lourdes. Mami, con su típico fervor religioso, nos puso el nombre de tres apariciones de la Virgen María. Yo tuve más suerte: Guadalupe puede ser convertido en Lupe. Pero no hay mucho que se pueda hacer con Lourdes y Fátima. Fátima es mi hermana mayor, y la única que vive *full time* en la casa. Pero, desde la muerte de Mami, siete años atrás, Lourdes y yo pasamos tanto tiempo allí que es como si no nos hubiéramos ido. Papi, un típico macho cubano, moriría antes de admitir que le gusta estar rodeado de una corte de mujeres. Pero todas sabemos que le encanta.

Al comienzo no era así. Lourdes vivía al principio en una casa de la pequeña Habana, con otras tres monjas, y Fátima tuvo su casa en Coral Gables, donde vivía con sus hijas mellizas. Yo conservaba mi apartamento en Brickell Avenue para mantener mi autonomía y mi independencia. Había alquilado el lugar un par de meses después de graduarme en la Universidad de Miami, y entonces era muy excitante para mí vivir sola. Con la tinta de mi diploma todavía fresca (hice un *major* en publicidad, y no es necesario decir que nadie vino corriendo a ofrecerme un trabajo), conseguí un empleo como detective en White and Blanco, una agencia en el noroeste de Miami.

Creo que elegí mi carrera por accidente. Lo primero que supe de esa carrera fue cuando se sospechó que Julio Juárez, en ese entonces marido de Fátima, se estaba quedando con fondos que no le correspondían en la empresa constructora de Papi. Y lo peor, usaba esos fondos para mantener a una novia. Yo ayudé a Hadrian Wells —el detective que había contratado el abogado de la familia, Stanley Zimmerman— y el trabajo me gustó mucho. Hice algunos trabajos para Hadrian y para su jefe, Esteban Morales, y comencé a acariciar la idea de dedicarme a ello. Cuando anuncié mis planes, en mi casa se armó un escándalo.

Las condiciones laborales en White and Blanco no eran las mejores. Tuvieron suerte de que el Departamento de Salud local nunca fuera a hacer una inspección. Por supuesto, los clientes nunca veían «la fosa», donde los siete detectives y yo trabajábamos como esclavos. Sólo veían la lujosa oficina alfombrada de los jefes, donde les servían té y café en tazas de porcelana.

Mientras, yo estaba encerrada entre cuatro paredes, rodeada de hombres. Es decir que era la única que no me tiraba pedos, la única que no eructaba y la única que no se rascaba o hablaba en público de sus partes pudendas. Cualquier ilusión que pude haber tenido acerca del sexo opuesto se desvaneció en mi primera hora de trabajo allí. Pero puedo decir también que allí aprendí muchísimo acerca de la naturaleza humana.

El día que obtuve mi licencia de detective, que me autorizaba a trabajar por mi cuenta, hice imprimir mil tarjetas personales. Pagué por adelantado tres meses del alquiler de la cabaña de Coconut Grove y me puse a trabajar.

—¿Quieres contarme en qué estás pensando? —me preguntó Lourdes, acostada a mi lado—. ¿O prefieres que te deje en paz?

—Lo siento —dije, advirtiendo que me había perdido en mis pensamientos—. Ha sido un largo día.

—¿Sigues pensando ir mañana a los Cayos?

—Claro que sí —dije. Ambas mirábamos al techo—. Hubiera partido hoy mismo si Tommy no me hubiera persuadido, después de insistir mucho, para que entrevistara a un cliente suyo en la Stockade. Estaba terminando mi informe cuando tú golpeaste la puerta. Pero puedes sentirte orgullosa de mí. Rechacé el ofrecimiento de Tommy de hacerme cargo del caso. En cuanto le deje el informe, soy libre.

Solté un largo suspiro. Alonso Arango no era un problema mío.

Lourdes se volvió hacia mí.

—¿De modo que has terminado por hoy?

—¿Qué estás sugiriendo? —pregunté, apoyándome sobre mi codo para mirar a mi hermana—. Tienes una mirada extraña.

Lourdes puso una mano en el bolsillo de su short.

—No es nada. Pensé que tal vez querrías esto. —Lourdes me mostró un grueso cigarrillo de marihuana. Su sólo aroma era intoxicante.

—¿Theofilus? —pregunté, refiriéndome al jardinero jamaiquino que trabajaba con ella en el convento.

—¿Quién si no? —preguntó Lourdes. Sus ojos soltaban chispas, como siempre que hacía alguna travesura—. Acaba de volver ayer de Montego Bay y me trajo este regalo. Yo pensé inmediatamente en ti.

Lourdes tomó una caja de fósforos que había sobre mi mesa de luz, encendió uno y me lo pasó.

—Estoy muy agradecida con él, pero le advertí que no trajera este tipo de cosas en los aviones —agregó, mirando cómo yo inhalaba el humo—. Le dije que si lo cogían, estaría en serios problemas.

El cuarto no tardó en llenarse de ese humo dulce, y tuve que levantarme enseguida para abrir el ventanal que daba al balcón. Cuando me volví, Lourdes estaba mirando el cigarrillo que se consumía sobre el cenicero.

—Adelante, chica —bromeé. Si hubiéramos sido más jóvenes, ella me habría hecho caso, pero su vocación le daba una increíble fuerza de voluntad—. Sólo una cachada, nadie va a darse cuenta.

Lourdes sacudió la cabeza, cerrando sus ojos y levantándolos hacia el techo.

—Estás·equivocada. Hay alguien que lo sabe todo.

Ella se quedó en silencio unos minutos cuando yo volví a acostarme a su lado. Me pregunté en qué estaría pensando, pero me rendí muy pronto. Nunca sabía qué era lo que pasaba por la cabeza de mi hermana. Por lo que yo sabía, esa cabeza estaba llena de imágenes de santos, milagros y apariciones. Como fuera, siempre parecía estar un paso más adelante que yo, y siempre lograba dar en el clavo cuando me daba un consejo. Su irreverencia no era un obstáculo para dedicarse con toda fidelidad a su vocación. Tenía una mente llena de contradicciones, pero en lo que se relacionaba con su fe no había ambigüedad alguna.

—¿En qué estás pensando? —me preguntó.

—En ti —le dije.

Ella sonrió.

—¿Qué piensas de mí?

—Que nunca sé en qué estás pensando.

—Eso es porque siempre estoy ocupada intentando leer tu mente —dijo con voz de actriz de película de terror.

—No te pongas misteriosa —dije—. De todos modos, si puedes leer mi mente, ¿por qué me preguntaste en qué estaba pensando?

Ella hizo una pausa.

—Tú sabes, hermanita. Sólo para hablar de algo.

Eso era. Antes de que pudiera detenerme, tomé un puñado de agua y hielo del cubo y los dejé caer por su espalda. Ella comenzó a reír a carcajadas y apretó un almohadón contra mi rostro.

—Acabo de recordar algo —dije, recostada. Lourdes tomó otra almohada, calibrando si yo estaba hablando en serio o no—. Margarita no me devolvió mis llamadas. La estuve llamando todo el día.

—¿Qué le ocurre a Margarita? —preguntó Lourdes.

—Almorcé con ella hace dos días y se comportó de manera extraña. Me dejó preocupada.

—¿Es por Rodrigo? —preguntó mi hermana, moviendo la nariz con disgusto. Lourdes tenía la misma opinión que yo acerca del marido de Margarita.

—No lo sé, pero casi no comió. Necesito hablar con ella antes de irme.

Lourdes bostezó.

—De todas maneras, yo tengo que irme a dormir —dijo, mirándome de manera extraña—. Estás realmente preocupada, ¿verdad? No lo estés. Ustedes son amigas desde que usaban pañales. Cuando esté lista te contará sus problemas. Todo estará bien.

Yo sonreí.

—Siempre sabes dar un buen consejo.

—Es parte de mi trabajo. Llámala, así te quedas tranquila.

Cuando Lourdes se fue, llamé a la casa de Margarita. Era pasada la medianoche. Nadie respondió. Dejé un mensaje y llamé a su celular. Estaba apagado.

Me dije a mí misma que no tenía sentido preocuparse. Hablaría con Margarita en la mañana y todo se arreglaría. Apagué la luz y cerré los ojos. Cuando la imagen de Alonso Arango vino a mi mente, intenté despejarla. No quería ningún obstáculo que dificultara mis vacaciones.

7

—¡Por Dios, Norma, me estás sancochando!

Yo acababa de colocar mis pies en la palangana de plástico que había en el suelo, y los retiré al instante cuando el agua hirviendo hizo que mi piel enrojeciera. Era un viernes en la mañana, el momento de mi cita semanal con la manicura y pedicura. Mientras recibía sus cuidados, revisaba el informe que Leonardo acababa de digitar antes de llamar a un correo para que se lo llevara a Tommy.

Como siempre, Norma no prestaba la menor atención a mis protestas. Hacía ya diez años que se ocupaba de mis manos y mis pies, y ya me conocía. Yo admiraba su habilidad, y su firmeza para continuar con su trabajo a pesar de mis protestas.

Cuando el dolor se aplacó y miré hacia abajo para asegurarme de que mis pies no estaban en carne viva, volví a hundir mis dedos en el agua y me concentré en el informe sobre Alonso Arango. Mis notas contenían más preguntas que respuestas, pero constituían un buen comienzo para el detective que se ocupara del caso. Al despertarme esa mañana, después de dormir como una osa, me había sorprendido ver que el informe era coherente. Mi estado el día anterior era calamitoso, pero al fin y al cabo soy una profesional. Ahora había descansado y me sentía bien porque había bebido tres tazas en una hora del letal café cubano que preparaba Leonardo.

—¡Lupe, no más café! —gritó Leonardo desde el umbral de la puerta. Yo sostenía mi cuarto café con las manos temblorosas. Mis dedos estaban cuidadosamente extendidos, para no manchar el esmalte fresco de las uñas—. Luces como Miss Delicadeza acelerada. Norma, ¿cómo puedes atenderla cuando está así?

Norma se encogió de hombros, sin siquiera levantar la vista. En todos estos años sólo la había oído pronunciar una docena de palabras. Cada tanto, yo empezaba a sentirme frustrada por su falta de respuestas y dejaba de llamarla, pero mis incursiones en el áspero mundo de otras manicuras eran inevitablemente desastrosas. A mis cutículas les tomaba semanas recuperar su estado anterior después del maltrato.

Cuando Norma se fue, yo ya había comenzado a leer el informe policial que había encontrado en mi puerta esa mañana; cortesía de Tommy. Desde la oficina de al lado, oía la voz familiar de Leonardo que le pagaba a Norma en efectivo. Ni siquiera tras una década de fidelidad ella permitía que yo le pagase con un cheque. Yo suponía que la causa de ello fuera su aversión al IRS, más que su desconfianza hacia nosotros. Justo cuando había comenzado a hacer algunas anotaciones, sonó mi teléfono.

—Tommy. Estaba a punto de llamarte —dije—. ¿Leíste bien el informe sobre Alonso Arango?

—Le eché una ojeada. ¿Por qué?

Yo tenía el presentimiento de que este caso no sería un *home run* fácil, tal como Tommy esperaba.

—Bueno, deberías leerlo —le dije—. Y deberías leerlo con mucho cuidado.

En el informe policial quedaba asentado con claridad que nadie había visto a Gustavo Gastón acercarse a Alonso Arango con un cuchillo en la mano. Era verdad que había una larga lista de testigos en el informe, pero ninguno de ellos había visto el supuesto ataque que había impulsado a Alonso a actuar «en defensa propia». Silvia Romero volvía de la oficina de correos justo en el momento en que se produjeron los disparos. Estacionó su automóvil en un garaje municipal que había en la parte trasera del edificio y escuchó el ruido de un arma de fuego en el mismo momento en que giraba el picaporte de la puerta trasera.

Ninguno de los otros empleados había visto u oído nada hasta que se produjeron los disparos. Peor aún: nadie vio entrar a Gustavo Gastón a Optima Jewelers esa mañana. La tienda estaba llena de gente, pero ninguno de ellos pudo corroborar la historia de Alonso. Y el cuchillo, el mayor problema, seguía sin aparecer. El siguiente detective tendría que investigar un montón de cosas. Yo me sentía tentada de hacerme cargo del caso, pero no lo suficientemente tentada.

—¿Norma ya se fue? —preguntó Tommy.

«No hay secretos en este mundo», pensé con fastidio.

—Sí, Tommy, acaba de irse. ¿Qué es lo que quieres? Estoy a punto de enviarte tu informe.

—No dormí muy bien anoche —dijo Tommy con tono vulnerable—. Me quedé pensando en el caso. Creo que ya debería haberme acostumbrado a que mis clientes me mientan, pero me sorprende que alguien como Arango lo haga. Supongo que así es la vida. De todos modos, ¿qué vas a hacer hoy?

—¿Además de irme a Cayo Hueso en cuanto se seque el esmalte de mis uñas? —pregunté con inocencia.

—¡Ah, Cayo Hueso! —dijo Tommy. Su voz sonaba alegre, como si acabara de resolver un acertijo—. Apuesto a que vas a ver a ese antiguo novio tuyo. El que se jubiló.

Yo ignoré su comentario.

—Como te dije, llamaré al mensajero en cuanto colguemos. Te enviaré también mi factura.

—Por supuesto —dijo Tommy.

—Te adelanto que va a ser una cifra considerable. Trabajé muchas horas en este caso. —Hice una pausa, pensando en cómo decir lo que tenía que decir—. Mira, Tommy. Quiero decirte que este caso me preocupa. Nada encaja. Tiene más agujeros que una red de pescador. Una mirada atenta al informe policial explica claramente por qué Sparky Markey rechazó la fianza. Yo también lo hubiera hecho. Tienes que conseguir que este tipo te cuente la verdad. De otra manera, no podrás ayudarlo.

—Lo sé. Y tienes razón. Pero tengo una confesión que hacerte. —Tommy puso su tono más sincero y emotivo—. Realmente no pude averiguar mucho de este caso antes de tomarlo. Para ser honesto, contaba con tu aporte como detective, como siempre. Al fin y al cabo, tú eres la mejor. Nunca perdemos cuando trabajamos juntos. Realmente creí que ibas a aceptar el caso cuando hablaras con el viejo.

—No me cabe ninguna duda de que eso fue lo que creíste. Pero te equivocaste, ¿verdad? —Corté la comunicación antes de que él pudiera decirme nada.

Un instante después sonó el teléfono. Pensando que era Tommy otra vez, atendí sin decir palabra. Me alegré de haberlo hecho.

—¡Margarita! —grité—. ¿Dónde diablos has estado? ¡Te llamé cientos de veces!

—Estuve en Palm Beach y sigo aquí contigo —dijo—. Lo siento. Recibí tus mensajes, pero todavía no estaba lista para hablar. Están... están sucediendo muchas cosas en mi vida, cosas que tú no conoces.

La voz de Margarita sonaba tan débil que yo apenas podía oírla. Mi rabia hacia ella se esfumó de pronto.

—¿Estás bien? —pregunté.

—Sí. No. —Mi amiga suspiró—. No lo sé, Lupe. Ahora no puedo hablar. Pero debo volver a Miami en un par de horas. Podremos hablar entonces, ¿sí?

—Espera, no cuelgues —supliqué. Margarita sonaba distraída y distante—. ¿Estás segura de que puedes manejar? Si salgo ahora, puedo estar allí en una hora. ¿En qué parte de Palm Beach estás? ¿Estás con los Sánchez?

—Lupe, es «de Sánchez», sobre todo ahora que conseguí el contrato. —Margarita se rió con desgano de su pobre broma.

—¿Dónde estás? —repetí—. Partiré ahora.

—No, por favor. Estoy bien. Puedo manejar.

—¿Qué pasa? ¿Puedes decirme algo? —Quería mantenerla al teléfono lo más que pudiera. Cuanto más larga se volvía la comunicación, más se concentraba ella en lo que hablábamos. Era necesario que recuperara la tranquilidad si es que pensaba manejar hasta Miami. Eran sólo sesenta millas, pero el tráfico interestatal era siempre atroz. Necesitaba concentrarse en el timón. También me sentía invadida por la curiosidad; Margarita no era una mujer de desaparecer sin aviso. Con mi típico sentido del tacto, comencé a ametrallarla con preguntas.

—¿Tan malo es lo que te ocurre que ni siquiera podías llamarme? —le pregunté—. ¿Tiene que ver con tu trabajo? ¿Estás metida en un problema? ¿Necesitas mis servicios profesionales? ¿Hay algo que pueda hacer por ti antes de que vuelvas?

—Lupe, por favor —interrumpió Margarita—. Tiene que ver con Rodrigo. No estamos bien. Tenemos problemas, problemas serios. Hace seis meses que no tenemos sexo y ahora él me dice que quiere tener un bebé. Estoy confundida, no sé qué hacer. Sólo necesitaba un tiempo sola para poner en orden mis ideas.

—Pero no me habías dicho nada de todo eso —dije, algo ofendida—. ¿Cómo pudiste esconderme algo tan grave?

Mi amiga de siempre me había engañado. Eso me dolía, pero también ponía en duda mis dotes profesionales. Yo vivía de sacarle secretos a la gente, y aunque en los últimos días me había convencido de que algo le ocurría a Margarita, no había sido capaz de averiguar qué era exactamente.

—Margarita, tenía planeado salir hoy mismo para los Cayos, pero te esperaré. Parece que necesitas alguien con quien hablar.

Ahora la que sonaba extraña era yo. Sabía que las cosas no iban bien con Rodrigo, pero puesto que yo nunca me había casado, sospeché que era una de esas crisis periódicas que atraviesan todos los matrimonios. No sabía que su relación estaba tan deteriorada que ya no mantenían relaciones íntimas. Margarita siempre había tenido una libido poderosa. Evidentemente, el problema era muy serio. Tampoco me sorprendía la respuesta de Rodrigo. Hay una vieja sentencia popular que asegura que, cuando un matrimonio está en problemas, compra una casa o encarga un bebé.

—Me hubiera gustado hablar antes contigo —dijo Margarita—. Me costó muchísimo no contarte nada, pero no quería que nadie supiera lo mal que están las cosas.

—¡Por el amor de Dios, Margarita! ¿Por qué?

—No quería decirte la verdad porque sé que Rodrigo nunca te gustó.

Era verdad, aunque yo nunca se lo había dicho explícitamente.

—Bueno, ahora lo sabes —dijo—. Me siento mucho mejor ahora que te lo dije. Hay más, pero podemos esperar a vernos.

—Excelente —dije—. Te veré en un par de horas.

—Lupe, tú ya tienes tus planes para irte y no quiero que los cambies. Gracias por tu ofrecimiento, pero no puedo aceptarlo. Ambas sabemos muy bien cuánto necesitas tus vacaciones. —De pronto, la voz de Margarita sonó más extraña que al principio. Oí que se sonaba la nariz—. ¿Irás a ver a Sam? —preguntó.

Mi preocupación cedió un poco cuando detecté en Margarita una cierta calma que me tranquilizó con respecto a su estado mental. Ésta se parecía más a la Margarita que yo conocía y amaba.

—Sí, iré a verlo —dije—. Pero puedo postergar todo un día y no ocurrirá nada. Supuestamente tenía que partir ayer, pero Tommy me convenció para que lo ayudara con un caso. Su cliente es un tipo que está en la cárcel. Es el joyero de Miracle Mile y contrató a Tommy para que lo defendiera de una acusación de homicidio en segundo grado. Le disparó a un balsero que entró a su tienda con la supuesta intención de atacarlo.

—Por Dios, Lupe. —La voz de Margarita sonó más reria que nunca—. ¿Cuál es el nombre del cliente de Tommy?

—Alonso Arango. ¿Por qué lo preguntas?

—Tengo que contarte algo. Espérame —dijo con voz áspera—. Estaré en tu oficina en hora y media. No vayas a ningún lado. Y colgó.

8

El viaje hasta Cayo Hueso no fue tan malo como había temido. Partí en el momento en el que la gente sale del trabajo, cuando el tráfico es más intenso y los dos carriles de la autopista están repletos, haciendo que las tres horas que se tarda normalmente en llegar desde Miami hasta el punto más al sur de los Estados Unidos se conviertan en seis. Pero ese día la suerte estaba de mi lado. El tránsito era suave y los policías escasos. Cada kilómetro que pasaba, me iba relajando un poco más.

Había partido tan tarde porque había estado esperando a que Margarita volviera de Palm Beach. Estuve sentada desde el mediodía hasta las seis de la tarde y no apareció. Mi primera reacción fue de enojo, pensando que otra vez estaba intentando evitarme, pero luego comencé a preocuparme. Cuando estaba a punto de dejar mensajes en sus contestadores, me detuve. Ahora sabía qué era lo que tenía preocupada a mi amiga, y aun cuando estaba evidentemente alterada, se trataba de un problema familiar. A las seis le dije a Leonardo que se fuera a casa y me subí a mi Mercedes. Margarita me hablaría cuando estuviera lista para hacerlo.

El sol brillaba sobre el océano, convirtiéndolo en una gran franja plateada. Puse la radio a todo volumen. La vista desde el puente de las Siete Millas era realmente espectacular. Los pelícanos se deslizaban a ambos lados de la bahía, los barcos pesqueros encaraban otra noche de trabajo y los veleros se dirigían a los embarcaderos.

A medida que avanzaba, el tránsito se hacía más y más ligero, y yo podía sentir que la tensión acumulada abandonaba mi cuello y mis hombros. Comencé a pensar en Sam Lamont, mi viejo amigo y ex novio. Hacía un año que no lo veía. Definitivamente, mucho tiempo.

Sam se había mudado a Cayo Hueso desde Miami cinco años antes. Nunca había vuelto a Dade County; si yo quería verlo, tenía que ir hasta allí. Amo a Cayo Hueso, de modo que el viaje valía la pena. También amaba y respetaba a Sam, y si hubiera sido necesario habría manejado mucho más para verlo.

Sam vivía en una casa que, a mi juicio, era el prototipo de lo *cool*; una casa victoriana muy coqueta que él mismo había remodelado. Como buen hedonista, había diseñado la parte de la casa que a mí más me gustaba: la ducha en el patio. Era una bañera hecha con una rica madera y rodeada de orquídeas. Allí, uno se sentía en medio de una selva tropical. Sam la había diseñado de tal modo que arrojara un agua fina y vaporosa.

Muchos años antes, cuando él vivía en Miami y era el mejor poligrafista del estado, habíamos salido en serio. Pero, como suele ocurrirme con los hombres, yo decidí que Sam me gustaba más como amigo que como futuro marido. A veces pienso que mi resistencia a convertir esa relación en una pareja formal contribuyó a su brusca decisión de renunciar y abandonar Miami, pero él siempre me ha asegurado que no fue así. Además de su aire nórdico, su seguridad y su inteligente sentido del humor, creo que lo que más me gustaba de él era que siempre recibía mis visitas con alegría, sin importar cuán sorpresivas fueran ni cuanto duraran, y sin hacer nunca preguntas inútiles.

Dejé atrás Stock Island y el West Aquarium, y en cuestión de minutos llegué a mi destino. Sam estaba en el porche esperándome, bebiendo café a sorbos reclinado en su sillón de mimbre. Se puso de pie y se metió su camisa polo dentro de los jeans, con una gran sonrisa surcándole el rostro. Ni siquiera lo había llamado para decirle que llegaría un día más tarde de lo prometido, sabiendo que a él no le importaría. Sam vivía en su mundo, y eso se notaba en sus modos calmos y pausados. Un día más o menos le daba lo mismo, y al menos esa semana a mí también me daría lo mismo un día más o un día menos.

—¿Qué tal el viaje? —me preguntó, tomando mi mochila. Puso su brazo alrededor de mis hombros y me atrajo hacia sí. Caminamos juntos hacia su casa.

—Muy relajado —dije mientras él me abría la puerta de entrada y me invitaba a pasar. Ya en el salón vi que mi amigo había hecho progresos en la renovación de la casa. Las paredes estaban pintadas de un blanco mate, y las escaleras prolijamente barnizadas.

Sam se dirigió hacia las escaleras con mi mochila, pero yo lo detuve.

—Estuve esperando todo el día... —dije mientras le tomaba la mano.

Su rostro bronceado se iluminó con una sonrisa encantadora.

—¿Quieres decir que necesitas un baño?

—Eso seguro.

—¿Y alguien que te lave la espalda...?

Una hora más tarde Sam y yo estábamos en el patio a punto de comer un pargo recién pescado y una ensalada. Mientras esperábamos a que el pescado terminara de cocerse, Sam me masajeaba los hombros. Si esto no era el paraíso, no faltaba mucho para que lo fuera.

—No puedo creer lo bien que se siente estar lejos de todo —dije—. Miami está a sólo un par de horas de aquí, pero siento que lo hubiera dejado atrás para siempre. Todos los casos, todos los asuntos pendientes, todas las mentiras...

Me detuve bruscamente, pensando que estaba entrando en un terreno peligroso. Al comprar la casa, Sam me había ofrecido que fuera a vivir con él. Había ahorrado lo suficiente durante su carrera y ahora se había retirado, y me había dicho que yo podía ir con él con total tranquilidad. Yo le dije que no estaba lista y que no sabía si alguna vez lo estaría. Él me respondió que podía pensarlo todo lo que quisiera.

Tal vez Sam estuviera leyendo mis pensamientos, lo cual no era muy difícil. Como fuera, lo cierto es que hundió sus dedos más aún en mi espalda, enviándome a un estado entre el éxtasis y el dolor.

Fue entonces cuando sonó mi bíper. Sam gruñó.

—¿Trajiste ese aparato? —dijo—. Sabes que en mi casa están prohibidos los bípers y los teléfonos celulares.

Me di vuelta y vi su sonrisa. Estaba sonriendo, pero sólo en parte. Estaba por ensayar alguna respuesta ácida cuando vi que el número era el de mi casa de Cocoplum, seguido de tres cifras: 911. Era un código de emergencia que significaba que tenía que llamar de inmediato.

—¿Qué ocurre? —preguntó Sam, con su mano sobre mis hombros. Le mostré la pequeña pantalla del celular y él me condujo al teléfono que había en la cocina.

Me paralicé antes de poder marcar el número, sabiendo que esto tenía relación con Margarita. Mis manos temblaban. Estaba tan nerviosa que tuve que intentar tres veces antes de lograr marcar el número correcto. A cada intento, mi temor aumentaba.

Papi atendió al primer ring. Casi nunca se dignaba ir al teléfono, a menos que algo realmente malo estuviera ocurriendo. El aroma del pescado cocinándose en el patio me revolvió el estómago.

Tragué saliva.

—¿Papi? Soy yo, Lupe. ¿Qué pasa?

—Lupe, querida. Tengo malas noticias.

Mi padre intentaba mantener un tono calmo, pero no podía engañarme.

—¿Qué es? Dímelo, Papi. Por favor.

—Margarita... —Papi carraspeó—. Llamó Rodrigo. Tuvo un accidente...

Me deslicé por la pared hasta que llegué al suelo. Sabía lo que seguía.

—¿Qué tipo de accidente?

—Un accidente automovilístico. —Papi hablaba con mucha lentitud, pronunciando claramente cada palabra—. Venía esta tarde de Palm Beach y su auto... Bueno, estaba saliendo de la autopista hacia Coconut Grove y se volcó...

Margarita se dirigía a mi oficina. No había otra razón para que estuviera en la salida de Coconut Grove. Apenas pude escuchar lo que Papi me decía. Realmente no quería escucharlo.

—Rodrigo llamó hace unos minutos. —La voz de Papi sonaba helada, formal, profunda. Sabía que la noticia también le había roto el corazón a él—. Nadie sabía dónde estabas, de modo que llamé a Leonardo a su casa y le dije que te dejara un mensaje en el bíper. Lo siento, Guadalupe, pero ella ha fallecido. Sé muy bien cuánto la querías. Tu madre siempre decía, cuando eran niñas, que ustedes dos eran como hermanas.

Papi estaba intentando consolarme, pero yo casi nunca lo había visto tan emocionado, y eso aumentaba mi dolor.

—¿Rodrigo dijo algo acerca del funeral? —pregunté. Tenía que focalizar mi atención en los aspectos prácticos; la verdadera tristeza vendría con el paso de las horas. Así era como funcionaba mi corazón.

—No, acaba de llamarnos para comentarnos la noticia... —Oí un ruido extraño y advertí que Papi se estaba sonando la nariz—. ¿Dónde estás, Lupe? No quiero sonar molesto, pero creo que sería mejor que no estés sola.

Aunque no pensaba demasiado en ello, siete años después de su muerte yo todavía estaba de duelo por mi madre. Y Papi también lo estaba.

—No te preocupes, Papi, no estoy sola —dije—. Llamaré a Tía Alina. Estoy bien, Papi, de verdad. Es tarde, ve a dormir. ¿Estás con alguien en casa?

—Con tus dos hermanas —dijo—. Y con las mellizas. No te preocupes por mí. Vuelve mañana y maneja con cuidado. ¿Me lo prometes?

—Por supuesto que lo prometo, Papi. Adiós. —Con suavidad, colgué el teléfono.

Me di vuelta y vi a Sam en el pasillo. Había oído toda la conversación.

—Margarita —dije—. Era por Margarita.

Sin pronunciar palabra me levantó del suelo, me llevó a su cama y me abrazó por un tiempo largo. Sam no conocía a Margarita, pero sabía lo que ella significaba para mí. Nos quedamos en la cama durante horas, hablando suavemente mientras Sam me abrazaba, hasta que me quedé dormida. A la madrugada salí para Miami.

9

Todavía con el vestido negro que había usado para el velorio, me acosté en la cama de mi apartamento y lloré hasta que me dolieron las vértebras. La noción de que mi amiga se había ido para siempre me había llegado gradualmente, y ahora era una realidad. No me moví por una hora, salvo para mirar una foto de Margarita y yo que mi mamá nos había tomado un verano en la playa, quince años antes. Enmarcada en un marco de plata, me había acompañado siempre desde que había sido revelada.

Me hundí en las sábanas, con los ojos cerrados, pensando en la escena en la funeraria Caballero, donde Margarita había sido velada. El ataúd estaba cerrado debido al estado de su cuerpo, y yo no tuve siquiera la oportunidad de decirle adiós. Sonreí al pensar que Margarita hubiera estado muy contenta de ver cuánta gente se había acercado al velorio; ella siempre atraía multitudes.

Tía Alina, la madre de Margarita, había insistido para que me sentara con la familia cercana en el auto principal rumbo al cementerio, y me sostuvo la mano durante todo el trayecto. No me soltó hasta que la ceremonia terminó, y aún entonces le costó decirme adiós. Tengo que admitir que a mí me ocurrió lo mismo.

Las sombras de la noche habían oscurecido las paredes de mi habitación, pero no tenía la voluntad siquiera de levantarme para ir al baño. Pasé toda la noche tratando de conciliar el sueño, hasta que finalmente logré dormir unas horas antes del amanecer. Entonces me levanté, me lavé la cara y los dientes y dormí otro par de horas. Era como si toda la falta de sueño de la última década se me hubiera venido encima de golpe.

Cuando desperté al mediodía, tenía veinte mensajes en el contestador automático. No los revisé, pero tampoco desconecté el teléfono. Necesitaba privacidad para mi duelo, pero tampoco podía esconderme para siempre.

Cinco minutos más tarde, mientras me preparaba un café cubano, el teléfono volvió a sonar. Miré el identificador de llamadas: era la Tía Alina.

—¡Ay, Lupe! —dijo—. Gracias a Dios que contestaste. ¿Cómo estás?

—Bien —dije. El día anterior, durante la ceremonia, había comenzado a pensar en ella como en una segunda madre—. ¿Y tú?

—Quiero saber algo, querida. —Su tono de voz me sorprendió; sonaba insistente y dolorido a un tiempo—. ¿Por qué no nos dijo Margarita que estaba embarazada? Te pido que me digas la verdad.

—¿Embarazada? —pregunté. El teléfono casi se me cae al piso.

—Estoy segura de que te lo dijo. Ustedes no tenían secretos. —A pesar del dolor que expresaba, la voz de Tía Alina sonaba acusatoria.

—¿Cómo... cómo lo supieron?

—Es muy extraño, Lupe —dijo, más amablemente—. La policía hizo el análisis de sangre de rutina para ver si el conductor estaba ebrio.

Tía Alina comenzó a sollozar. Podía imaginarla vestida de negro de pies a cabeza en la sala de su casona, mirando probablemente las fotos familiares.

—Vamos, Tía Alina —dije, esperando a que se recuperara—. Dime qué ocurrió.

—Me dijeron que el técnico que hizo el análisis cometió un error —dijo—. O bien fue en el laboratorio, no entendí del todo. Pero además del test del alcohol le hicieron un test de embarazo. Puede que fuera un error, puede que el técnico haya sospechado algo. No lo sé. Pero ella estaba embarazada de tres meses. ¡Estaba esperando un bebé, Lupe! ¡No sólo perdí a mi hija, sino también a mi nieto!

Tía Alina se quebró y estalló en un nuevo llanto. Intentaba hablar, pero sus palabras eran ininteligibles.

Mi mente comenzó a funcionar aceleradamente. Margarita me había dicho que su relación con Rodrigo estaba tan mal que no habían tenido relaciones sexuales en los últimos seis meses. Seis meses. Mi amiga había sido muy específica en ese sentido.

—¿Y Rodrigo, Tía Alina? —le pregunté—. ¿Qué te dijo acerca de esto?

—Reaccionó de manera extraña cuando el policía vino a informarnos —dijo—. Estábamos todos aquí cuando nos enteramos. El agente vino a decirnos que Margarita no había bebido ni había ingerido drogas antes del accidente. Y luego señaló que estaba sorprendido de que nadie en la familia le hubiera dicho que ella estaba embarazada.

—¿De modo que no quisieron hacer el test de embarazo? —pregunté.

—No, no. El agente vino a pedirnos disculpas por el error. Pensó que nosotros ya sabíamos que ella estaba embarazada. —Tía Alina suspiró, y yo comprendí que estaba cansada—. Rodrigo dijo que no quería hablar de ello conmigo. Se levantó y se fue. Yo me pregunté por qué Rodrigo no nos lo había dicho, pero él no quiso dar ninguna explicación.

En ese momento Tía Alina se sonó la nariz, tan fuerte que yo tuve que alejar mi oído del teléfono. Realmente, no sabía qué decirle. Mi última conversación con Margarita, antes de salir para Cayo Hueso, resonaba en mi mente como si hubiera una grabación.

Margarita me había dado dos datos importantes. No se había acostado con su marido en seis meses, y el nombre de Arango le resultaba conocido. No estaba dispuesta a descartar ninguna coincidencia; en mi trabajo suelen tener algún significado.

Pero aquellos dos datos parecían demasiado aislados como para establecer alguna conexión entre ellos. Mastiqué mentalmente lo que Tía Alina me había contado, y luego dejé de pensar en ello.

10

Volví a la casa de Cocoplum por unos días después del funeral. Necesitada de calor humano y compañía. Le pedí privacidad a mi familia y ellos respetaron mis deseos manteniéndose a cierta distancia. Papi venía a sentarse junto a mí a veces, y Lourdes deslizó una tarde un plato de torta de canela, hecha por Aída, por debajo de la puerta de mi dormitorio.

Cuando estuve lista, bajé una mañana a desayunar sola en el muelle. Estaba mirando los pelícanos que se balanceaban por el cálido aire de la mañana cuando Aída vino a avisarme que Rodrigo me llamaba por teléfono.

Mi primera reacción fue evitarlo con cualquier excusa. El tipo nunca me había gustado —como bien sabía Margarita—. Él tampoco me tenía demasiado aprecio, y sabía que yo no había estado de acuerdo con la decisión de Margarita de casarse con él. Si antes me había visto obligada a tratar con él, ahora que mi amiga se había ido para siempre ya no sentía ninguna obligación.

Pero estaba demasiado intrigada con la noticia que me había dado la Tía Alina. Había un secreto esperando a que yo lo descubriera. Tomé el teléfono portátil que había traído Aída.

—Hola, Lupe —dijo Rodrigo. Podía adivinar, por su tono de voz, que estaba haciendo un esfuerzo para mostrarse agradable—. ¿Cómo has estado?

—Viviendo un día a la vez. ¿Y tú? —Miré un pelícano que se elevaba desde un pilar de madera y comenzaba a volar hacia arriba, y luego bajaba repentinamente hacia el agua azul de la bahía para coger a un pez e introducírselo en el buche. Yo siempre había respetado a los predadores.

—Igual que tú. Un día a la vez —dijo Rodrigo con una amabilidad que comenzaba a ser sospechosa—. Escúchame, ¿por qué no nos vemos un día de estos? Si tú quieres, claro.

Me fue difícil oír lo que Rodrigo había dicho. En el medio de su frase, Papi había arrancado el *Hatteras*. Había oído que acababa de comenzar una rebelión de trabajadores azucareros en la provincia cubana de Oriente, y quería estar listo por si el episodio se convertía en una revolución. Había estado escuchando las estaciones cubanas desde la madrugada, a todo volumen, volviendo loco a todo el mundo. Pensé en todo el combustible que estaba gastando exigiendo de esa manera al motor.

Margarita todavía no se había enfriado en su tumba y Rodrigo ya me estaba llamando. Era casi como si me estuviera cortejando. No sabía si sentir curiosidad o rechazo, pero esta vez ganaba la curiosidad. Me sentía en deuda con mi amiga, tenía que descubrir su secreto. De modo que accedí a encontrarme con Rodrigo en el Versalles al día siguiente, para almorzar.

Cuando colgué, me reproché el haber sido tan desconfiada. Tenía que concederle a Rodrigo el beneficio de la duda. Tal vez estaba realmente preocupado por mi bienestar, sin otros motivos. Pero después de tantos años de desconfianza mutua, era difícil aceptarlo.

Lourdes llegó a la casa quince minutos más tarde, para disfrutar del calor hogareño antes de ir esa tarde a un retiro espiritual. Vino hacia mí con una taza de café humeante en la mano. Cuando le conté de mi cita con Rodrigo, su reacción fue predecible. Se metió dos dedos en la boca e hizo como si fuera a vomitar. Eso me devolvió rápidamente a la realidad. Mis sentimientos caritativos por Rodrigo se desvanecieron al instante.

—¿Vas a reunirte con ese cerdo? —preguntó Lourdes—. Margarita volverá para castigarte. Lupe, ¿por qué diablos tienes que sentarte a la misma mesa con ese tipo?

—Siento curiosidad —dije—. Más tarde te contaré.

Lourdes se dejó caer en una silla y sacudió la cabeza. Probablemente odiaba a Rodrigo más que yo. Era más observadora que yo (esa característica formaba parte de su trabajo, como en mi caso). Y estaba en una posición más adecuada que la mía para observar la situación. Yo estaba demasiado involucrada en el asunto.

Rodrigo había insultado a Margarita muchísimas veces enfrente de nosotras, y eso había afectado la sensibilidad de Lourdes. Margarita nunca habría tolerado un maltrato físico, pero el maltrato emocional al que él la sometía era terrible. Lourdes y yo habíamos hablado acerca de ello algunas veces, y mi hermana intentó convencerme de que yo hablara con Margarita. Pero nunca lo hice. Sentía que, si mi amiga se había casado con un imbécil, la decisión era suya. Nadie la había forzado a casarse con él, de modo que debía haber visto en Rodrigo Vidal algo que nadie más advertía.

Además de maltratar a su esposa, Rodrigo era un vago y una persona sin ambiciones. Administraba las dos zapaterías de la familia en South Miami, y eso era todo lo que quería hacer en la vida. No sólo le faltaban ambiciones, sino que también despreciaba a Margarita por las suyas —y por sus éxitos profesionales—. Cuanto más éxito tenía ella, más complicaciones había en el matrimonio. Es una historia conocida.

Margarita siempre ponía un rostro feliz cuando se hablaba de su matrimonio, pero yo nunca olvidaría lo que había ocurrido cinco años antes, en su día de bodas. Ella me había pedido ser su dama de honor. A mí me desagradaba Rodrigo desde el día en que lo conocí, y pensaba que Margarita estaba cometiendo un error. Incluso, tenía la esperanza de que mi amiga volviera a sus cabales y deshiciera el compromiso antes de que fuera definitivo. Pero accedí a su deseo.

Media hora antes de la boda, Margarita me llamó desde su habitación y me dijo que tenía que hablar conmigo. Creí que por fin se había dado cuenta de lo que estaba por hacer. Me alegré muchísimo, y hasta deseé que me pidiera que fuera yo la encargada de anunciarles a los cientos de invitados que la boda se había cancelado. Aunque Tía Alina tampoco adoraba a su futuro yerno, se había ocupado de convertir el jardín de su casa en una increíble capilla al aire libre, con hermosas flores blancas y cintas de satén cayendo en cascada desde los árboles. Yo ayudaría a Tía Alina a desarmar su obra preciosa, pensé.

Fui al cuarto de Margarita y cerré la puerta detrás de mí. Estaba sentada en su cama, ya con su vestido de novia, envuelta en varios metros de tul. En su mano había una botella semivacía de Dom Pérignon, y su rostro vivaz y sus mejillas enrojecidas hacían fácil descubrir lo que estaba ocurriendo.

—Lupe, no puedo hacerlo —dijo, desviando su mirada—. Simplemente, no puedo.

Era lo que yo quería oír.

—Perfecto —dije—. ¡Grandioso! Bajaré y se lo diré a Tía Alina.

Di unos pasos hacia la puerta —ya tenía mi mano en el picaporte— cuando Margarita me detuvo.

—Quédate aquí —dijo rápidamente—. En un minuto estoy de vuelta.

Margarita se levantó de la cama y cerró la puerta de un golpe. Faltó poco para que me diera en los dedos.

—Espera, espera.

La puerta volvió a abrirse. Era su tía. Margarita la saludó, intentando sonreír, y me llevó al baño.

—Siéntate —me ordenó, señalando las frías baldosas de mármol y tomando asiento junto a mí.

La tela de nuestros vestidos cubría todo el piso del baño. Yo era una especie de hada envuelta en tafetán rosa (no había sido idea mía, claro, sino parte del plan de la boda concebido por Tía Alina).

Margarita dejó la botella de champaña sobre el inodoro cerrado después de darle un buen sorbo.

—Lupe —volvió a decir—. Simplemente, no puedo soportar esto.

—Lo sé. No te preocupes, enseguida vuelvo. —Comencé a ponerme de pie, ya impaciente—. No te muevas de aquí.

—¿Y los invitados? —preguntó, lamentándose.

—Tu papá se ocupará de ellos. La gente ha venido a una fiesta y tendrá su fiesta, no importa si hay boda o no.

—¿Y la comida? Mamá pidió un servicio como para alimentar a un batallón. —Margarita se bebió otro gran sorbo de champaña. Me hizo acordar los viejos tiempos, cuando nos emborrachábamos en la playa.

—No te preocupes por ello. De todos modos comerán, y lo que sobre pueden llevárselo a la casa. Esa tiene que ser la última de tus preocupaciones. Tú sólo déjame bajar las escaleras.

Margarita inclinó tristemente la cabeza. Yo bajé y encontré a Tía Alina en el jardín, saludando a los últimos en llegar. Antes de poder acercarme a ella oí los primeros sones de la marcha nupcial.

Gruñí para mis adentros cuando vi a Margarita bajando las escaleras, aferrada al brazo de su padre. Vi que tropezaba en el segundo escalón, y cómo él la sujetaba antes de que cayera dando tumbos por la larga escalera. Con el corazón roto, me apresuré a tomar mi lugar. Habíamos estado tan cerca de convencerle...

Cada tanto me preguntaba si Margarita no se había arrepentido de salir del baño en el momento en que lo hizo. Cualesquiera fueran sus sentimientos al respecto, nunca habló de ellos, y el incidente nunca fue mencionado. Yo guardaba todavía mi vestido de dama de honor en el ropero de mi apartamento de Brickell Avenue, y las manchas de champaña siguen allí, intactas. Nunca lo mandé a limpiar; seguramente nunca más volvería a usarlo.

Llegué a Versalles al día siguiente al mediodía, puntual para mi cita con Rodrigo. Nunca almorzaba tan temprano, pero sabía que íbamos a ser mejor servidos antes de la una de la tarde, un horario más tradicional para almorzar en Miami. Yo quería entrar e irme lo más rápido posible, para no dedicarle a Rodrigo ni un minuto más de los que merecía.

En el aparcadero busqué el Lexus de Rodrigo —un regalo de Margarita para el quinto aniversario de bodas— y lo vi estacionado en el lugar reservado para los discapacitados. Busqué a Rodrigo y lo vi hablando con el maître. Sólo por malicia, di una vuelta a la manzana mientras discaba el número de la policía para denunciar que había un Lexus aparcado ilegalmente en un lugar para discapacitados. Luego estacioné y entré al restaurante.

Rodrigo estaba sentado en la mesa más lejana a la entrada, lo cual le daba una buena visión general del restaurante y también del parqueo. Mis primeras palabras fueron para pedirle que cambiáramos de lugar, porque el aire acondicionado me daba directo en el rostro. Él podría haber discutido el punto, pero accedió sin rechistar.

—Te ves bien, Lupe —dijo, sonriendo con esa «sonrisa de come mierda» tan suya, según la gráfica expresión de Lourdes.

—Gracias, tú también —mentí.

Yo le eché una ojeada al lugar mientras esperábamos a que el camarero llegara para tomar nuestros pedidos. Cuando me volví hacia Rodrigo, que estaba inmerso en su menú, vi por encima de sus hombros que un policía llenaba una multa junto al Lexus.

Sin tomar en cuenta a mi ocasional acompañante, estar en el Versailles era siempre agradable. El restaurante era una institución en Miami. Cuando mis hermanas y yo éramos pequeñas, Mami y Papi nos llevaban allí todos los domingos por la noche para cenar después de la misa de siete. La comida era sabrosa, barata y abundante, y sólo ver a las camareras y camareros con los mismos uniformes verdes de poliéster que habían usado durante los últimos treinta y cinco años me daba una sensación de calma y continuidad. Parecía ser un requisito aquí que las empleadas usaran sombra azulada con un delineador grueso para no mencionar el peinado al estilo de

María Antonieta. Y de algún modo ellas siempre parecían saber si el cliente necesitaba un menú en español o en inglés.

El restaurante había sido renovado unos años antes, pero en mi opinión eso lo había desmejorado. Yo había amado los espejos de pared que cubrían la sala, los candelabros de vidrio y las sillas y mesas de plástico. El viejo Versalles era un restaurante metido en una cápsula tiempo. El nuevo Versalles era una versión moderna, de mal gusto y recargada.

Rodrigo pidió tostones como entrada y un plato de arroz con pollo, el plato nacional cubano, como plato principal. Yo suelo pedir arroz con pollo, pero no quería pedir el mismo plato que él. Decidí ordenar ropa vieja, el segundo plato nacional cubano.

Esperamos en silencio, jugueteando con todo lo que había en la mesa —nuestros tés helados, el pan, los plátanos y su deliciosa salsa de ajo—. Yo intenté no reaccionar cuando vi que una grúa estacionaba junto al Lexus de Rodrigo. Minutos después se lo había llevado. Este almuerzo le iba a costar muy caro al viudo de mi amiga.

—Lupe, espero poder hablar sinceramente contigo —dijo finalmente, quebrando mi ensueño.

Yo asentí. No quería hacérsela fácil. Él me había llamado para encontrarse conmigo, y en lo que a mí me concernía, quien tenía que hablar era él.

—Sé que esta es una pregunta delicada —prosiguió, fijando sus ojos en mí—. ¿Margarita te dijo que estaba embarazada?

Yo asentí y mordí otro tostón. Técnicamente, no le estaba mintiendo. Margarita había mencionado que Rodrigo quería tener un bebé. También me había dicho que no habían tenido relaciones sexuales en los últimos seis meses, pero no había razón para reconocer que yo también sabía eso.

—Ah —dijo él, tranquilizándose un poco—. ¿De modo que sabías que estaba embarazada?

Yo asentí levemente, esquivando su mirada. Este era un territorio peligroso. Me vi librada de decir algo porque la camarera llegó con nuestros platos principales. Rodrigo debió haberse distraído con el aroma que salía de su pollo, o tal vez no quería presionarme, porque cambió bruscamente de tema.

—Hablé con un abogado —dijo—. Me dijo que puedo demandar al condado. La salida de la autopista que tomó Margarita tenía un problema, era demasiado empinada, y se pone muy resbaladiza con la lluvia. Ha habido otros cinco accidentes serios allí en los últimos siete años. Creo que ganaremos el caso.

Lo miré un momento para ver si estaba hablando en serio. Claro que lo estaba. Tuve que hacer un esfuerzo enorme para no escupir mi bocado de ropa vieja.

—¿Estás pensando en demandar? —pregunté.

—Por supuesto —dijo Rodrigo. Se inclinó hacia atrás con una sonrisa triunfal—. Margarita tenía un perfecto historial de manejo, y no bebía ni consumía drogas. Y, por supuesto, estaba embarazada en el momento del accidente. Yo creo que el condado está en deuda conmigo.

Sentí como si hubiera pisado algo cálido y pegajoso. Apenas podía mirarlo. Pero tenía la obligación de quedarme. Tenía que averiguar qué era precisamente lo que este hijo de puta egoísta tenía en mente.

—¿Quién es el abogado con el que hablaste? —le pregunté. No estaba particularmente interesada en ello, pero tenía que hacerlo hablar.

Rodrigo me respondió complacido.

—Fernando Godoy —dijo—. Tiene su oficina justo a la vuelta de nuestro local de la Red Road. Después de la muerte de Margarita vino a hablarme. Ni siquiera tengo que pagarle, él se lleva el treinta por ciento del dinero que gane en el juicio.

—¿Y de cuánto dinero te habló? —pregunté, sin saber si quería oír la respuesta.

—Varios millones. —Los ojos de Rodrigo brillaron, codiciosos—. Ya habrían sido millones si moría Margarita sola, pero me ha dicho Fernando que, puesto que ella estaba embarazada, pueden ser varios millones más. Un bebé ayuda muchísimo, especialmente con el jurado.

Me miró directamente a los ojos y dijo:

—Dime, entonces, ¿Margarita habló del bebé contigo? —Podía sentir que su mirada me escrutaba intensamente.

Yo escarbé en mi comida, y cuando levanté la vista mis ojos estaban húmedos.

—Quiero decir, ¿no te dijo si era un niño o una niña, cosas como esa? —agregó con rapidez. Me di cuenta de que temía que yo comenzara a llorar.

Aparentemente, mi silencio satisfizo a Rodrigo; se introdujo un poco más de arroz con pollo en la boca y desvió la mirada. Ya sabía por qué había querido hablar conmigo. Quería saber si Margarita me había contado algo de sus problemas conyugales. Me pregunté si Rodrigo le habría confesado a Godoy, el perseguidor de ambulancias, que no había tenido relaciones sexuales con ella en seis meses, y que el embarazo era sólo de tres. Este pequeño detalle sin duda sería un gran obstáculo en su plan millonario.

Mi comida bien podría haber sido un plato de gravilla, porque había perdido por completo el apetito. No había de qué sorprenderse. Rodrigo había vivido a costa de Margarita cuando ella estaba viva, y ahora quería seguir haciendo lo mismo.

Él estaba tan satisfecho como nunca, y ya casi había terminado su plato.

—Discúlpame un minuto —dije, cogiendo mi cartera.

Rodrigo asintió distraído y bebió un sorbo de té helado. Evidentemente, se había encontrado conmigo temiendo que yo fuera un obstáculo para su caso. Mis evasivas lo habían dejado satisfecho, y yo no le había dado ninguna información que él no conociera. Ahora que creía estar a salvo, yo ya no tenía ningún interés para él.

Caminé directamente hacia el parqueo. Le saldría bastante caro haber estacionado en un lugar reservado para discapacitados, pero si se salía con la suya podría parquear donde quisiera.

A no ser que yo hiciera algo al respecto.

Volví a Solano Investigations por primera vez desde la muerte de Margarita. Leonardo estaba tan sorprendido de verme que, en cuanto me vio aparecer, dejó caer el teléfono que tenía en su mano. Se levantó de su escritorio y me envolvió con sus abrazos y sus besos, diciéndome lo mucho que se alegraba de tenerme de vuelta. Con su delicadeza habitual, evitó pasarme todos los mensajes y llamadas que me habían llegado. Y cuando se aseguró de que yo también estaba contenta de verlo, me dejó ir a mi oficina y cerró la puerta.

Tuve la sensación de que hacía un año, y no una semana, que había dejado de trabajar. Me senté silenciosamente en mi escritorio mirando por la ventana, contenta al ver que las cotorras habían construido un nido nuevo en las ramas más altas del aguacate del patio. La vida seguía su marcha.

Noté que Leonardo no había tocado nada en mi ausencia. Le eché una ojeada a la libreta que había garabateado mientras esperaba que Margarita llegara de Palm Beach.

Había escrito el nombre de Arango junto al de mi amiga. Esto me resultó extraño por un momento, hasta que recordé sus últimas palabras en el teléfono. Ella había querido hablar conmigo cuando se enteró de que yo había sido contratada por los Arango. El dato parecía tener algún significado para ella. Repasando los detalles de aquella conversación, recordé que ella había respondido específicamente al nombre de Alonso Arango. No podía imaginar qué conexión había entre ellos; ella nunca había mencionado antes el nombre de Arango, de eso estaba segura.

Cogí el teléfono y llamé a Leonora a MMV Interiors. Era difícil que estuviera allí ahora que su jefa estaba muerta, pero valía la pena intentarlo. En efecto, atendió al primer llamado.

—Leonora —dije—. Habla Lupe Solano. ¿Cómo estás tú?

—No muy bien —dijo con voz temblorosa—. ¿Y tú?

—Viviendo un día a la vez —dije mecánicamente. Más que nada, quería olvidar lo que sentía—. No estaba segura de encontrarte en la oficina, pero pensé que valía la pena intentarlo.

—Sí, aquí estoy. No tengo ningún lugar adonde ir. —Su voz parecía reflejar una verdadera tristeza—. Además, los abogados me han dicho que Rodrigo va a vender la empresa. Tengo que cerrar todas las cuentas y enviar las últimas facturas. Me estoy tomando mi tiempo porque cuando termine ya no tendré trabajo. Y el mercado laboral no está en alza en este momento. Sobre todo para una persona de mi edad...

Leonora se detuvo. Ya tenía otra razón para odiar a ese hijo de puta...

—¿Puedo preguntarte algo? —dije—. ¿Te suena el nombre de Alonso Arango?

—Sí, claro que sí —dijo Leonora de inmediato. No debería haberme sorprendido una respuesta tan rápida. Mi amiga me había comentado más de una vez que Leonora tenía una memoria de elefante para los nombres de los clientes—. Margarita decoró su casa de Coral Gables. Su esposa se llamaba... Isabel, creo. Fue el año pasado o el anterior. ¿Por qué lo preguntas?

—No es nada, no te preocupes —dije—. Alguien los nombró, y yo recordé que Margarita me los había mencionado alguna vez. ¿Recuerdas algo en especial que ella haya dicho acerca de ellos?

—No sé —dijo Leonora—. Ella tenía tantos trabajos... Trabajaba demasiado...

Era la primera vez que Leonora no tenía ningún chisme personal para contarme. Eso quería decir que realmente no sabía nada.

—Escúchame, Leonora —le dije—. Si necesitas algo, no dudes en llamarme.

Mi comentario pareció abrir las compuertas del llanto.

—¡Ay, Lupe, la extraño tanto! Trabajé seis años para Margarita y...

—Lo sé, lo sé.

—Ella me ayudó. Podría haber contratado a alguien más joven, con mejores condiciones para este empleo. Yo intenté sacar un curso de computación en el Miami Dade, pero no logré terminarlo. Margarita me dijo que no me preocupara, que daba lo mismo. Tenía tan buen corazón.

—Lo sé —dije.

Leonora siguió hablándome, lloró un poco más y finalmente colgó, después de despedirse emocionada. Sentí compasión por ella.

No quería pensar qué podría ocurrirle ahora que no tenía a Margarita como escudo para protegerla del mundo real.

Me senté en mi oficina y revisé todos los datos que había conseguido en los últimos diez días acerca de mi amiga. Su matrimonio con Rodrigo no iba bien. Eso no era novedoso. Pero nunca se me hubiera ocurrido que ella podría tener un *affaire*. Y no había otra manera de explicar su embarazo. Que hubiera ido a un banco de esperma era algo descartable. En verdad, lo mismo habría dicho de una infidelidad, pero por el momento preferí descartar la posibilidad del banco de esperma.

¿Por qué Margarita había mantenido en secreto el embarazo? Los exámenes de sangre habían determinado que tenía tres meses, lo cual significaba que ella no habría podido esconderlo por mucho tiempo más. Hasta el momento lo había logrado usando ropa que camuflaba la situación.

¿Y qué tenía que ver con los Arango? Eso era lo que más me inquietaba. ¿Qué era lo que Margarita sabía acerca de ellos? ¿Qué podía ser tan importante que ella se vio obligada a venir a toda velocidad a decírmelo? Yo me sentía en deuda con ella. Tenía que averiguarlo todo.

Cogí el teléfono.

—Hola, Tommy, habla Lupe. ¿Todavía me necesitas para el caso Arango?

11

Llegué a Optima Jewelers a mediodía, y le dije al joven vendedor que estaba arreglando unos collares de perlas en la vidriera que había venido a encontrarme con la señora Arango. Recordando mi entrevista con Alonso en la Stockade, deduje que estaba hablando con George Mortimer, el único anglo que trabajaba allí. El hombre levantó la vista y me indicó que lo siguiera hacia el fondo de la tienda, pasando la puerta trasera.

En la oficina que había allí me esperaba Isabel Arango. Era una bella mujer de unos cincuenta años, que parecía al menos una década más joven. Mientras me presentaba, pensé que la situación era divertida. La mujer no sabía cómo tratarme, si yo merecía la consideración de una igual o la de una empleada. Había conocido muchas mujeres como Isabel. Sus ojos estudiaron mi vestimenta. Por su expresión, deduje que había determinado que mi traje Armani etiqueta negra era auténtico, y que el reloj Cartier con correa de piel de cocodrilo que llevaba en la muñeca también lo era. Sólo tuve que contar hasta doce antes de que se parase de su escritorio para estrechar mis manos. Me sentí agradecida por su decisión de saludarme como a una igual, aun cuando eso significara recibir el pinchazo de sus anillos de diamante.

—Lupe... ¿puedo llamarte Lupe? —Isabel esperó a que yo asintiera—. Bien. Estoy tan contenta de verte. Sé que con tu ayuda y la del doctor McDonald, Alonso saldrá en libertad. Todo esto ha sido una verdadera pesadilla para nosotros.

Isabel hablaba con notable énfasis. Cerró la puerta para que tuviéramos mayor privacidad. Estuvimos lado a lado un instante, y pude ver las arrugas que surcaban su rostro, cuidadosamente escondidas con un maquillaje exquisito. También pude discernir una pequeña cicatriz en el nacimiento del cabello, el único rastro de lo que sin dudas había sido un *lifting* facial. Su cabello castaño, que usaba a la altura de la nuca, distinguía su rostro, y algunos pelos dorados producían la ilusión de que ella acababa de peinarlos en ondas. Yo sabía muy bien que ese era un peinado que requería horas en la peluquería. También reconocí el traje Escada verde claro. Lo había visto en el último catálogo de Saks. Isabel Arango no era una mujer que se vestía casualmente.

Pasó junto a mí para ir a sentarse detrás de su escritorio, dejando tras de sí la estela de su perfume: Chanel No. 5. Aquel aroma me conmovió, porque era el único perfume que usaba mi madre.

Me senté en la delicada silla dorada estilo provenzal que había frente a Isabel, abrí mi maletín de piel de iguana y saqué los papeles que había dentro. Isabel estudiaba cada uno de mis movimientos.

—Este debe ser un momento muy duro para usted y para su familia —dije con una sonrisa comprensiva—. Esperemos que todo se resuelva pronto y que su esposo pueda volver a casa.

Su silla también era el mismo estilo francés. Se paró e hizo la señal de la cruz.

—Ruego a Dios y a la Virgen que estés en lo cierto —dijo—. Y que Alonso sea liberado lo más pronto posible.

Este despliegue de piedad entusiasta me tomó por sorpresa, y yo me dije que no debía juzgar a alguien demasiado rápidamente y basándose en las apariencias. Por supuesto, sabía que ese podía ser un efecto intencional. Como fuera, lo cierto era que la esposa de Alonso Arango era una mujer con varias capas.

No di señales de haber escuchado su ruego.

—Le pedí a su marido autorización para echarle una ojeada a sus archivos personales —dije—. ¿Él se lo mencionó?

Isabel abrió el cajón superior de su delicado escritorio y extrajo una libreta.

—Puedes quedarte con ella —dijo—. Le hice una copia. Nuestros actuales empleados son los únicos que han trabajado en Optima Jewelers, de modo que estos archivos están completos.

Al menos, esta mujer me facilitaba las cosas. Sin mirar la libreta, le agradecí y la coloqué en mi maletín.

—Tengo entendido que usted no estaba aquí cuando se produjo el incidente.

—No, estaba en casa. —Sus fríos ojos grises se cruzaron con los míos—. Casi nunca vengo a la tienda. Alonso ya no me necesita. Lupe, yo trabajé tanto aquí cuando estábamos comenzando que ahora prefiero no hacerlo.

Isabel tenía la habilidad de sonreír sólo con su boca. Sus ojos permanecían inexpresivos, fijos en los míos. Eso me ponía ansiosa. Esta mujer era tan fría y compuesta que no parecía la esposa de alguien que estaba en la cárcel por meterle seis tiros a un desconocido.

—Eso quiere decir que no sabe nada de lo que ocurrió aquí; sólo lo que le contaron después... ¿Es así?

—Sí, así es. Alonso me llamó después de los disparos y me contó lo que había pasado.

—¿La llamó antes de llamar a la policía?

Sus ojos se entrecerraron imperceptiblemente.

—Supongo. No lo había pensado antes.

No quería ponerla nerviosa tomando apuntes. De modo que hice un esfuerzo en concentrarme en lo que ella decía. Sabía que Isabel iba a hablar con mayor libertad si sentía que estaba conversando y no sujeta a una entrevista hecha por un detective.

Yo trabajaba para ella y estaba de su lado, pero necesitaba extraerle información sin que ella lo notara.

Lo más inocentemente que pude, le pregunté:

—¿Qué es lo que su marido le dijo, exactamente?

—Yo me estaba duchando cuando la sirvienta me dijo que me llamaba mi marido y que era urgente. Recuerdo que me envolví en una toalla y salí corriendo a agarrar el teléfono en mi mesita de noche. Alonso estaba muy alterado y me costó entender lo que decía. Pero dijo que un hombre con un cuchillo había intentado robar la joyería y que él lo había matado de un disparo. Le pregunté si estaba bien y él me contestó que sí. Dijo que saliera inmediatamente para la joyería y colgó.

Isabel y yo nos miramos un momento. Ahora su tono había adquirido un leve aire defensivo.

—¿Qué sucedió luego?

—Llamé a cada uno de nuestros tres hijos —dijo Isabel, pasándose la mano por el cabello, de arriba hacia abajo—. Les conté lo que había sucedido con su padre.

—¿Consiguió hablar con los tres?

A esta altura, Isabel ya había arruinado su peinado. En ella, este era un acto desesperado.

—No —dijo—. Néstor me contestó desde su auto. Se dirigía a su oficina. Alonso hijo estaba en casa. A Mariano, el más joven, tuve que dejarle un mensaje.

—¿Y luego vino directo a la joyería?

—Bueno, antes de hacerlo me vestí. —Otra vez sonrió—. Pero sí, vine directamente hacia aquí.

—¿Qué ocurrió cuando llegó?

—Había varios patrullas de la policía —dijo Isabel—. Tuve que dar unas vueltas hasta que conseguí un lugar para estacionar, porque la policía había cerrado la calle. Cuando entré a la tienda, acababa de llegar la ambulancia. La policía me dejó entrar cuando les dije quién era.

Gracias a Dios, Isabel dejó de jugar con su cabello. Sus movimientos me estaban empezando a volver loca.

—Caminé hacia la parte trasera, que estaba repleta de gente. Algunos vestían uniforme y otros ropa de civil. —El rostro de Isabel no mostraba ninguna expresión—. Alonso estaba en la oficina de Silvia, sentado en una silla. Su aspecto era terrible. Me preocupé porque su presión sanguínea es muy alta y su médico le había advertido que no se sometiera a situaciones de estrés. Le pregunté cómo estaba y no me contestó. Después de un momento me pidió que llamara a nuestro vecino, Carlos Gutiérrez, para que le dijera a su abogado criminalista que viniera de inmediato.

—¿Eso la sorprendió? —pregunté.

—Sí, claro. —El labio inferior de Isabel se movió repentinamente dos veces—. No podía entender para qué podía necesitar mi marido un abogado criminalista. Alonso le había disparado a un hombre y lo había matado, pero el hombre había intentado robarle con un cuchillo. Yo pensaba que matar en defensa propia era legítimo.

—¿Llamó usted a su vecino, Gutiérrez?

—No, lo llamó mi hijo Alonso. Había llegado a la tienda poco después que yo. Yo preferí quedarme con mi marido; se veía realmente mal. —Isabel me miró con expresión agotada, preguntándose seguramente para qué necesitaba yo todos estos detalles. Pero siguió con su relato—. Cuando mi hijo llamó al abogado, los policías se llevaron a mi marido a la cárcel y nos dijeron que teníamos que irnos. Más tarde me contaron que se quedaron aquí cuatro horas.

—¿Conocía usted a Gustavo Gastón, el muerto?

Isabel pestañeó, en un segundo de vacilación.

—No. Nunca lo había visto antes. Jamás en mi vida.

Ahora ni siquiera su boca estaba sonriendo. La experiencia me dice que si alguien niega tres veces, niega demasiado. Una vez está bien, dos puede ser. Pero a la tercera, mi antena se enciende.

De todas formas, ya era suficiente por hoy. Esta era sólo la entrevista inicial. Comencé a juntar mis papeles para indicar que habíamos terminado.

Isabel me miró confundida.

—¿Eso es todo? ¿No me hará más preguntas?

—Por ahora no —dije—. Pero cuando avance en la investigación tendré más. Antes tengo que hacer. —Me puse de pie—. ¿Puedo echarle una ojeada al lugar antes de irme? Tal vez usted pueda ayudarme en el recorrido.

—Con mucho gusto. —Isabel se puso de pie con delicadeza, y comenzó a guiarme por la tienda como si estuviera mostrando un palacio.

—Sé que no estaba presente cuando se produjeron los disparos —dije—. De modo que no creo que tenga sentido preguntarle por lo que ocurrió.

—No es exactamente así —dijo ella, ansiosa—. Sé muy bien lo que ocurrió. Estaba aquí cuando Alonso hizo su declaración. Y vi y oí todo lo que siguió.

Otra vez noté el exceso de énfasis de su voz.

—Bueno, empecemos por ver el lugar donde estaba Alonso cuando entró Gastón.

Isabel fue detrás del mostrador.

—Aquí. Alonso dijo que estaba en este preciso lugar cuando lo vio.

Isabel se hizo a un lado cuando yo me acerqué para observar el lugar señalado. Desde allí podía verse toda la tienda, desde las vidrieras hasta la parte trasera (si es que la puerta que daba a las oficinas estaba abierta). Si la puerta estaba cerrada, en cambio, o entornada, entonces Alonso no habría visto a Gastón hasta que éste se hubiera acercado a él.

—¿Dijo su esposo si esta puerta estaba abierta o cerrada esa mañana? —pregunté.

—Esa puerta siempre está cerrada —dijo Isabel—. No nos gusta que los clientes vean las oficinas.

Señalé una puerta cerrada que había frente al mostrador donde Alonso había estado reparando el reloj.

—¿Esa es la oficina de Silvia Romero?

Isabel asintió y me invitó a pasar. Superficialmente, era como la oficina en la que Isabel me había recibido, pero en apariencia Silvia no tenía derecho a los muebles rococó. Parecía una oficina estándar de Office Depot. No había ninguna foto ni elementos personales, noté. Eso era extraño, porque según Alonso Silvia Romero había trabajado allí los últimos cuatro años, el último de ellos *full time*. La oficina no ofrecía ninguna pista acerca de la persona que trabajaba en ella.

—Silvia no está aquí porque sale todos los días al mediodía a buscar a su hija, Alejandra, al colegio —dijo Isabel detrás de mí. Su voz sonó fría—. La deja en casa de su madre hasta que termina de trabajar. Es un arreglo complicado, pero casi siempre funciona. Es la única manera de que ella trabaje *full time*.

Salí de la oficina. No había demasiado para mirar allí. Le di mi tarjeta personal a Isabel y dije unas palabras acerca de lo importante que era para mí hacer todo lo posible para ayudar a Alonso a recuperar la libertad.

Una vez en el auto, sentí un gran alivio por haber terminado la entrevista con Isabel. Y no podía pensar en nada que ligara algo de lo que había visto u oído Margarita. Seguía sin entender en lo más mínimo qué era lo que ella me había querido decir la última vez que hablamos. En verdad, podría haberle preguntado casualmente a Isabel por Margarita, ¿pero qué hubiera ganado con ello? Una reacción y nada más. Los Arango habían contratado a Margarita como decoradora, y eso era algo perfectamente normal.

También sabía intuitivamente que Isabel era muy inteligente y que sólo me diría lo que ella quería que yo supiera, para bien o para mal. Yo todavía no tenía muy en claro qué era lo que quería saber de Margarita. En verdad tampoco tenía un plan muy estructurado acerca del caso Alonso Arango. Pero ya había trabajado antes en asesinatos. En cambio, perder a una amiga íntima que se había llevado un secreto a la tumba era una novedad para mí.

Aceleré para no perder la luz verde en la intersección de la U.S. 1 y Douglas Avenue. De vuelta a la oficina. Tommy iba a encontrarse allí conmigo y era una persona extremadamente puntual.

Había debatido internamente si me convenía contarle a Tommy el críptico mensaje que Margarita me había dejado antes de morir, y había decidido que por el momento no lo haría. No quería tenerlo

encima de mí todo el tiempo, intentando determinar si yo era leal a
su cliente o a mi amiga. Le dije que tomaba el caso para mantener
mi mente ocupada y no pensar tanto en la muerte de Margarita. No
era algo completamente alejado de la verdad.

Su reacción me sorprendió. Al comienzo se mostró encantado,
pero luego me preguntó si yo estaba segura de lo que estaba haciendo. Sólo había pasado una semana desde la muerte de Margarita,
dijo, y tal vez necesitara un descanso antes de volver al trabajo. Este
costado sensible de Tommy era totalmente nuevo para mí.

Por supuesto, también me había llamado antes de mi entrevista
con Isabel, dándome ideas e insistiendo para que nos encontráramos
después. La luna de miel había llegado a su fin. Había vuelto a
ser el Tommy de siempre y me iba a acosar con llamadas y preguntas
hasta que el caso terminara.

Tommy había aparcado su automóvil en mi lugar. El Rolls estaba allí como un gran insulto cromado. Todo el mundo sabía que
aparcar en mi lugar era para mí una ofensa. Entré como una tromba
a la oficina, lista para pasarlo por encima, y lo encontré preparando
un trago en la cocina con Leonardo.

Extraña pareja. Tommy vestía un elegante traje azul a rayas hecho a medida. Leonardo, unos shorts de ciclista ajustados y un súeter
de Popeye. Estaban de pie junto a la licuadora, como Pierre y Marie
Curie investigando en su microscopio. Tan enfrascados estaban en
su investigación que ni siquiera advirtieron mi dramática entrada.
Yo carraspeé para hacer notar mi presencia. Fue inútil. Tommy se
inclinó aún más sobre el artefacto, con los ojos sorprendidos.

—¡Disculpen! —grité—. Espero no haber interrumpido nada
importante.

Cuando Leonardo levantó la vista, sus ojos estaban bizcos de
tanto mirar.

—Ah, hola, Lupe —dijo lentamente—. Disculpa, no te oí entrar.

La curiosidad pudo más que mi enojo.

—¿Qué observan con tanto ahínco?

Tommy se enderezó, me abrazó y susurró en mi oído, con aire conspirativo:

—Lupe, querida, Leonardo me está contando lo del brebaje en el que está trabajando. Es una bebida que puede cambiar el mundo. Quiere que yo invierta en el producto.

Comencé a pellizcar a Leonardo, que simuló no advertirlo. Una de nuestras reglas era que él no podía intentar que alguno de mis clientes financiara sus proyectos. Pero esta vez no quise mostrarme tan inflexible. Tommy parecía estar verdaderamente interesado, y me llevó hasta la mesa de la cocina.

—¡Aquí está! —dijo, señalando la licuadora—. La bebida que cambiará al mundo.

Yo hundí mi dedo índice en el líquido rosado y miré de cerca. Mientras lo acercaba a mi boca ambos me tomaron del brazo gritando.

—¿Qué diablos les pasa a ustedes dos? —pregunté, asombrada—. ¿Acaso no es una bebida? ¿No se supone que uno debe beberla?

—No es para mujeres —explicó Leonardo, sombrío—. Es sólo para hombres.

—Ajá, entiendo —dije—. De modo que sólo cambiará la mitad del mundo. ¿Qué los hace?, ¿más dotados?

—No, por favor, nada tan burdo como eso —Tommy me miró disgustado—. Los hombres que la beben mejoran en todos los sentidos.

Volví a mirarlos con otros ojos. Estos dos no eran lunáticos; eran idiotas.

—Estamos hablando en serio, Lupe —dijo Leonardo, como un niño lastimado.

—¿De verdad lo creen? —pregunté, descreída—. ¿Y de qué manera mejoran los tipos que beben esto?

—De muchas maneras —dijo Tommy misteriosamente—. Física y emocionalmente. Es una bebida mágica.

—Bueno, discúlpenme si no me ofrezco para comprar acciones —dije.

—Creo que no lo entiendes, Lupe. Esto es serio —insistió Leonardo—. Contraté a un químico del Grove que está trabajando en esto hace un mes.

—¡¿El Hare Krishna?! —exclamé. La mirada culpable de mi primo me señaló que había acertado—. No lo puedo creer, Leonardo. Ese tipo es un *junkie*.

—¿Qué dices? —preguntó Tommy, alejándose un paso de la licuadora.

—Es un fabricante de drogas de moda —le dije—. Ha sido arrestado tantas veces que los agentes penitenciarios le mandan tarjetas de Navidad.

Tommy se cubrió la boca con una mano y miró a Leonardo como si a mi primo acabara de surgirle una segunda cabeza.

Leonardo clavó la mirada en el piso.

—Dijo que era todo legal.

Yo me sentía mal por haberles roto las ilusiones de esa manera. Bueno, en realidad me sentía más que bien. Tommy seguramente había pensado que el químico de Leonardo era un académico con un Ph. D. del MIT, y no un delirante religioso con nostalgias químicas de los años sesenta. ¿Cómo era posible, si no, que la bebida fuera «mágica»?

A estas alturas, Tommy tenía sus dedos en la carótida, chequeando su pulso.

—Vamos, tonto —dije—. Hace un momento dijiste que sería un milagro. Fui hasta lalicuadora, me serví un vaso pequeño y me lo tomé de un sólo trago.

Tommy seguramente asustado de morir con Leonardo como única compañía, se mostró aliviado.

—Bueno, a trabajar —dije yo—. Antes de empezar a tener visiones en las que nos sale fuego de las narices.

—Lupe, Lupe... —protestó Leonardo.

—¿Algún mensaje? —le pregunté.

—En tu escritorio —dijo, tomando la licuadora con aire de derrota.

Una vez en mi oficina, Tommy se acercó a mí.

—No puedo creerlo —dijo, limpiándose la frente con un pañuelo—. Yo estaba a punto de tomar la decisión de invertir. De todos modos, fuiste demasiado dura con él.

—Tengo que serlo —dijo—. Si no, estaríamos peor.

Tommy pareció comprender la sabiduría que contenía la frase y asintió. Se quitó la chaqueta y se puso cómodo en mi sofá. Yo estaba un poco cansada, y me dejé caer en el otro extremo del sofá, estirando mis piernas sobre sus muslos. Tommy comenzó a masajearme los pies mientras yo lo ponía al tanto de las últimas novedades del caso Arango.

—Isabel es fría como una estatua —comencé—. No creo que me haya dicho todo lo que sabe.

—¿Es sólo una impresión? —preguntó Tommy—. ¿O tienes algo en firme?

—Es una impresión, querido. Pero recuérdalo, ella y yo tenemos el mismo número de cromosomas. —Cerré mis ojos. Tommy era un gran masajista—. Ella está mintiendo, igual que su marido. Debe ser una tradición familiar. No sé todavía qué es lo que ocultan. Será mejor que intentes devolverlos a la buena senda. Dales el discursito de que nunca es bueno mentirle a un doctor o a un abogado.

—Lupe, sabes bien que confío muchísimo en ti —Tommy se enderezó un poco y comenzó a masajear mi cuello y mi espalda. Tenía buenas manos—. Pero necesito algo más sólido que la frase «El señor y la señora Arango están mintiendo» para darles un buen sopapo educativo.

—Comencé a sospechar de Isabel cuando le pregunté si conocía al hombre muerto. Sus ojos me esquivaron. Fue sólo un segundo; suficiente para que yo lo percibiera.

—Tal vez es sólo un tic. ¿Cómo podría Isabel Arango, la esposa de un rico joyero, conocer a un balsero?

Me acerqué a Tommy y aflojé su corbata.

—No creo que se hayan conocido en las canchas de tenis del Riviera Country Club —dijo.

—No fue un tic. Ella lo conocía, Tommy, o sabía algo acerca de él. Y además, ella odia a Silvia Romero. Cuando hablaba de ella, parecía estar describiendo un olor desagradable. —Las manos de Tommy comenzaron a aventurarse por otras partes—. Y deberías ver la decoración de la oficina de la asistente contable. Tú no lo entenderías, Tommy, pero a las mujeres les importan estas cosas.

—Veamos, entonces. Tenemos un tic. Tenemos unos muebles de dudoso gusto. —Tommy se sacó su chaqueta. La mía ya estaba en el piso—. Y tenemos un extraño tono de voz. Todo esto lleva a una conclusión: Isabel Arango es una mentirosa. Fantástico, Lupe, ya tenemos los elementos suficientes para ganar el juicio. El caso está resuelto.

Tommy se puso de pie para ir a cerrar la puerta con llave. Conocía muy bien el ritual.

12

Elsa y Olivia Ramírez me estaban esperando cuando llegué a Solano Investigations la semana siguiente, poco después de las nueve. Elsa estaba sentada muy prolijamente en el sillón de la sala de recepción: sus manos se apoyaban sobre su falda y tenía las piernas cruzadas. Olivia, en cambio, estaba en la cocina, enseñándole ruidosamente a Leonardo cómo hacer un perfecto café cubano. Para la mayoría de los cubanos, la búsqueda del café perfecto es como la búsqueda del Santo Grial: una búsqueda inacabable, agotadora y finalmente fútil.

Aunque Elsa y Olivia eran sólo primas hermanas, se parecían tanto que bien podrían haber sido hermanas gemelas. Y así como el color de su piel y de sus ojos y su estructura ósea eran idénticos, así también sus personalidades eran absolutamente contrapuestas. Yo las invité a pasar a mi oficina, interrumpiendo el excitado intercambio de Olivia con Leonardo, y una vez adentro las invité a que se sentaran.

Me tomé unos segundos para admirar los maravillosos genes de la familia Ramírez. Elsa llevaba su cabello marrón oscuro, en el que asomaban algunas canas, largo hasta los hombros. Su piel parecía de porcelana, y tenía unos hermosos ojos azules. Yo sabía que tenía cuarenta y un años, pero la gravedad de su expresión y el pudor preciso de sus movimientos la hacían parecer mayor. Llevaba una larga falda floreada, una blusa color crema, medias y unos sencillos zapatos blancos sin tacones. Se desprendía de ella un aroma a perfume de rosa. No me hubiera extrañado que se marchitara de pronto, como una flor delicada ahogada en mi oficina.

Olivia era tres años menor que su prima, y no debió haber sido nada fácil para Elsa tener a ese pequeño demonio como prima menor. Vestía pantalones de bolero y un chaleco combinado, y caminó con paso seguro hasta mi oficina trepada a unos zapatos rojos de tacones finísimos. Su cabello ensortijado y platinado caía en cascada por su espalda, sostenido por peinetas brillantes que hacían juego con los aros de diamante que colgaban de sus lóbulos generosos. Tenía unos hermosos ojos azules enmarcados por unas pestañas notoriamente postizas. Mi primera impresión fue que era la versión pequeña Habana de Dolly Parton. Y era una versión realmente convincente.

—De modo que así son las oficinas de los detectives —dijo Olivia, inclinándose hacia delante mientras agitaba la cartera que sostenía contra sus pechos amplios—. ¿Tienes una pistola? ¿Oye, alguna vez le disparaste a alguien?

—Sí, tengo una pistola —dije sin poder evitar una sonrisa—. Y no, nunca le disparé a nadie con ella.

Elsa estaba mortificada.

—Señorita Solano, sepa disculpar a mi prima. Es un poco maleducada.

Miró como a punto de desmayarse. Me pregunté si teníamos sales en la oficina.

—No se preocupe —dije—. No me molesta en lo más mínimo. La gente suele hacerme esas preguntas.

Elsa hizo una mueca y bajó la vista, mientras Olivia me miraba sonriente, casi excitada. Era hora de comenzar la entrevista, aunque me sentía intimidada por la visión de esta personificación cubana del yin y el yang.

—Saben por qué les he pedido que vengan, ¿verdad? —les dije—. ¿La señora Arango les explicó quién soy?

—Nos dijo que usted trabaja con el abogado de Alonso —dijo Elsa rápidamente—. Dijo que cooperáramos con usted y que le dijéramos todo lo que sabemos.

—Bien —dije—. Así es, trabajo con Thomas McDonald, el abogado de Alonso. Queremos sacar al señor Arango de la cárcel lo más rápido posible.

Esto puso otra vez en movimiento los pechos de Olivia.

—Haremos lo que sea para ayudar —dijo—. Lo que sea.

—Mi costumbre es entrevistar a los testigos separadamente, de a uno. Si no les molesta, me gustaría hablar con una de ustedes mientras la otra espera afuera. —Me puse de pie y abrí la puerta—. No importa quién hable primero. Decidan ustedes.

Elsa y Olivia se miraron la una a la otra, y esta última se puso de pie. Era obvio que Elsa era la encargada de los asuntos importantes. Esperé a que Olivia saliera y cerré la puerta. No pude dejar de ver la mirada de súplica que puso Leonardo mientras la mujer caminaba hacia su escritorio.

Mientras esperaba, Elsa alisó la falda. Le di un tiempo para que lo hiciera con tranquilidad.

Luego sonreí, intentando tranquilizarla.

—Quizá podamos empezar por hablar de su vida laboral antes de entrar en los detalles de lo que ocurrió aquel día.

Mientras hablaba, no pude evitar pensar en la excesiva preocupación que Elsa mostraba por los modales. Hasta en la oficina de un detective parecía esforzarse por mostrarse educada, porque su posición y su vestimenta fueran las adecuadas. Le tomó unos cuantos segundos mostrarse finalmente satisfecha con su actitud general.

—Bueno, de una u otra manera, hace quince años que estoy con Alonso. —Repentinamente, se sonrojó al comprender que su afirmación podía ser interpretada de varias maneras—. Yo... no... lo que quiero decir es que conozco a Alonso desde entonces.

Era fascinante. Esta mujer parecía sacada de una novela de Jane Austen. Su rostro y su cuello habían adquirido un color púrpura, y yo pensé no sin malicia que armonizaban con las flores de su vestido.

Elsa recuperó la calma y siguió hablando.

—Alonso y yo trabajamos cuatro años en otra joyería de Miracle Mile antes de que él abriera Optima Jewelers —dijo—. Su ambición siempre fue abrir su propio negocio. Tenía tiendas en Cuba antes de la revolución. Y cuando llegó el momento, me preguntó si yo estaba interesada en dejar mi trabajo para irme con él.

En ese momento, yo podría haber alzado las cejas, pero habría sido demasiado cruel con Elsa.

—Yo sabía que Alonso iba a tener éxito —prosiguió—. Trabaja duro y conoce el negocio. De modo que acepté trabajar con él y he sido muy feliz en Optima.

Elsa me sonrió como una alumna que ha respondido correctamente a una pregunta.

—¿Qué me puede decir del resto de los empleados de Optima? —le pregunté.

—Ya conoce a Olivia —dijo—. Y está George. Nosotros tres somos los vendedores. Está Reina, la encargada de la limpieza, y luego Silvia Romero, la asistente contable. Silvia es puertorriqueña.

Elsa arrugó la nariz. No es un secreto para nadie que los cubanos y los puertorriqueños no se llevan demasiado bien. Unos piensan de los otros que ensucian el nombre de los latinos.

—¿Y qué me puede decir de Isabel Arango? —pregunté, tan inocentemente como pude.

Elsa jugueteó con su collar de perlas. Hasta ese preciso instante, sus manos se habían mantenido sobre su falda.

—¿Qué hay con ella?

—Cuénteme acerca de ella —le dije—. ¿Cuán a menudo va a la tienda? ¿Se ocupa de alguna tarea específica allí?

Elsa lo pensó un momento y decidió evitar una respuesta directa.

—No creo ser la persona indicada para hablar de ella —dijo tranquilamente—. Alonso puede decirle mucho más acerca de Isabel. Ella es su esposa.

La reacción de Elsa me dijo lo que yo necesitaba saber acerca de Isabel, por lo que decidí cambiar de tema.

—Cuénteme ahora, por favor, lo que ocurrió aquel sábado.

Elsa pareció sentirse aliviada al ver que yo dejaba de lado el tema de Isabel. Me contó lo que había visto, o más bien lo que no había visto, y eso no me ayudó demasiado. Cuando Alonso le disparó a Gastón, ella estaba ordenando los cajones que había debajo de los mostradores. Por ese motivo, no pudo ver nada. Todos los sábados, temprano (para que no la interrumpieran los clientes), ella se sentaba en el piso para ordenar los cajones.

—Estaba desenredando unas cadenitas de oro cuando oí los disparos —dijo con voz monótona—. Conozco bien ese ruido horrible... lo oí suficientes veces en La Habana durante la revolución. Pero igualmente estaba tan concentrada con las cadenitas que el ruido me desorientó. George fue corriendo hacia el fondo, gritando que alguien había atacado a Alonso y que Alonso le había disparado. Enseguida, la tienda se llenó de policías.

—¿No vio a nadie entrar o salir de la tienda justo antes de que se produjeran los disparos? —le pregunté, observándola atentamente.

—No. Lo siento mucho, pero estaba en el piso. No vi ni oí nada antes de los disparos.

—¿Conocía a Gustavo Gastón, el muerto? —pregunté.

—No —dijo Elsa. Un temblor atravesó su cuerpo, como si tuviera frío. Pero la temperatura en mi oficina era agradable—. La policía me mostró una fotografía del hombre. Yo la miré con cuidado. Pero nunca lo había visto.

—¿La policía dijo algo acerca de él?

—No, no demasiado —respondió Elsa, mirándome con curiosidad—. Dijeron que vino a Estados Unidos desde Cuba hace unos años, en una balsa.

—¿Cuándo le mostraron esa fotografía?

—Vinieron el lunes después del incidente —dijo—. Hablaron con todos los empleados de la tienda. Nunca lo vi, ¿sabe? Estaba en la parte trasera, sobre el piso. Yo no quise pasar.

Elsa me miró con sus grandes ojos azules. O me estaba diciendo la verdad o merecía el Oscar a la mejor interpretación en películas policiales. Pero la investigación recién comenzaba, y no había ninguna razón convincente para que yo no le creyera.

—Muchas gracias —dije amablemente—. Es probable que necesite hablar otra vez con usted si surge algún elemento novedoso.

La mujer me regaló una sonrisa fría, de aceptación resignada ante los hechos de la vida, y llamó a su prima.

Cuando Elsa se fue, la notoria presencia de Olivia inundó mi oficina.

—¿Está casado? —me preguntó después de cerrar la puerta, señalando con la cabeza la sala contigua, donde Leonardo sin dudas intentaba recobrarse de su compañía.

—No —respondí.

—¿Tiene novia?

Pregunta difícil de contestar.

—Bueno, no que yo sepa.

Leonardo siempre salía con mujeres, pero no sé si había algo más allá de eso. Hacía tiempo ya que había dejado de especular con las preferencias sexuales de Leonardo. Mi familia entera se había ocupado de esas especulaciones, y no era necesario que yo agregara nada a ese controvertido capítulo de su biografía.

Mientras se acomodaba voluptuosamente en su silla, Olivia exhibió sin quererlo ese aire predatorio anclado en miles de años de experiencia de su género. La operación de sentarse era compleja; aparentemente, sólo cuando llegaba a su fin podía sentir que todo estaba en su lugar.

—Necesito hacerte algunas preguntas acerca de aquella mañana en la joyería, ¿está bien?

—Sí, sí, por supuesto —barboteó, tan explosivamente como una tubería abierta de golpe—. Como te dije, haría cualquier cosa para que Alonso salga de la cárcel. Ese tipo es un santo, de verdad. Hace tiempo ya que se ganó un lugar en el cielo. Me dio trabajo cuando yo realmente lo necesitaba. Es uno de los hombres más buenos que conocí en mi vida.

Dijo todo esto casi sin respirar. Su declaración de lealtad indestructible era conmovedora, pero lamentablemente no podía ayudarme en nada, por más que tuviera las mejores intenciones.

—Lo siento mucho —dijo—. Si hubiera sabido que ese hombre horrible iba a atacar a Alonso, habría corrido a salvarlo. Pero estaba hablando por teléfono con mi madre, de espaldas a la tienda, porque me estaba escondiendo.

—¿Te estabas escondiendo? —pregunté—. ¿Qué quieres decir con eso?

—A Alonso no le gusta que hagamos llamadas privadas mientras estamos en horario de trabajo —dijo—. Excepto que sea una emergencia, y esta no lo era. Pero no me entiendas mal, Alonso es muy bueno con nosotros.

Ciertamente, Olivia tenía muchos deseos de defender a su jefe.

—Mi madre me estaba dando una nueva receta para un flan que había probado en la casa de mi tía —dijo—. Yo estaba anotándola. La gente piensa que es fácil cocinar un flan, pero no lo es.

No supe qué responder, y Olivia pareció advertir que estaba desvariando.

—De todas formas —dijo—, el flan es muy tramposo. El *timing* es lo más importante y por eso estaba tan concentrada en escribir la receta. No quería que nadie oyese nuestra conversación, por eso estaba hablando en voz baja y de espaldas a la tienda. No estaba haciendo nada malo porque no había clientes en ese momento. Pero, ¡maldita sea! Ahora lo lamento. Ojalá hubiera visto todo. Podría haber hecho algo para ayudar a Alonso.

Los ojos de Olivia se humedecieron. Muy pronto, las lágrimas recorrían sus mejillas, su generoso cuello y le caían finalmente sobre el escote, donde desaparecían.

—No te preocupes —dije—. No podrías haber hecho nada.

Debería haberle ofrecido un pañuelo, pero estaba impactada por este súbito despliegue lacrimógeno. Olivia extrajo un pañuelo perfumado de las profundidades de su cartera y se sonó la nariz.

—¡Y la receta ni siquiera era tan buena! —exclamó—. El flan nunca funcionó.

La injusticia de la situación hizo que otra vez la buena de Olivia estallara en lágrimas; pero esta vez tenía su pañuelo preparado. Yo sentí cierta decepción. Había cierto extraño encanto en contemplar el camino de sus lágrimas, desde sus grandes ojos hasta su considerable busto.

Pero esto nos conducía a toda velocidad hacia ninguna parte. Tomé una foto de mi escritorio y la deslicé en dirección a ella.

—¿Reconoces a este hombre?

Oliva sacudió la cabeza negativamente.

—Es Gustavo Gastón, el muerto, el hombre al que le disparó Alonso. ¿Estás segura de que no lo reconoces?

Ella comenzó a sacudir la cabeza otra vez, pero se detuvo para coger la foto y examinarla otra vez.

—Esta foto es parecida a la que nos mostraron los policías que vinieron a la tienda —dijo—. ¿Quién es? ¿Por qué atacó a Alonso?

Era mi turno de sacudir la cabeza.

—Eso es precisamente lo que estoy intentando averiguar. ¿No se te ocurre algo que pueda ayudarme?

Olivia se sonó enfáticamente la nariz, otra vez, y me dijo que no. Eso era todo. Me puse de pie y fui hasta la sala contigua, donde Elsa esperaba pacientemente.

Les di mi tarjeta personal.

—¿Tú no tienes tarjeta? —le preguntó Olivia a Leonardo mientras pestañeaba.

Leonardo se hundió en una pila de correspondencia.

—No, sólo soy un asistente. No necesito tarjeta.

—Bueno, Leonardo —dijo Olivia, pronunciando su nombre con delectación—. Supongo que, si es necesario, puedo encontrarte aquí.

A esas alturas, Elsa tiraba con fuerza del chaleco de su prima. Mientras arrastraba a Olivia hacia la puerta, se deshacía en pedidos de disculpas.

Cuando finalmente salieron, me senté en la silla que había frente a Leonardo y lo miré. Él levantó la vista después de unos segundos y se encontró con mi sonrisa.

—¡¿Qué pasa?! —gritó.

—Vaya bomboncito... —dije.

Leonardo se movió, incómodo, y fingió una inverosímil fascinación por un folleto absurdo.

—¿Cuál de ellas? —preguntó.

Yo lancé una carcajada.

Él se sonrojó a lo Jane Austen.

—¿Sabes, Lupe? —dijo—. A veces siento que no me pagas lo suficiente como para aguantar tus bromas.

13

George Mortimer llegó puntualmente a las dos. Su relato comenzó a hundir mis esperanzas: era el mismo que el de las primas Ramírez. No había visto ni oído nada hasta que se produjeron los disparos. Al menos tenía una buena excusa: aquella mañana, George había pagado con una larga condena en el baño las consecuencias de haber ingerido la noche anterior un burrito particularmente picante en Moctezuma's, un restaurante mexicano.

—¿Cuánto tiempo estuviste en el baño? —pregunté.

—No puedo estar seguro, pero a mí me pareció una eternidad —dijo George—. Creo que los cocineros del Moctezuma's deben seguir resentidos por haber perdido Texas o algo así. Le diré que eligieron un buen nombre para su lugar. Sin duda, algún espíritu se tomó su venganza.

—Cuéntame acerca de tu trabajo —pregunté.

George pareció contento de poder cambiar el ángulo de la conversación.

—Soy el vendedor más nuevo —dijo—. En marzo van a hacer cinco años que trabajo allí. Nunca pensé que iba a ser empleado de una joyería. Cuando tuve la oportunidad, la pensé como un empleo hasta que llegara algo mejor. Pero me gusta mucho trabajar en

Optima, y terminé quedándome. Todos son muy amables conmigo, y cuando las cosas están tranquilas Alonso me deja leer. Me encanta leer todo tipo de cosas.

—Bien —le dije—. ¿Pero por qué no me narras cómo fue que conseguiste el trabajo?

Le sonreí con amabilidad. Tenía la sensación de que si no lograba encaminar esta entrevista, no llegaría a nada.

—Bueno, empecemos por el principio —dijo obediente—. Me gradué en historia medieval en la Florida International University. Fue una carrera muy interesante pero no muy práctica, como podrás imaginar. Envié mi currículo a millones de lugares. Respondí a los anuncios, busqué empleo por Internet, pedí ayuda a mis conocidos, pero no hubo ofertas concretas. Nada, absolutamente nada.

Conocía los datos biográficos de George a partir de los archivos que me había entregado Isabel Arango, pero quería oír su propia versión. Parecía imposible que ya tuviera veintiséis años, sólo dos menos que yo. Con el cabello graso y un poco más de acné podría haber pasado por un chico de dieciséis. Pero, dentro de su *look* adolescente, era apuesto. Su cabello rubio y ondulado merecía una sesión de peluquería, y su piel pálida, casi mortuoria, habría soportado sin problemas unas horas de limpieza profesional. Aunque su vestimenta era tradicional —pantalones beige con pinzas, blazer azul marino, camisa blanca planchada y una suave corbata floreada—, había en el brillo de sus ojos un dejo de oscura malicia. Sus ojos pardos claro me miraban directamente mientras hablaba, y cada un minuto, aproximadamente, George se inclinaba hacia mí. Yo tenía la impresión de que no se tomaba esta entrevista demasiado en serio, considerando que su jefe estaba preso por asesinato.

—¡Pasar de la Edad Media a la Miracle Mile debe haber sido todo un cambio! —dije con tono de complicidad.

—¡Vaya si lo fue! —dijo George con sonrisa ganadora; bueno, más bien con una sonrisa que alguna vez debió haber ganado algo—. De manera que, después de seis meses de buscar trabajo, decidí que era hora de golpear algunas puertas. Comencé por las tiendas ubicadas más alto y fui bajando hasta que en la segunda cuadra entré a Optima.

—¿Fuiste puerta por puerta buscando trabajo? —pregunté. No sabía que el mercado laboral anduviera tan mal, aun para un medievalista juvenil.

—Quería conseguir trabajo como fuera —dijo con timidez—. Y mi *timing* no pudo ser más certero. Optima estaba lleno de clientes. Alonso estaba detrás de la caja, Olivia estaba preparando un pedido grande y Elsa estaba enferma y había faltado. Alonso estaba al borde de la desesperación y me ofreció el trabajo de inmediato. Supuestamente era hasta que Elsa se repusiera, pero me terminé quedando. Hay un excelente ambiente de trabajo.

—Ya veo. ¿Y qué puedes decirme de Isabel Arango? —le pregunté, intentando atraparlo con la guardia baja en medio de su charla entusiasta.

En lugar de responder de inmediato, George se acomodó en su silla, desviando su mirada.

—No la conozco demasiado —dijo—. Casi nunca viene a la tienda y he tenido muy poco trato con ella.

Decidí cambiar de tema. Ya sabía que la esposa de Alonso requería una atención extra; sólo tenía que descubrir por qué.

—¿Estás seguro que no puedes decirme nada más acerca del incidente? —pregunté.

George sacudió su cabeza negativamente, visiblemente aliviado de que no le siguiera hablando de Isabel. Yo abrí la gaveta de mi escritorio y tomé la fotografía de Gustavo Gastón que le había mostrado a las primas Ramírez.

—¿Reconoces a este hombre? —le pregunté.

George tomó la imagen y la estudió atentamente. Un mechón de pelo rubio le cayó sobre la frente.

—¿Se supone que debo conocerlo? —preguntó.

—Es el muerto. El hombre al que le disparó Alonso.

—Ah, sí, ya veo. Los policías me mostraron una fotografía de este tipo. Era muy parecido a éste.

George depositó la foto sobre mi escritorio como si se hubiera quemado los dedos de golpe.

—Te diré lo mismo que les dije a ellos —comenzó—. Nunca lo vi. Bueno, no exactamente. Lo vi sólo una vez, tirado en el piso, muerto. Pero no estaba muy parecido; tenía la ropa revuelta y el cuerpo lleno de sangre. Sólo lo vi unos segundos y ya se me apareció un par de veces en sueños.

Al parecer, George era un charlista talentoso, y esa virtud le había surgido a partir de ese recuerdo tan traumático.

—Fue el primer muerto que vi en mi vida —dijo—. De verdad, nunca fui a un funeral siquiera.

—No te preocupes, George. No esperaba que lo reconocieras. Sólo quería estar segura. —Volví a guardar la fotografía en mi cajón, esperando calmarlo—. Vi en el informe policial que tú fuiste una de las primeras personas que llegó al lugar donde estaba Alonso.

George asintió.

—Estaba saliendo del baño cuando oí unas explosiones. No sabía qué era lo que producía esos ruidos, pero sí que venían de la oficina que hay en la parte trasera —su voz era monótona—. Antes de que yo entrara al baño, Elsa estaba cerca de la puerta principal ordenando unos cajones y Olivia estaba hablando por teléfono. Las miré para ver si estaban bien y registré la sorpresa que había en sus rostros. Sabía que Alonso estaba atrás reparando un reloj, de modo que fui hacia allí.

—¿Cuánto esperaste antes de ir? —le pregunté.

George se encogió de hombros.

—No demasiado, menos de un minuto. Lo suficiente para ver que Olivia y Elsa no estaban lastimadas, más el tiempo que me tomó caminar hasta allí.

—¿Qué fue lo que viste cuando llegaste a la parte trasera?

—Sentí alivio al ver que Alonso estaba allí de pie. En el momento no supe que lo que había oído eran disparos, pero sí recuerdo que me puse contento de verlo bien —George cerró los ojos, como visualizando la escena—. También vi a Silvia. Ella y Alonso estaban mirando algo que había en el piso, pero desde donde yo estaba no se veía qué era eso. Tuve que dar la vuelta alrededor de la mesa donde trabaja Alonso para ver el cuerpo. Y luego vi el arma en la mano de Alonso.

Miré fijamente a George.

—¿Qué estaban haciendo Silvia y Alonso?

—Nada. Estaban parados allí como estatuas —George sonrió, nervioso—. Parecía una escena de una película policial. Les pregunté qué era lo que había ocurrido.

—¿Y qué te dijeron? —pregunté.

—Nada. No dijeron nada. Se quedaron allí parados, sin moverse, sin decir una palabra —George se acomodó en su silla y cruzó las piernas—. Fue muy raro. Les dije que teníamos que llamar a la policía. Mi voz sonó muy fuerte, como si les estuviera gritando.

—¿Alonso o Silvia explicaron lo que había ocurrido?

—No dijeron nada —respondió George—. Estaban shockeados. Me enteré de que el muerto había intentado robar la tienda cuando Alonso se lo contaba a Isabel.

Hice una anotación rápida en mi cuaderno.

—¿Llamaste a la policía? —pregunté.

—¿Inmediatamente? No. Alonso dijo que lo haría. Caminó hasta su oficina y llamó primero a Isabel. Yo pude oír lo que decía porque no cerró completamente la puerta. Luego llamó a la policía, que llegó de inmediato.

Con mi lápiz, di unos golpecitos en mi escritorio, sonriéndole a George con lo que quise que fuera una amabilidad extrema.

—¿No te resultó extraño que Alonso llamara a su esposa antes de llamar a la policía? —pregunté.

—Sí, pero eso lo pensé más tarde. En ese momento todo era tan confuso que apenas lo noté —dijo George—. Alonso e Isabel son muy unidos y quizá eso explique por qué lo hizo. ¿Cómo se supone que debe actuar alguien después de matar a una persona?

Era un buen punto.

—¿Y Silvia? ¿Qué hacía ella en todo este rato?

—Al comienzo se quedó de pie, sin hacer nada. Pero cuando Alonso fue al teléfono, empezó a dar vueltas. Se la veía nerviosa, muy alterada.

Bebí un largo sorbo del jugo de Leonardo. Estaba tibio; ya hacía una hora que yo estaba sentada allí. George estaba deseoso de hablar, pero tenía que ser incitado cada vez. Yo me sentía como la conductora de un *talk show* con un invitado algo tímido.

—¿Y el resto de los empleados? —pregunté—. ¿Qué estaban haciendo?

—Elsa y Olivia llegaron corriendo poco después de que llegara yo —dijo George—. Las detuve en la puerta y les conté lo que había ocurrido. Cuando me oyeron decir que había un hombre muerto allí dentro caminaron hasta la puerta del frente para esperar a la policía. Enseguida después llegó Reina. Debe de haber entrado por la puerta trasera, porque no la vi atravesar la tienda. Y eso es todo.

George le echó una ojeada preocupada a su reloj. Yo supe que, o daba por terminada la entrevista, o me hablaría pensando en otra cosa. Aun cuando no me había dicho demasiado, sus palabras me habían ayudado a llenar algunos huecos.

Me puse de pie para indicar que daba por terminado el encuentro, y él me premió con otra sonrisa.

—George, muchas gracias por venir —dije—. Me has sido de mucha ayuda.

El muchacho levantó un poco su mentón y pestañeó con aire confiado. Definitivamente, esto se estaba poniendo más personal.

—Lupe, ya me has hecho muchas preguntas y ahora me toca a mí. ¿Quieres venir conmigo a la Noche de la Espuma en Amnesia, en South Beach?

Ay, querido.

Cuando Leonardo atendió el teléfono, yo estaba de pie en la sala de recepción, todavía sorprendida por haber recibido una invitación de George para ir a una noche burbujeante en una disco de moda.

—Es Silvia Romero —dijo.

Cuando cogí el teléfono en mi oficina, una voz suave, casi susurrante, me dijo:

—Habla Silvia, la asistente contable de Optima Jewelers —dijo—. Sé que me ha llamado varias veces y le pido disculpas por no haberle contestado. Mi hijita estuvo enferma, y no me dejó demasiado tiempo libre.

—Está bien —dije—. Me alegro de que finalmente nos hayamos puesto en contacto.

—¿Puedo ir a verla esta tarde? —preguntó—. Digo, si es que a usted le viene bien.

Claro que me venía bien. Le había dejado varios mensajes, en la tienda y en la casa, y no había tenido respuesta. No podía imaginar ninguna razón por la cual Silvia Romero estuviera evitándome, pero tenía la sensación de que en efecto lo estaba haciendo. Ella era la primera persona que había visto el cadáver de Gustavo Gastón, inmediatamente después de que Alonso le disparara, de modo que era un elemento clave para mi investigación. Arreglamos para encontrarnos en mi oficina en una hora.

Llegó a la cita sólo media hora después. Silvia Romero era pequeña, delgada y hablaba con suavidad. Aparentaba tener unos treinta años. Aunque tenía un maravilloso cabello negro y ojos también oscuros, no era exactamente bella. Parecía como si fuera a lastimarse si alguien la abrazaba demasiado fuerte.

Tuve que aferrar su mano derecha por el costado para poder estrechársela. Puede que a alguien le atrajera su timidez y su delicadeza, pero a mí me pareció una mujer desabrida.

—Señorita Romero —le dije después de cerrar la puerta de mi oficina—, ¿podría decirme qué ocurrió aquel sábado por la mañana en Optima Jewelers?

—Bueno, yo no sé demasiado bien qué fue lo que ocurrió. Había ido a comprar estampillas a la oficina de correo. —Mientras hablaba, una vena vibraba en su fina garganta—. Los sábados cierran al mediodía y yo necesitaba enviar algunas cartas. Fui caminando hasta la oficina de correos de Coral Gables, a sólo un par de cuadras de allí. Como siempre, salí por la puerta trasera, que da a un callejón.

Silvia Romero parecía estar casi atemorizada, pero supuse que aquel debía ser un estado permanente en ella.

—¿Y qué ocurrió cuando volvió de la oficina? —le pregunté.

—Entré también por la puerta trasera —dijo—. Vi que Alonso estaba de pie junto a un hombre que yacía en el piso. El hombre estaba sangrando; eso es lo que más recuerdo: la sangre. Alonso sostenía un arma en la mano. No recuerdo demasiado de lo que ocurrió después. La policía me hizo muchísimas preguntas y yo las respondí todas, pero no sé muy bien que fue lo que ocurrió, excepto por lo que me dijeron después.

Recordé lo que George Mortimer me había dicho sólo una hora antes: que Silvia parecía estar serena, casi atontada. Mi experiencia me indicaba que así suele actuar la gente cuando se enfrenta a una escena que les produce un shock. No se ponen nerviosos ni si alteran, sino que entran en un estado casi de zombie. Silvia, con toda su pequeñez, me pareció de pronto una mujer fuerte e inteligente. Decidí encarar el asunto desde otro ángulo.

—Comencemos por el principio —le dije—. Cuénteme un poco acerca de usted.

Silvia se movió nerviosamente, acomodándose el suéter dentro de la falda. Era tan pequeña que era difícil imaginar cómo había hecho para dar a luz a un bebé.

—No hay mucho para decir —parecía avergonzada—. Tengo treinta años y un solo hijo. Soy puertorriqueña, nacida en Miami. Vivo en Westchester, detrás de la casa de mis padres, y comencé a trabajar como asistente contable ocho años atrás.

La dejé seguir sin interrumpirla. Eso pareció acentuar su reserva y su timidez.

—Solía trabajar *part time* en varios negocios cerca de Coral Gables, principalmente en Miracle Mile, pero ahora trabajo casi exclusivamente para Alonso. Me gusta más trabajar en un solo lugar.

Todavía hago algunos trabajitos para otras empresas, pero Optima Jewelers es mi empleador básico.

Yo ya conocía la mayor parte de estos datos por haberlo leído en los archivos de Silvia, pero siempre es útil escuchar lo que dice la gente de sí misma. Era interesante que esta mujer no hubiera dicho nada acerca de su estatus marital o acerca de su hija. Silvia no llevaba anillo de boda, y en mis rastreos no pude confirmar la existencia de pareja alguna. Pero ella no parecía muy dispuesta a facilitar algún dato en este sentido, y habría sido contraproducente preguntarle.

—Volvamos entonces a aquel sábado a la mañana —dije con tranquilidad—. ¿Hay algo que usted sepa y que pueda ayudar para la defensa de Alonso Arango?

Por primera vez vi en su rostro la evidencia de ese espíritu furtivo que, sospechaba yo, se escondía en Silvia. La mujer se sonrojó y sus pequeñas manos se convirtieron en puños sobre su falda.

—No entiendo por qué está en la cárcel —dijo—. El tipo vino a atacarlo con un cuchillo. Es evidente que Alonso actuó en defensa propia.

—El cuchillo nunca fue encontrado —señalé—. Y Alonso disparó seis tiros. La policía y el juez piensan que es demasiado para un hombre que sólo está tratando de defenderse. Si el cuchillo fuera encontrado otra sería la historia. Pero nuestro gran problema es que no tenemos ningún testigo que corrobore la versión de Alonso.

—Supongo que yo soy lo más parecido a un testigo que podrá encontrar —dijo Silvia, con un tono repentinamente frío—. Yo estuve allí apenas ocurrió. ¿Qué puedo hacer para ayudarla?

Todo el mundo decía que quería ayudar, pero nadie quería hacerlo. Me encogí de hombros.

—Encuentre un testigo o encuentre el cuchillo —dije—. Cualquiera de las dos cosas ayudarían muchísimo.

Los ojos de Silvia se clavaron en mí.

—¿Qué le ocurrirá a Alonso?

Ciertas alarmas silenciosas se estaban activando en mi cerebro. Antes, había pensado que Silvia Romero no tenía demasiada importancia, pero estaba comenzando a cambiar de opinión. Sentía que estaba asistiendo a su transformación, de gris asistente contable a mujer apasionada que haría cualquier cosa para ayudar a su jefe. Su actitud no era exactamente inapropiada, pero las personas no cambian tan bruscamente si no hay una buena razón para ello.

—Es difícil decirlo —dije—. Depende mucho de mi investigación y del arreglo al que el abogado de Alonso pueda llegar con el juez.

—La palabra «juez» suena atemorizante en sus labios —observó Silvia.

—Ni que lo diga —asentí—. El abogado de Alonso, el señor McDonald, está haciendo todo lo posible por sacar a Alonso de allí. Quiere mostrarles al juez y al fiscal que Alonso no tiene antecedentes y que es un miembro respetado de la comunidad. Quiere convencerlos de que es muy poco probable que Alonso se vaya del país antes de que comience el juicio.

—Alonso jamás huiría de sus problemas —dijo Silvia. Sus pequeñas manos temblaron—. Eso lo sé con seguridad.

Eso era. Me convencí allí mismo de que valía la pena hurgar en el pasado de Silvia.

—Esa son todas las preguntas que tengo para usted en este momento —dije. Me puse de pie y le alcancé una tarjeta personal.

Como si lo hubiera olvidado, le mostré la fotografía de Gustavo Gastón.

—Ah, disculpe, sólo una cosa más —Silvia me echó una mirada interrogadora—. ¿Sabe quién es esta persona?

Silvia movió la cabeza casi imperceptiblemente hacia un lado. Luego bajó la vista, claramente incómoda.

—Es Gustavo Gastón, el muerto —le dije.

Silvia saltó como si alguien le hubiera pinchado el trasero. Mientras la guiaba hacia la salida, pude observar el alivio que se reflejaba claramente en su rostro. Le abrí la puerta y la observé irse en su Toyota blanco.

Leonardo se colocó detrás de mí. Se inclinó para ajustarse las pesas que llevaba atadas a sus pantorrillas.

—Daría muchísimo por saber en qué estás pensando —gruñó casi en mis oídos.

—Algo huele a podrido aquí —dije, mirando hacia la calle—. Hay muchas mentiras dando vueltas.

—Bueno, yo huelo un *happy hour* en el Café Tu Tu Tango —dijo—. Vamos a bebernos unas margaritas. Tú puedes pedirte algo frito y yo me echaré encima algo verde.

Cinco minutos más tarde, habíamos apagado todas las luces, cerrado las puertas y activado las alarmas. Leonardo se puso una vestimenta formal —un traje plateado— y partimos.

Era hora de aclarar mis ideas antes de dar el siguiente paso. Tenía sospechas, intuiciones y vagas corazonadas. Leonardo no quiso escuchar ni una palabra acerca de todo eso. Nos pusimos en marcha en dirección a Cocowalk, y él me tiraba del brazo para que caminara más rápido. Habría sido un crimen llegar a nuestro comedero favorito cuando ya no hubiera comida.

14

A la mañana siguiente desperté en mi apartamento, me duché, me vestí y salí temprano hacia la agencia. Tenía la firme intención de trabajar un par de horas antes de que las actividades diarias comenzaran a distraerme. Pero no llegué lo suficientemente temprano. Había dos autos esperándome estacionados en la entrada de Solano Investigations.

En cuanto entré a la agencia oí un ruido familiar: los gruñidos de Leonardo que provenían del gimnasio. Si alguien un día lo encerraba y comenzaba a torturarlo, yo no lo hubiera adivinado por los ruidos que venían de allí. En el momento en que atravesaba la puerta, un estrépito metálico fue sucedido por un aullido estridente, parecido al de un búfalo dando a luz. Estremecida, pasé junto a la puerta que daba al gimnasio y me dirigí a mi oficina.

—Lupe, querida —dijo una voz que venía desde mi sofá—. Aquí está el informe sobre Gustavo Gastón. Dejé mi factura sobre el escritorio. Despiértame si tienes alguna pregunta. Si no, déjame dormir.

Néstor Gómez, mi detective favorito, tenía los ojos cerrados y las manos cruzadas beatíficamente por encima de su pecho. Me detuve a observar su rostro picado. Tenía treinta años, pero parecía al menos de cincuenta.

Originario de Puerto Plata, República Dominicana, Néstor tenía un solo objetivo en la vida: traer a sus doce hermanos a Miami lo más pronto posible. Néstor no hacía otra cosa que trabajar, al menos hasta donde yo sabía. No dormía ni comía, casi, y supongo que el sexo y el amor estaban totalmente fuera de su imaginación.

La última vez que me había atrevido a preguntarle cómo iban sus cosas, me había respondido que a mitad de camino. Esto quería decir que ya había logrado que la mitad de sus familiares viajaran a Miami. Yo me sentí feliz por él, pero secreta y egoístamente temía el día en que toda la familia Gómez se afincara en Miami. Néstor era una bestia, capaz de soportar vigilancias de veinticuatro horas dos días seguidos. Es verdad que era caro, pero yo no me quejaba. El hombre valía su peso en oro.

—¿Descubriste algo interesante? —pregunté. Dejé mi cartera sobre el escritorio y tomé el informe.

—Vamos, Lupe —gimió Néstor—. Lee el maldito informe y déjame cerrar los ojos unos minutos. En los últimos tres días estuve siguiendo a la esposa de un cliente durante la noche mientras de día me ocupaba de lo tuyo.

Quería que siguiera hablando, para que no cayera en un coma que le impidiera contestar a mis preguntas acerca de Gustavo Gastón.

—¿Tres días? —pregunté—. ¿Era un caso de infidelidad?

—Por eso le dijo que se iba tres días a Las Vegas, a un congreso de medicina, para ver qué hacía ella. Y sus sospechas resultaron fundadas. La mujer lo dejó en el aeropuerto con un beso apasionado y se fue directo a pasar la tarde al departamento de su amante. Obtuve varias fotografías fantásticas de la pareja; él alquila jet skis en Key Biscayne. Va a ser difícil para ella vivir del dinero que gana su amante. Su futuro ex marido es cardiólogo y ella está acostumbrada a una vida confortable. Pero este es un país libre, de modo que ella se lo buscó.

Néstor me contaba la historia con voz monótona, sin abrir nunca los ojos. Pero logré mantenerlo despierto mientras le echaba una ojeada al informe sobre Gastón. Algo me llamó la atención mientras leía. No podía decir de qué se trataba, pero algo en el informe había disparado las antenas de mi mente.

Según el informe de Néstor, Gustavo Gastón tenía cuarenta años cuando murió. Había llegado a Estados Unidos en una balsa seis años atrás, y la Guardia Costera lo había recogido unas millas al sur de Cayo Hueso. Después de permanecer detenido unos días, había sido liberado y se había trasladado a Miami. Allí se quedó, viviendo en un apartamento en la parte sur de la Pequeña Habana.

Gustavo había nacido en Miramar, un barrio habanero, y había estudiado arquitectura en la Universidad de La Habana. Sorprendentemente, había ganado una serie de premios por sus proyectos de casas populares en la Cuba comunista. Era un hombre demasiado educado y exitoso como para ser un simple ladronzuelo. No me sorprendió hallar que no tenía antecedentes policiales.

Gustavo había tenido varios trabajos en Miami, descubrí al verificar su número del Seguro Social. Algunos *full time* y otros *part time*, pero todos con algo en común: la paga era poca. Tan escasa ambición en un hombre con tan buen currículo era algo raro. Poco después de llegar a Miami, Gustavo había trabajado brevemente en unos almacenes cerca del aeropuerto. En los últimos seis años, había trabajado siempre en Coral Gables. Sus últimos tres trabajos habían sido como mensajero en tres negocios distintos: una tienda para novias, una pescadería y un taller de enmarcado. La tienda para novias estaba en Miracle Mile, a sólo dos cuadras de Optima Jewelers.

El grueso ronquido del hombre postrado en el sofá me volvió a la realidad. Néstor se había cubierto el rostro con un sombrero y respiraba con tanta fuerza que el sombrero parecía elevarse en el aire a cada ronquido. Aunque el hecho me desilusionaba, de todos modos me emocionaba descubrir en mi detective un rasgo de humanidad.

Estrujé una hoja de papel y se la arrojé al rostro.

—¡Néstor, despiértate!

El Bello Durmiente no se dio por aludido. Ni siquiera lo despertó un aullido que en ese momento emitió Leonardo desde el gimnasio. Comencé a arrojarle clips y gomas de borrar apuntando a su entrepierna. Cuando sus pantalones comenzaron a parecerse a un cesto de basura, mi detective dominicano por fin despertó.

—¡Mierda, Lupe! —dijo con voz áspera—. ¿Qué diablos quieres? Estaba soñando que me acostaba con Gloria Estefan.

No hice caso de sus quejas. Por lo que yo sabía, él siempre soñaba que se acostaba con Gloria Estefan. Lo único que se modificaba era la posición en la cual consumaban su deseo.

—¿Qué más puedes decirme acerca de Gustavo Gastón? —pregunté.

—No demasiado —murmuró Néstor—. Preferí investigar sus antecedentes antes de hacer otra cosa. Pero antes déjame preguntarte algo: ¿de qué presupuesto estamos hablando?

Tuve que inclinarme hacia delante en mi escritorio para oírlo, porque hablaba con el sombrero todavía cubriéndole la cara.

—El cliente está en la cárcel acusado de homicidio en segundo grado y le fue denegada la fianza —dije—. Podemos sacarle bastante, pero tampoco exageres.

Esto le levantó un poco el ánimo. Se estiró, sosteniendo el sombrero con una mano, y dijo:

—Bueno, traigamos a Marisol, entonces —dijo—. Ella es buena y muy eficaz.

—Buena idea —dije en voz alta, para que no se distrajera—. Es la detective perfecta para este caso.

Marisol Vélez era una de las mejores detectives que yo conocía, y sin duda la mejor para obtener pruebas filmadas. Era de Asunción, Paraguay, y había vivido en Miami los últimos diez años. Era alta, rubia y voluptuosa. Respiraba sexo por cada poro y no vacilaba en utilizar esa arma si era necesario; de muy joven había aprendido a utilizar su belleza. Conocía varios casos en los que Marisol había logrado obtener información de una fuente —masculina, por supuesto— que había resistido el embate de otros detectives mucho más experimentados. Nunca le pregunté cómo lo hacía. Simplemente, agradecía sus extraordinarios resultados.

Aparentemente, Néstor había pensado que no lo iba a dejar dormir. Se levantó del sofá con un gruñido y dio unos pasos hasta ponerse frente al pequeño espejo redondo que había en la pared. Le tomó un minuto arreglarse las bolsas en los ojos, hasta que finalmente consideró que su apariencia era aceptable. Intentó sin éxito meterse la camisa en los pantalones y se dirigió hacia la puerta.

—Ahora mismo me pondré a trabajar —dijo—. En cuanto me entere de algo te aviso.

Lo miré con disgusto mientras sacudía la cabeza. Él no me vio, por supuesto. Los métodos de Néstor siempre me molestaban. Prefiero que los detectives me presenten sus informes con regularidad, en lugar de decidir ellos mismos cuándo hay algo que merece mi atención. Pero con Néstor me resignaba a esperar. Él era el mejor en lo suyo, y ya era tarde para enseñarle algún truco nuevo.

Néstor se detuvo en la puerta y se volvió hacia mí con preocupación.

—Sabes que no me meto en la vida personal de nadie, Lupe —me dijo—. ¿Pero has estado involucrada en alguna cosa rara últimamente?

Mientras esperaba el remate de su broma, me di cuenta de que Néstor hablaba en serio.

—¿De qué carajo estás hablando?

—Puede que esté equivocado —dijo—. Pero me pareció que Tom Slattery está espiando este lugar.

—Creo que necesitas unas horas de sueño —dije—. ¿Quién diablos es Tom Slattery?

—Tú sabes quien es. El detective que trabajaba para la oficina del fiscal del Estado hasta que fue descubierto allanando un domicilio y lo despidieron. —Yo estaba en ascuas, y Néstor lo notó y suspiró—. ¿No te acuerdas esa especie de castor grandote, alto, con cabello negro y grasoso, con ojos pequeños, dientes verdes y destruidos?

El tono burlón de Néstor, acompañado de gestos lo suficientemente elocuentes, me daba a entender que no lo unía a Slattery una pasión amorosa.

De pronto recordé al tipo; la descripción de Néstor encontró su lugar en mi memoria, y lancé una risa ronca.

—¿Cómo podría olvidarme de él? Un tipo grosero, a quien siempre me topaba en el ascensor en los tribunales, y que intentaba seducirme.

—Bueno, querida, está vigilando tu agencia allí afuera —Néstor abrió la puerta—. Pensé que debías saberlo. Será mejor que te cuides la espalda.

Me quedé en mi escritorio cuando se fue, intentando digerir esta información. ¿Quién podría tener algún interés en vigilarme? Tal vez tuviera alguna relación con el caso Arango, o con alguno de los cientos de casos en los que había trabajado en mi carrera. Lo que fuera, no era una buena noticia. Slattery era un tipo desagradable, y yo no tenía ningún interés en que se metiera en mi vida.

De pronto, Néstor volvió a asomar su cabeza.

—Si necesitas ayuda con ese tipo, avísame —dijo—. Puedo deshacerme de este problema si lo deseas. Sólo házmelo saber.

Néstor me hizo prometer que consideraría su oferta antes de irse. Yo no quise ponerme a pensar qué había querido decir.

Un aullido repentino vino del gimnasio y luego los ruidos de las pesas rebotando en el piso. Leonardo murmuraba para sí mismo, respirando fuertemente. «¿Quién se atrevería a meterse conmigo?», pensé. Para cualquiera que estuviera a menos de una cuadra de distancia, era perfectamente obvio que yo tenía a un hombre encerrado en mi agencia y que lo estaba torturando.

15

A las diez de la noche volví a mi apartamento. Pero técnicamente, aún estaba trabajando. Estaba esperando a que Marisol Vélez me enviara su informe. Mientras tanto, me dediqué a revisar mis notas del caso Arango. Había trabajado muchísimo, había llenado muchísimas hojas, pero todavía no lograba dar con una explicación del caso. Y seguía sin encontrar ningún vínculo entre Margarita y los Arango. Ella había decorado la casa familiar en Coral Gables. Gastón, el balsero, había sido en su juventud un arquitecto reconocido. El cuchillo contra el cual Alonso aseguraba haberse defendido seguía sin encontrarse. Pero yo estaba buceando más y más profundo, y eso, lo sabía, a algún lado iba a llevarme.

Frustrada, me dediqué a algunas tareas domésticas que tenía postergadas. Entre mis llegadas tarde a casa y las noches que pasaba en Cocoplum, se me había olvidado regar las plantas, los platos se amontonaban en el fregador y la pila de la ropa traída de la lavandería estaba intacta. Después de todo, ser buena ama de casa no era una virtud que yo hubiera destacado en un perfil de un servicio para buscar parejas por computadora, por desesperada que estuviera. Abrí las ventanas que daban al patio y dejé que el aire cálido de la noche penetrara el lugar. Y tuve piedad de mis plantas: las regué una por una, sin olvidarme de las hojas. Iba a echarles un poco de abono para plantas cuando sonó el teléfono. Yo estaba un poco nerviosa, y el susto me hizo saltar. Cuando aterricé, fui a coger el teléfono.

—¿Quién trabaja para quién? —grité en el teléfono. No oía demasiado bien qué era lo que me decían, de tan distraída y ansiosa que estaba.

Pacientemente, Marisol repitió el nombre:

—Fernando Godoy. No fue difícil averiguarlo. Hoy, el tipo fue tres veces a la oficina de Godoy.

—Conozco ese nombre, pero no recuerdo bien de quién se trata.

Me golpeé la cabeza, como si eso fuera a iluminar mi memoria.

—Es un abogado sin escrúpulos —dijo Marisol con maldad—. Trabaja en un segundo piso en Red Road, en South Miami. Nunca trabajaría con él, eso te lo aseguro.

—¡Mierda! —grité—. Ahora sé quién es ese hijo de puta.

Era el abogado contratado por Rodrigo para litigar con el condado; el tipo que lo haría rico.

—¡Escúchame, chica! ¿Necesitas algo más? Estoy molida. Necesito ir a casa.

Marisol sonaba de verdad exhausta. Hacía ya varios días que la tenía trabajando varias horas por día, casi sin pausa.

—Buen trabajo. Vete a tu casa —dije—. Y gracias. Dime cuánto te debo, pero no es necesario que me pases una factura. Te pagaré en efectivo.

—El efectivo siempre es mejor. Mañana te llamo —Marisol colgó.

Cuando Néstor me dijo que Tom Slattery me estaba siguiendo, acepté su consejo y contraté a Marisol. Pero en lugar de usarla para el caso Arango, la contraté para averiguar quién había contratado a Slattery. Primero me había entregado unos vídeos de Slattery observándome. Pude ver con claridad a ese monstruo desagradable con sus binoculares posados en mi querida agencia. Luego lo atrapó siguiéndome mientras me dirigía a un restaurante cubano, a almorzar sola.

Todo muy gracioso; hasta que supe lo de Godoy. Aquí no había ninguna coincidencia. Rodrigo tenía que estar detrás de esto. ¿Pero por qué? ¿Por qué le importaba tanto a él lo que yo hacía?

Antes de irme a la cama, me serví un vaso de Gevrey-Chambertin, y luego otro. Es imposible contenerse con un vino de tan buena calidad. Lo bebí de a sorbos en la terraza mientras hojeaba la sección de zapaterías de las páginas amarillas. Arranqué una página y la dejé junto al teléfono.

A las ocho y media del día siguiente llamé a Rodrigo a la zapatería. Supuse que no lo encontraría allí, puesto que el tipo pensaba convertirse muy pronto en millonario. Pero mi intuición falló. Él mismo me atendió.

Mi voz debió haberlo sorprendido, porque tardó unos segundos en responderme. Luego carraspeó y logró reponerse.

—¡Lupe! ¡Qué agradable sorpresa!

Su voz pasó en medio de la frase de un bajo profundo a un agradable tono de soprano. Parecía un adolescente a quien hubieran cogido fumando en el baño de la escuela.

—Ahora mismo estaba pensando en llamarte.

—Qué bueno —dije—. Se me ocurrió llamarte para saber cómo van tus cosas.

No tenía ningún plan en mente, pero sabía que Rodrigo me ayudaría.

—No tan mal —dijo—. ¿Y tú?

Podía imaginar con claridad su nuez de Adán moviéndose hacia arriba y hacia abajo.

—Igual que tú. No quería perder el contacto contigo.

Me era difícil mantener una voz agradable y neutral, sabiendo que el hijo de puta me estaba haciendo seguir por un detective. Y ni siquiera había contratado a un profesional serio. Rodrigo era fácil de predecir: siempre elegía lo más barato.

—Te... te lo agradezco muchísimo —dijo tartamudeando.

—¿Qué te parece si nos encontramos? —dije lo más dulcemente que pude—. La última vez estaba tan trastornada que me porté bruscamente. Espero que no te hayas enojado conmigo. De verdad, no quise ofenderte; es sólo que estaba un poco fuera de mí.

Estaba desvariando, pero sabía que lo atraparía con ese último comentario. Rodrigo era un machista, y sin duda sonreiría al oír de mi propia boca la aceptación de mi inestabilidad mental. ¡Qué tipo tan estúpido!

—Me parece muy bien —dijo—. Pero esta semana estoy muy ocupado ¿Qué tal si lo dejamos para la semana que viene?

Cobarde.

—Me parece muy bien. De hecho, yo también tengo muchas cosas que hacer. Me alegra oír que la zapatería te mantiene ocupado. Yo siempre digo que no hay nada como el trabajo para tener la mente ocupada en tiempos difíciles.

Me sentía una imbécil diciendo esas cosas, pero esperaba que él se embarcara en la conversación y me diera alguna pista.

—No es sólo la zapatería. La compañía de decoración también me está dando mucho trabajo. —Oí que Rodrigo hacía un ruido con la nariz. Todo un progreso: al menos me respetaba lo suficiente como para sentirse obligado a actuar—. Tengo que ayudar a Leonora a liquidarlo todo, pero hace días que vengo posponiendo esa tarea. Me cuesta ocuparme de las cosas de Margarita. Es tan doloroso... Pero supongo que no tengo otra alternativa que hacerlo.

—Tienes que ser fuerte, Rodrigo.

Ojalá que Margarita se estuviera riendo en el cielo al ver como yo intentaba adobar a su marido.

Cortamos después de acordar una cita para la semana siguiente. Me pregunté si Slattery también me seguiría cuando fuera a encontrarme con su propio cliente.

La conversación me convenció de que era necesario que yo fuera a revisar la oficina de Margarita lo antes posible, en busca de alguna pista acerca de su vida privada antes de que él limpiara el lugar. Llamé a Leonora para asegurarme de que estaría allí y me dirigí a MMV Interiors.

El viaje me tomó sólo media hora, pese a que di algunas vueltas para neutralizar un eventual seguimiento. Me la pasé mirando por el espejo retrovisor, pero no vi el viejo Chevy de Slattery. Ni siquiera sabía si Slattery seguía trabajando en el caso; tal vez había sido reemplazado por otro detective.

Pero había otra remota posibilidad. Tal vez, Godoy había contratado a Slattery sabiendo que éste iba a ser descubierto. Rodrigo y Godoy sabían que yo me confiaría si alguien tan torpe intentaba seguirme a escondidas, y habrían contratado a un detective realmente bueno para que me vigilara sin que yo lo detectara. Una buena táctica, bastante frecuente por cierto. Pero yo no creía que éste fuera el caso. Rodrigo era demasiado tacaño. De todas formas, manejé a toda velocidad, atravesé varios semáforos con la luz amarilla y di algunas vueltas, hasta que me sentí relativamente segura de que nadie me había seguido.

Leonora me esperaba en la recepción. Pobre mujer: se la veía diez años más vieja que la última vez — y eso que ya entonces su aspecto dejaba bastante que desear—. Cuando entré, se puso de pie y vino a saludarme. Antes de que pudiera protestar, me abrazó y me besó mientras estallaba en llanto.

Estuve a punto de verme obligada a recurrir a mis conocimientos de jujitsu para librarme de ella.

—Yo también me alegro de verte, Leonora —dije con frialdad. No necesitaba que su sentimentalismo teatral hiciera emerger la pena que yo había logrado mantener a raya—. ¿Te molestaría que husmee un poco por aquí? Hay un par de cosas de Margarita que me gustaría guardar como recuerdo. Sólo algún objeto que me recuerde a ella; nada de valor.

—Lo que tú quieras —dijo Leonora, recuperando el control de sí. Volvió a sentarse en su escritorio y señaló la puerta abierta de la oficina de Margarita—. Rodrigo llamó inmediatamente después que tú. Dijo que iba a venir a revisar las cosas hoy, antes de la venta.

—¿La venta? —pregunté—. ¿De qué estás hablando?

—No sólo va a vender la empresa, sino todos los objetos que hay aquí —Leonora se cruzó de brazos y se mordió el labio inferior muy abatida—. Absolutamente todo. Sabía que Rodrigo iba a vender la cartera de clientes, pero también va a vender todos los objetos personales de Margarita, sus cuadros, sus muebles ¡todo!, ¡hasta las alfombras!

Yo no podía soportar seguir escuchándola.

—No tardaré —dije.

Fui hacia la oficina de Margarita y entrecerré la puerta. Leonora todavía no había guardado la mayoría de los objetos personales de mi amiga, por lo que pude husmear sin perderme demasiado. No tenía la menor idea de qué era lo que estaba buscando. Comencé por los documentos pendientes que había sobre el escritorio. Luego revisé las gavetas. Nada me llamó especialmente la atención.

El teléfono de la oficina estaba a mi derecha, pero cuando giré vi un teléfono en el aparador que había detrás de mí. El aparato tenía adosado un contestador automático.

Aunque sentía que estaba violando la privacidad de Margarita, oprimí el botón de «Play» y escuché los diez mensajes que había en el contestador. Dos de ellos eran míos. Cinco eran de una persona o personas que habían colgado. Tres eran de un hombre que se identificaba como «yo». Quería que ella lo llamara en cuanto volviera de Palm Beach. El tono de voz de los dos primeros mensajes era normal, pero en el tercero el hombre ya se mostraba ansioso. Definitivamente, no era la voz de Rodrigo.

Tomé el cassette y lo dejé caer en mi cartera, y entonces noté que un cable negro iba desde el teléfono hacia detrás de una pila de papeles. Moví los papeles y vi que el cable llevaba a un identificador de llamadas.

Oprimí el botón y los últimos diez números aparecieron en la pantalla. Las cinco personas que habían llamado y colgado lo habían hecho desde celulares o por larga distancia, porque no aparecían los números. El mío apareció dos veces, y el del hombre tres. Anoté este último, desenchufé la máquina y también la guardé en la cartera. No tenía idea de por qué Margarita tenía tantos teléfonos en su oficina, pero tenía la sensación de que eso significaba algo importante.

Antes de salir, saludé efusivamente a Leonora y le di unas palmadas amables en el hombro. Hablamos un rato, y yo le mostré la fotografía de Margarita que llevaba en la billetera. Leonora era una olla de presión, rebosante de emoción y sentimentalismo. Tuve que hacer enormes esfuerzos para salir de allí sin quebrarme.

No tenía sentido decirle nada a Leonora de mi descubrimiento. Confiaba en ella, y sabía que era sincera, pero no podía contar con su silencio. Era de ese tipo de personas que revelan secretos sin pensarlo, sólo por mantener la conversación. Por primera vez, comprendí lo sola que estaba y que la pérdida de Margarita era mucho más que la pérdida de una amiga y de su sustento. Sospeché que, para ella, significaba también la pérdida de su contacto con el mundo exterior.

Fui hasta Solano Investigations con un ojo pegado en el espejo retrovisor. Ese gesto se estaba convirtiendo en una costumbre.

16

Acechada por el escrutinio intenso de tres pares de ojos idénticamente oscuros, me revolví incómoda en mi silla. Frente a mí, en un semicírculo claustrofóbico, estaban sentados los herederos del auténtico gen Arango: Alonso hijo, Ernesto y Mariano. Ninguno de ellos había pronunciado palabra después de saludarme.

Yo había solicitado este encuentro, y ellos habían preferido que tuviera lugar en la casa paterna de Coral Gables antes que en la agencia. A mí, esta posibilidad de echarle un vistazo a la casa me venía al dedillo. Isabel y Alonso vivían en una elegante mansión de estilo español, cerca de la Universidad de Miami. Unos árboles frondosos ocultaban su visión desde la calle. El código de edificación de la zona de Coral Gables requería que las casas estuvieran ubicadas a una determinada distancia de la calle para obtener, de ese modo, la uniformidad que los planificadores urbanos consideraban esencial para la felicidad de los habitantes, para no mencionar los precios inmobiliarios. Los Arango habían triplicado la distancia mínima obligatoria y habían cubierto la tierra de follaje, de un modo casi agresivo. Frente al pórtico, el agua se elevaba bien alto desde una fuente de piedra. Aparentemente, habían buscado producir un efecto dramático. Y lo habían logrado.

La casa en sí no era tan enorme como podría haberlo sido, pero lo que le faltaba en extensión lo suplía con su encanto. Innumerables balcones cargados de flores se fundían con la vegetación para crear un clima tropical. Las flores y la abundante vegetación que me saludaron cuando ingresé a la casa me produjeron la impresión de hundirme en un baño de colores. Yo no tengo nada contra las plantas —aunque las mías quizás dirían lo contrario—, pero el polen que invadía el lugar me humedecía los ojos.

Una criada de uniforme me recibió y me condujo al living, donde me esperaban los hermanos. Su madre debía haberles hablado de mí porque mi aspecto no les sorprendió y me saludaron como a alguno de su clase. Me ofrecieron café cubano y yo acepté.

Los muebles eran lo suficientemente expresivos como para demostrarme que la inclinación de la señora de la casa por el dorado estilo provenzal se había manifestado también a la hora de decorar el dulce hogar. En ningún momento olvidé que Margarita había decorado aquella casa. En función de la definida predilección femenina de Isabel por el dorado, mi amiga parecía haber limitado su instinto profesional y su preferencia por la simplicidad. El resultado de ese choque estético era un aire de prudente sofisticación, que resaltaba la colección de arte cubano de los dueños de casa. En una salita junto al pasillo de entrada, yo había distinguido un Wilfredo Lam primorosamente enmarcado. Y cuando giré en dirección al living, que estaba bajando los escalones, me topé con un par de óleos de Emilio Sánchez colgados uno al lado del otro.

Margarita siempre les insistía a sus clientes cubanos que compraran arte de sus compatriotas, y yo supuse en ese momento que buena parte de la colección Arango respondía a ese influjo. Si esa no había sido causa suficiente para producir un conflicto, seguramente había habido muchas otras. Yo sabía positivamente que Margarita odiaba el estilo provenzal, y esta abundancia de dorado seguramente la había llevado al límite de la irritación. Margarita odiaba lo delicado. Pensaba que las casas estaban hechas para vivir en ellas, y no para ser mostradas. Me pareció un poco extraño que hubiera sido contratada para decorar el hogar de los Arango, siendo que sus estilos eran tan contrapuestos. Me di cuenta en ese instante de que no sabía quién la había recomendado a la familia Arango.

Sólo cuando llegó mi café, los hermanos interrumpieron su intimidante mirar colectivo.

—Gracias por el café —dije—. Está realmente delicioso.

Alonso hijo murmuró algo incomprensible. La criada se retiró, dejándonos solos en medio de esa deliciosa reunión social. Yo dejé mi taza sobre la mesa mientras admiraba el diseño de los pájaros de Herend. Al parecer, los negocios en Optima Jewelers iban muy bien, porque la porcelana húngara tenía unos precios prohibitivos en estos días.

—Empezaré yo —dije, alternándome para mirar a cada uno de los hermanos—. Sé por el informe de la policía y por los empleados de Optima que ustedes no estaban en la tienda cuando tuvo lugar el incidente. Solicité esta entrevista para averiguar si tienen algo que agregar que pueda resultar de utilidad para nuestra investigación.

Dicho esto, les sonreí, como estimulándolos a que hablaran. No tenía demasiadas esperanzas de que los hermanitos Arango pudieran aportar algo, pero nunca está de más hacerle sentir a la familia del cliente que uno está haciendo todo lo posible para resolver el caso. Después de todo, uno no sólo está ganándose el dinero honestamente, también está gastándose el dinero de ellos.

Alonso hijo carraspeó. Como hermano mayor, parecía hacerse responsable de los otros dos.

—Si este caso va a juicio, ¿cuáles son las posibilidades que tiene nuestro padre de ganarlo? —preguntó con tranquilidad—. Hemos hablado de esto entre nosotros y no queremos especular acerca de un posible juicio con jurados aquí en Miami. Pero suponiendo que eso ocurra, ¿qué piensa usted que pasará?

Alonso hijo medía alrededor de un metro con ochenta, tenía el cabello ensortijado y oscuro y unos ojos penetrantes. Aunque estaba muy bronceado, su piel tenía un tinte oliva que contrastaba agradablemente con su cabello. Tenía puestos unos pantalones caquis informales, una camisa que dejaba ver su pecho y unos mocasines gastados sin medias. Yo había leído que tenía veintiocho años y que había instalado hacía cinco una empresa propia, AAA Lines, radicada en Coral Gables y dedicada a la venta de yates.

—Voy a ser sincera —le dije—. No quiero ser evasiva, pero no soy la persona indicada para responder a esa pregunta. Para una opinión realista y fundada deben hablar con el señor McDonald. Mi trabajo consiste en reunir información para beneficiar a su padre. En este momento, mi único objetivo es sacarlo de la cárcel.

—Por supuesto —dijo Alonso hijo—. Espero que entienda que estamos realmente preocupados.

El joven se volvió hacia su hermano Ernesto y lo miró como diciéndole algo. Ernesto trabajaba en el sector de bonos del Barnett Bank, en el centro de Miami. Vestía un traje gris impecable y unos zapatos negros cuyo lustre perfecto los hacía brillar por momentos. Su semblante era tan grave como su vestimenta. Tenía un año menos que Alonso hijo, pero bien podría haber pasado por un hombre que había pasado ya la treintena gracias a la gravedad de su porte. Su piel era algo más clara que la de sus hermanos; sin duda, este hombre casi no veía el sol, algo difícil de lograr en Miami, donde uno se broncea con sólo ir al correo. También era el más alto de los tres, y por lejos el más delgado. Sus manos, de uñas cortas y bien cuidadas, recibían el evidente aporte de una manicura, y aparte de su elegante reloj de oro, Ernesto no llevaba joyas. Parecía ser un hombre que valoraba el control.

Pasé las páginas de mi libreta hasta llegar a las que había llenado durante la entrevista con Isabel.

—Supongo que están al tanto de que hablé con su madre la semana pasada, ¿verdad?

Los tres se acomodaron al unísono en sus sillones. Su interacción con los muebles había sido tensa y cuidadosa hasta el momento, y ahora las sillas crujieron con sus movimientos. Me pregunté cómo podía habérsele ocurrido a Isabel elegir estos delicados muebles franceses cuando su familia estaba compuesta por cuatro hombres fornidos.

—Isabel me contó los detalles de lo que ocurrió aquel sábado —dije.

En vez de agitarse, esta vez decidieron asentir con desinterés. Parecían darse cuenta de que lo mejor para ellos era no hacer el menor movimiento para que las débiles sillas no cedieran bajo ellos. En ese momento noté que Mariano, el menor, estaba haciendo esfuerzos extraordinarios para mostrarse amable. Sus sonrisas y sus miradas habían traspasado hacía rato el límite indicado por los manuales de cortesía.

Mis averiguaciones previas me habían hecho saber que el benjamín era socio principal de Best Plants, una compañía de jardinería ornamental del sudoeste de Miami. Como su hermano mayor, Mariano vestía ropa informal, unos jeans y una camisa polo rosa. Era increíblemente parecido a su madre, especialmente de perfil. El muchacho se inclinó hacia delante, dejando ver los músculos torneados de su bíceps, adornados con un tatuaje que no llegué a distinguir bien. Mariano vio que lo miraba e hizo una sutil exhibición muscular.

—Alonso, tu madre me dijo que te había llamado aquí.

—Sí, estaba en casa —dijo Alonso hijo—. Durante la semana me despierto temprano y los fines de semana duermo hasta el mediodía. Además, ese sábado no estaba solo.

Alonso se sonrojó y Mariano rió entre dientes. Yo tuve que hacer un esfuerzo para contener una sonrisa. ¿No era encantador que un hombre de veintiocho años se avergonzara de contarle su vida amorosa a una dama?

Decidí darle un poco de aire.

—¿Y tú, Ernesto? Tu madre dice que te localizó camino a la oficina. ¿Fuiste a trabajar un sábado?

—Sí, pero no porque quisiera hacerlo —dijo el aludido con voz clara y distinta—. Había ido a Nueva York el martes por razones de trabajo y quería recoger mi correspondencia y mis mensajes para no estar sobrecargado de trabajo el lunes. Sólo planeaba estar allí un par de horas.

Definitivamente, este tipo era un obsesivo, pensé mientras él miraba la hora en su reloj. Sin duda, pertenecía a esa clase de ejecutivos que pasan junto sus secretarias como si fueran estatuas.

Mariano tomó su turno sin esperar mi pregunta.

—Mi madre no me localizó porque estaba en mi automóvil, yendo a ocuparme de un trabajo —dijo—. Tengo teléfono en el auto, pero había llevado el vehículo para reparar y no había tenido tiempo de reponer el teléfono. Mi madre me llamó al bíper y estuve buscando una estación de servicio donde hablar por teléfono público antes de poder llamarla. Para decirle la verdad, me asusté. Hace cuatro años que uso bíper y esa fue la primera vez que mi madre lo usó. Eso me hizo sospechar que algo realmente malo había ocurrido.

Ernesto tosió, y hubo algo forzado en el gesto, como si lo que quisiera en verdad fuese callar a ese hermano suyo tan conversador.

—La cuestión —dijo— es que los tres llegamos a la tienda con unos pocos minutos de diferencia. Nuestra madre ya estaba allí.

—Era una escena terrible, como podrá imaginarse —dijo Alonso—. Había policías por todos lados. El muerto seguía allí, en el suelo, a la vista. Y estaban empezando a llegar los periodistas. Nos quedamos hasta que se llevaron detenido a papá.

En efecto, no me era difícil hacerme una composición del lugar. Yo sé muy bien lo caóticas y agotadoras que suelen ser las escenas de un crimen. Intenté no reflejar ninguna emoción en mi rostro y pregunté:

—¿Alguno de ustedes conocía a Gustavo Gastón, el muerto?

Los tres sacudieron la cabeza negativamente.

—La primera vez que lo vimos fue en la oficina trasera, tirado en el suelo y rodeado de un charco de su propia sangre —dijo Alonso. La manera en que contrajo los ojos, me indicó que el recuerdo le producía un auténtico malestar.

—¿Y no saben nada más acerca de lo que ocurrió allí? —pregunté. Antes de que pudieran decir que no, insistí—: piénsenlo con cuidado, por favor. Tal vez haya algo que no han podido recordar. Algo insignificante. Lo que sea que pueda ayudar.

Estaba pidiéndoles auxilio, aun cuando sabía que era inútil. Miré a cada uno de los hermanos, y los tres parecían estar hurgando en sus memorias con la mejor buena voluntad. Pero, por supuesto, no encontraron nada.

No tenía sentido seguir torturándolos, y las rápidas miradas de Ernesto a su reloj se habían ido convirtiendo en muestras cada vez más explícitas de la impaciencia que lo había invadido.

—Muchas gracias —dije—. Los mantendré al tanto de la investigación. Les dejo mi tarjeta. No duden en llamarme si aparece algo que nos pueda ser de utilidad.

Como impecables caballeros que eran, me acompañaron hasta la puerta del Mercedes. Alonso me abrió la puerta, interponiéndose entre Mariano y yo como un gentilhombre protegiendo a una joven huésped de las hormonas hiperactivas de su hermano menor. Era, sin duda, una descripción bastante precisa de lo que estaba ocurriendo. Antes de que mi puerta fuera cerrada, Ernesto ya estaba dentro de su Saab, con una sonrisa lánguida y un débil gesto de adiós.

Yo, por mi parte, seguía sin tener la menor idea de la conexión entre Margarita y los Arango.

17

A la mañana siguiente fui a la oficina de Tommy para ponernos al día con los detalles del caso. Tommy dijo que quería que yo le echara una ojeada a unos papeles, y sugirió que fuéramos otra vez a la Stockade para entrevistarnos con Alonso. Yo me opuse a esta última idea; no tenía en claro cómo encarar una segunda entrevista con el cliente, y no quería recurrir a ello sin un plan definido. Sabía que a Tommy le gustaba entrevistar a sus clientes la mayor cantidad de veces posible por la razón que fuera; sobre todo, para que sus clientes sintieran que él merecía ganarse las obscenas sumas de dinero que les cobraba.

Alonso tenía una audiencia con el juez para la semana siguiente, y Tommy se sentía presionado por ello. Lo cual hizo que inmediatamente trasladara esa presión hacia mí. Yo todavía no le había contado nada acerca de la elusiva conexión entre Margarita y los Arango, y no tenía la menor intención de hacerlo, al menos por el momento. Tampoco le dije que había sido espiada por los detectives del abogado de Rodrigo. No era precisamente tranquilizante tener a alguien detrás de uno todo el tiempo, pero ya habían pasado unos días y sabía que su tarea se limitaba a una vigilancia a distancia. Mi reunión con Rodrigo sacaría a la luz la razón por la cual habían sido contratados. Eso, al menos, era lo que yo esperaba.

Tomé la U.S. 1 en dirección norte, con un ojo fijo en el espejo retrovisor. A menos que tuviera que vérmelas con un detective entrenado en la misma academia que James Bond, no me pareció que hubiera nada sospechoso en la autopista. Sólo el típico microcosmos del orden social americano: lujosos BMW junto a viejos Chevy, un Lexus junto a un auto económico de cuatro cilindros. Pero ningún coche en especial llamó mi atención.

Vigilar a alguien que continuamente viaja en automóvil no es una tarea fácil. Hadrian Wells, el detective que me introdujo a la profesión, me dio las primeras indicaciones sobre el asunto. Él tenía una suerte de doctorado en seguimiento y vigilancia; antes de retirarse a la actividad privada había trabajado como agente federal. Hadrian —cuya mano, mientras me daba sus lecciones, se apoyaba en el espaldar de mi silla y se iba deslizando cuidadosamente hacia mi hombro—, sostenía que una buena tarea de vigilancia requería del uso de tres automóviles. El primero era el «ojo», que mantenía al sujeto permanentemente bajo su ángulo de visión. Este automóvil podía turnarse con los otros dos para funcionar como «ojo», para evitar sospechas. Y, además, siempre debía haber dos autos entre el «ojo» y el automóvil espiado.

En ese punto de la explicación, Hadrian exhalaba el humo de su cigarro sobre mi rostro, mientras se quejaba por las vigilancias deficientes que se había visto obligado a organizar desde que abandonara el FBI. El sistema de tres automóviles era muy costoso, en términos pecuniarios y de mano de obra. Sólo el gobierno podía darse el lujo de contratar a tres tipos para que siguieran a una persona.

Pero yo tuve la fortuna de que la primera tarea de vigilancia a la que fui asignada fuera una vigilancia hecha y derecha, con tres automóviles. Fue mientras trabajaba como pasante en White and Blanco, y el caso era un fraude de seguros con posibles ramificaciones criminales. El hombre que debíamos espiar era un profesor de cincuenta años cuya tercera esposa acababa de morir en circunstancias sospechosas: se había ahogado en la bañera mientras leía la última novela de Danielle Steel. La compañía aseguradora tenía que pagar un millón de dólares a menos que pudiera probar que hubiera habido algo sucio. La compañía estaba totalmente decidida a no pagar, porque ya le habían desembolsado dos millones de dólares a este profesor por las muertes accidentales de su primera y su segunda esposas. White and Blanco fue contratada para una investigación sin límite de recursos, para determinar exactamente qué era lo que le había ocurrido a la esposa número tres.

Fue la típica vigilancia engorrosa e irritante. La casa del profesor estaba en medio de una cuadra corta, sin árboles ni otro posible camuflaje. Tuvimos que ubicarnos a dos calles, lo que resultó un pésimo ángulo de visión. Yo estuve allí sentada durante horas bajo un sol agobiante, con la vejiga a punto de estallar. Recuerdo que, envuelta en el aburrimiento, me obsesioné con las grietas de mi esmalte de uñas. Como un teólogo medieval, dediqué largos razonamientos para calcular las ventajas de retocarlas yo misma o de esperar a mi siguiente cita con la manicura.

Me interrumpió un llamado por el radio: «Sospechoso rumbo norte. Automóvil dos, ¡es tuyo!». White and Blanco no creía en gastar mucho dinero en tecnología de primera, por lo que no pude estar segura de haber oído bien. El mensaje fue repetido, esta vez más fuerte y con algún agregado obsceno. Yo era el automóvil dos; nadie usaba nombres reales por la radio. El profesor venía hacia mí.

Arranqué el auto y, poseída por la adrenalina, pisé el acelerador. Estaba a punto de atravesar la intersección a toda velocidad, pero frené con un ruido ensordecedor.

—Automóvil uno —dije presa del pánico—. Aquí automóvil dos. Una cosa. ¿El norte es a la izquierda o a la derecha?

—A la izquierda —gruñó el tipo—. Mujer imbécil.

Por fortuna, el profesor no se me escapó. De no ser así, no habría podido seguir dando la cara en la cueva asquerosa donde trabajaba. Atrapamos al profesor visitando a quien estaba por convertirse en su esposa número cuatro. Lógicamente, perdió todo entusiasmo cuando se le contó el historial con las mujeres de su novio. Y el profesor, aunque nunca confesó nada, llegó a un arreglo con la fiscalía y aceptó una acusación por cargos menores. Sólo pasó dos años a la sombra, pero por lo menos nunca vio el tercer millón. Eso sí, los primeros dos millones nunca pudieron ser rastreados. Probablemente estaban a buen resguardo en Suiza o en Sudamérica. Relativamente, sin embargo, puede considerarse que la investigación fue un éxito.

Ese mismo día fui a una tienda especializada y me compré una brújula para el auto. Había aprendido la lección.

Eran casi las nueve. Increíblemente, llegaba a tiempo para ver a Tommy. Su oficina ocupaba los dos pisos superiores del edificio más alto de la ciudad. Trabajaba con sólo tres abogados, pero su lista de clientes era tan extensa que empleaban a más de cincuenta personas allí (secretarias, asistentes, oficinistas, pasantes). El negocio rendía tanto que hasta la gerente de la oficina tenía su secretaria personal. Todo olía a dinero allí. A mí me encantaba ir a ese lugar, no sólo para sentir el clima próspero que exhalaba sino también porque preparaban un café excelente.

Atravesé los pasillos rumbo a la oficina de Tommy. Como siempre, mi amigo parecía haber salido de una revista de modas masculina. Vestía un traje a rayas azul claro y una camisa blanca impecable. Estaba sentado detrás de su enorme escritorio, junto a un ventanal que iba de pared a pared y ofrecía una postal de Biscayne Bay. Cuando entré, me saludó con un beso a la distancia.

Estaba hablando por teléfono, algo que siempre podía descartar, tratándose de él. Caminé hasta la ventana y observé los pájaros que volaban en delicados arcos a través de la niebla matinal. La oficina de Tommy estaba en un piso tan alto que no había que mirar hacia arriba para ver a los pájaros. Yo solía recomendarle que instalara un pequeño comedero para los pobres animalitos.

Me fue imposible no oír la conversación de Tommy. Mi amigo hablaba casi a los gritos, y también su interlocutor, por lo que yo llegaba a oír inclusive al infortunado cliente.

—¡Te advertí que no anduvieras por allí con drogas! —exclamaba Tommy con tono de director de escuela—. ¡No puedo hacer nada por ti! ¡Nada! La policía estaba esperando a que la cagaras. ¡Y la cagaste! Ahora tendrás que arreglártelas por ti mismo, chico.

Tommy se inclinó hacia atrás en su sillón y puso sus pies en el escritorio. Por unos segundos, me dediqué a admirar sus Peels brillantes. Mi amigo me guiñó el ojo, cubrió el teléfono con la mano y susurró:

—Sólo estoy elevando un poco mis honorarios. Lo dejaré sudar la gota gorda en la Stockade un par de días y luego lo sacaré de allí. Me pedirá de rodillas que le pase la factura. Se lo merece. Se ha comportado como un verdadero estúpido.

Yo odiaba esta parte del negocio, y este costado de Tommy no me agradaba particularmente. El cliente lloraba a través del teléfono.

—Veré qué puedo hacer por ti —suspiró Tommy—. Ten paciencia.

Sin más, Tommy cortó la comunicación. Le encantaba el melodrama, pero tenía sus límites.

—¡Estúpido! —murmuró Tommy—. Este tipo tiene un historial tan largo como mi brazo. Lo saqué del fuego tantas veces que debería pedirle que pague mi jubilación. Si alguna vez me piden una declaración jurada de mis bienes, incluiré a este tipo.

Después de hacer una pausa, se dirigió hacia mí con el tono sombrío de un profesor dirigiéndose a uno de sus alumnos más mediocres:

—Pero no olvides esto —dijo—. Son los clientes como éste los que pagan la renta y mantienen las cosas en funcionamiento.

—Tommy —le dije—, ¿tienes novedades del caso Arango?

—No muchas, debo reconocer —dijo—. Pedí otra vez la libertad bajo fianza, pero Sparkey la denegó. Alonso se declaró inocente, y se fijó una fecha para el juicio. Tengo una audiencia la semana que viene, pero puedo predecir el resultado.

—¿Tormentas en el horizonte?

—Temo que sí —Tommy tomó su agenda de cuero y pasó las páginas—. Veamos. Hoy es miércoles 20 de marzo. El juicio comienza el lunes 10 de junio. Faltan menos de tres meses.

—Poco tiempo, sin duda —dije—. ¿Vas a pedir una prórroga?

Encontré la bandeja de plata ubicada sobre el aparador y me serví un poco de café humeante. Parecía como si los granos hubieran sido recolectados y tostados esa misma mañana.

—Depende de lo que tú tengas que decirme.

Tommy sacó los pies de la mesa, se puso de pie y se acomodó la corbata. Transformado de pronto en súper abogado, tomó la carpeta del caso y comenzó a leer la primera página, allí donde se anota todo lo que sucedió hasta la fecha.

—¿Quién es el fiscal asignado al caso? —pregunté.

Tommy me miró y sonrió forzadamente.

—Esta vez tuvimos suerte —dijo—. La señorita Aurora Santangelo. Nuestra fiscal favorita.

—¡Esa perra! —grité. ¿No había ni una sola buena noticia en este caso?

—Sabía que el dato te alegraría —dijo Tommy, concentrado en la carpeta.

Angela Santangelo era una fiscal durísima; odiaba perder un caso, cualquier caso, y era capaz de hacer cualquier cosa con tal de ganarlos. Me odiaba desde un encontronazo que habíamos tenido un par de años antes, en que ella me había acusado de interferir con los testigos.

Yo había sido contratada por un abogado defensor de Miami (no era Tommy) para entrevistar a la víctima de una violación, después de que la víctima hubiera decidido dejar de cooperar con la fiscalía. Aurora era la fiscal, y sin la declaración de la víctima perdía el caso, porque no había testigos. Mi trabajo era conseguir un testimonio de la mujer diciendo que se retractaba y que no quería presentar ningún cargo. La propia mujer había contratado al abogado, y le había dicho personalmente que no quería promover ninguna acusación. Yo obtuve el testimonio, lo registré y se lo entregué al abogado, quien a su vez se lo presentó a Aurora.

La fiscal trató violentamente a la pobre mujer. Perdió sus cabales y le dijo que era una cobarde. La mujer, simplemente, no quería testificar y exponer lo que le había ocurrido una noche en que había bebido demasiado y cometido un par de errores. Yo sentía lástima de ella. Era una dama de mediana edad, modesta y silenciosa, una madre y buena feligresa que se dejó llevar por el alcohol en una fiesta y se metió en problemas. En cierto sentido, yo no podía culparla por no querer exponerle al mundo su comportamiento.

Aurora no logró que la mujer cambiara de idea, y entonces vino por mí. Tuve que recurrir a la mujer para que atestiguara que mi proceder había sido correcto. Fue como para vomitar. Aun cuando la acusación en mi contra era falsa y nadie la creería, yo no pude evitar que la ansiedad me carcomiera. En una semana adelgacé dos kilos. El juez no sólo me absolvió sino que reprendió a Aurora por hacerle perder tiempo con una venganza personal. Desde entonces, ella estaba al acecho esperando que yo cometiera algún error.

Mirándome con una sonrisa, Tommy oprimió el llamador de su escritorio. Yo sabía que él me entendía; él también tenía enemigos en toda la ciudad.

Unos segundos después apareció su secretaria.

—Sonia —dijo—, ¿podrías hacer una copia de este expediente para Lupe?

Claro que lo haría. Sonia tenía veinte años, era hermosa y sabía apreciar los buenos ejemplares masculinos. Tommy fingía no advertirlo.

Yo tomé asiento del otro lado del escritorio, abrí mi libreta y le conté acerca de las entrevistas que había tenido. Con el mentón en la mano y los ojos entrecerrados, Tommy se dispuso a escuchar.

Antes de que terminara con el relato de la entrevista a los hermanos Arango, sonó mi bíper. Desde el teléfono de Tommy marqué el número de mi agencia.

—Lupe, sé que estás en una reunión y no quiero molestarte —dijo Leonardo. Se podía oír claramente la música que sonaba en mi oficina. Al parecer, Leonardo festejaba mi ausencia, pero al mismo tiempo me hablaba con firmeza y seguridad—. Acaba de aparecer el número en el identificador de llamadas de Margarita.

Le había pedido a Leonardo que llamara a nuestros amigos de la compañía de telefonía celular para que rastrearan el número, lo que iba a costar una pequeña fortuna.

—¿Ah, sí? —dije mientras tomaba un bolígrafo—. ¿Y de quién es?

—Agárrate para que no te caigas.

—¡Vamos, Leonardo, deja el suspenso para otro día! —dije. Tommy levantó la vista, concentrada hasta entonces en sus papeles—. ¿Quién es?

—Alonso Arango hijo.

No iba a necesitar el bolígrafo. Podía recordar muy bien ese nombre. Corté la comunicación y me volví hacia Tommy.

—Surgió algo importante. Te llamo más tarde, ¿sí?

Salí a toda velocidad de su oficina, dejándolo con una pregunta flotando en sus labios. Sólo me detuve un segundo para recibir un manotazo de Sonia: las fotocopias todavía estaban calientes.

Mierda. Por eso Margarita quería hablar conmigo de Alonso Arango. Vaya si tenía información para darme; más de la que yo podría haber imaginado.

18

Mientras esperaba el ascensor, hurgué en las fotocopias para ver si encontraba el número de teléfono de Alonso Arango hijo. Lo encontré en el mismo momento en que se abrían las puertas del ascensor en la planta baja, y en el lobby hallé un teléfono público —Leonardo me había reprendido hacía poco por las cifras astronómicas de la cuenta de mi teléfono celular—. Mientras intentaba que las fotocopias no se me cayeran y se desparramaran por el piso, busqué una moneda de 25 centavos en mi bolsillo. Llamé al teléfono del trabajo de Alonso hijo, rogando que estuviera allí.

En efecto, allí estaba. Él mismo contestó al tercer llamado.

—Alonso, habla Lupe Solano —comencé—. Hay algunas preguntas adicionales que quisiera hacerte. ¿Te parece bien si voy a tu oficina ahora mismo?

—¡¿Ahora mismo?! —preguntó. Sonó más asombrado de lo que tendría que haberlo estado—. Me temo que no será posible. Vienen unos clientes a ver un yate y pensaba salir con ellos a navegar todo el día. ¿Puedo llamarte más tarde para arreglar una cita?

El tipo me estaba evitando.

—Claro —respondí con suavidad—. Tienes mi número, ¿verdad?

—Por supuesto —dijo con cierta rigidez—. Te llamaré.

Los cabellos de mi nuca se habían erizado, lo cual significaba que Alonso estaba mintiendo. No podía pensar en ninguna razón por la que quisiera evitarme, pero lo cierto es que alguna había.

Minutos después estaba en la autopista, en dirección al embarcadero de Coconut Grove indicado en mis papeles como la dirección laboral de Alonso hijo. Infringí un par de leyes y llegué allí en veinte minutos.

Vi un Camaro rojo aparcado junto a un cono anaranjado frente a la oficina. Por los datos que tenía, supe que era el automóvil de Alonso. La oficina en sí era un edificio utilitario de un piso, junto a la Dinner Key Marina, que tenía detrás un gran embarcadero en el extremo norte del Grove.

Estacioné del otro lado de la calle mientras intentaba decidir qué hacer. Tomé mis binoculares de la guantera y los enfoqué sobre la placa de bronce donde figuraban los dos propietarios del edificio: AAA Lines, Yacht Brokers, y Miami Marine Underwriters. Eso hacía que mi trabajo fuera fácil. Habría poco movimiento en la puerta del lugar.

Di una vuelta lenta alrededor del estacionamiento, intentando decidir dónde parquear. Finalmente, me detuve bajo un enorme roble que había hacia el oeste (mi brújula me seguía siendo de suma utilidad) y me puse cómoda. No me preocupaba demasiado ser descubierta. Una mujer sola en un Mercedes no haría sospechar a nadie. Desde el lugar elegido, podía ver tanto el edificio como el Camaro de Alonso.

Miré mi reloj. Las diez. Maldije cuando advertí que el único material de lectura que tenía era el Herald de ayer, pero no lo había leído aún, de modo que todo su contenido sería una novedad para mí. En verdad, no está bien visto que los detectives lean mientras vigilan un edificio, pero hay que reconocer que el Herald no es un material particularmente absorbente. Supuse que no iba a interferir demasiado con mi trabajo.

Quince minutos más tarde había terminado con él. No había mayores sorpresas; básicamente, anuncios publicitarios. Doblé el periódico cuidadosamente y me senté a esperar. Nadie había entrado ni salido del edificio. Lamenté el expreso doble que había desayunado y el que había tomado más tarde en la oficina de Tommy. Ahora me pasaban la cuenta. Sólo para torturarme un poco más, me puse a pensar en el baño de mármol del edificio de Tommy, que me había resistido a disfrutar antes de irme.

El roble daba sombra, pero el día se estaba poniendo cálido. Me quité el saco del traje y lo puse con suavidad en el asiento trasero. Luego me quité las medias cuidando de romperlas con mis largas uñas. Me recogí el cabello y encontré en la guantera un clip para el cabello con el cual sostenerlo.

Luego de observar fijamente la puerta del edificio unos minutos más, decidí usar mi tiempo en algo útil. Tomé mi cartera y comencé a hurgar en ella. Pude encontrar lo que buscaba debajo de la Beretta. Con un suspiro de satisfacción, bajé la visera y comencé a torturar mis cejas con la pinza que conservo a mano para ocasiones tan especiales como esa.

Justo cuando le echaba una mirada aprobadora a la tarea realizada, Alonso salió como una exhalación, se introdujo en el Camaro y arrancó hacia el sur. Yo tiré la pinza al asiento trasero y lo seguí, infringiendo todas las leyes que me fue posible infringir.

Alonso iba tan rápido que era casi seguro que iba a perderlo. Mientras aceleraba por la U.S. 1, me consolé pensando que perderlo no sería tan desastroso. Ya sabía que me había mentido y que quería evitarme. Tal vez quería sacar a su padre de la cárcel, pero también había otras prioridades en su vida.

Sentí que estaba corriendo las 100 millas de Indianápolis. Mi principal temor, además de morir estrellada, era que me detuvieran por exceso de velocidad. No necesitaba otra multa, y menos aún que Alonso me descubriera. Recé para que llegáramos juntos a donde fuera que íbamos antes de que la buena suerte se acabara.

Unos kilómetros más adelante, Alonso encendió la señal de cruce para doblar en la Calle 144. Yo disminuí la marcha y dejé que se alejara un poco. Ahora no estaba apurada, porque sabía adónde se dirigía. Llegué al vivero de Mariano Arango un minuto después de que su hermano hubiera entrado allí, y estacioné el Mercedes en un lugar donde no pudieran verme.

Alonso estuvo alrededor de una hora en la oficina de su hermano. Luego volvió a subirse en el Camaro y arrancó hacia el norte. Esta vez a una velocidad normal, lo cual resultó mucho más agradable para mí. Mi urgencia por ir al baño era ya una emergencia, pero de todas maneras lo seguí hasta la Dinner Key. Él parqueó el Camaro en el mismo lugar donde lo había dejado en la mañana. Quince minutos más tarde, llegó un chico en bicicleta con una bolsa de papel.

De modo que Alonso había pedido comida por teléfono. ¿Ese era su almuerzo con los clientes?

Miré mi reloj. La una de la tarde. Hora de almorzar para mí también. Saltarme una comida no era algo que estuviera dentro de mis posibilidades.

19

Volví a Solano Investigations no sin antes pasar por The Last Carrot, donde pedí un enorme sándwich de humus en pan de pita. Acababa de terminar la mitad cuando Leonardo entró con una pila de papeles en la mano.

—Muy bien. —Miró con aprobación las sustancias orgánicas que conformaban los restos de mi almuerzo. Su mirada se detuvo en el vaso de plástico—. ¿Pero con qué bebida estás acompañando toda esta comida sana?

—Jugo de zanahoria —respondí. Sólo para que no se pavoneara de su influencia en mis hábitos alimenticios, fruncí la nariz, en señal de disgusto—. Necesito vitamina A para los ojos. Tuve una ronda de vigilancia y me pareció que mi vista no era tan buena como suele serlo. Pero puede ser también que haya sido mi imaginación —agregué cuando vi que estaba a punto de abrir la boca, probablemente para recomendarme un entrenamiento ocular.

Mientras le daba otra mordida al sándwich, Leonardo se sentó frente a mí y dejó caer su bolso en sus muslos. Luego se acomodó los extremos de sus shorts de ciclista fucsias para que estuvieran alineados sobre sus muslos.

Di otro mordisco y me quedé mirando; sabía que el show no había terminado. En efecto, se entretuvo un rato analizando el cuello de su *tank top* hasta que logró colocárselo a gusto. A veces, Leonardo me preocupaba. No sólo porque me desconcertaba el tiempo que dedicaba a su apariencia, sino también porque sus elecciones de indumentaria eran cada vez más calculadas. La tonalidad de su *tank top* pegaba perfectamente con sus shorts. En ese momento me di cuenta de que mi primo tenía toda una colección de bolsos deportivos. El de hoy era de un negro tenue; una buena opción para contrarrestar el aire marino de su vestimenta marina.

Estaba a punto de decirle algo acerca de las ramificaciones prácticas del término «ropa informal», cuando Leonardo suspiró y me alcanzó la pila de papeles que había traído consigo.

—Hoy llegaron los datos de la Seguridad Social —dijo.

Leonardo se había tomado el trabajo de digitar los datos laborales de los cinco empleados de Optima Jewelers. A mí se me había ocurrido que no estaría mal verificar los datos que me había entregado Isabel Arango con los que constaban en las oficinas públicas.

Puse las dos versiones una al lado de la otra y estudié atentamente cada una. Los datos de Elsa y Olivia Ramírez eran idénticos, y también los de George Mortimer. La mujer que limpiaba, Reina Sotolongo, había omitido algunos de sus anteriores empleos al anotarse en la Seguridad Social, pero eso no era sorpresivo. Seguramente le pagaban en efectivo, y había ocultado esa información para evitar algunos impuestos.

Pero la gran sorpresa vino por el lado de la tenedora de libros, Silvia Romero. Nunca le había dicho a Optima Jewelers que había trabajado en una tienda para novias de Miracle Mile. Esto disparó algo en mi memoria. Abrí el archivo de Gustavo Gastón y comencé a leer. ¡Bingo! Néstor había incluido en su archivo todos los lugares donde el hombre asesinado había trabajado, y allí estaba. Cinco años atrás, Gustavo había trabajado en la misma tienda, al mismo tiempo que Silvia Romero.

Me quedé unos minutos observando atentamente los archivos. Leonardo seguía allí, pero sabía que no le convenía interrumpirme cuando yo estaba concentrada. Por el rabillo del ojo vi que usaba su tiempo constructivamente: abrió el cierre de su bolso, tomó un frasco de plástico y se metió unas pastillas dentro de la boca. A pesar de que nuestra agencia no tenía más de 500 metros cuadrados, él no podía correr el riesgo de no llevar sus pastillas consigo.

Si no hubiera acabado de encontrar una pista sólida, le hubiera dado una reprimenda. Pero qué diablos, la suya era una forma de locura inofensiva.

Lo que hice fue ponerme de pie y tomar mi cartera.

—Si tengo suerte, estaré aquí en una hora —le dije. Salí de la oficina antes de que Leonardo pudiera pedirme una explicación.

Me subí al Mercedes y me dirigí al noroeste de Miami. Estaba siguiendo una corazonada, pero tenía fundamentos para hacerlo. Si estaba en un error, a lo sumo perdería un par de horas. De todos modos, era la hora de la segunda sesión de gimnasia de Leonardo, y le tocaba trabajar los glúteos. Una cacería inútil podía ser más gratificante que verme obligada a tener que oír la agonía voluntaria de mi primo, cuyo único objetivo era tonificar los músculos del culo.

Como siempre, el estacionamiento de la Oficina de Estadísticas Vitales estaba lleno. Deslicé cinco dólares en la mano del guardia para que me dejara parquear en el sector de empleados. Bajé del Mercedes y encendí la alarma, mirando el auto como si fuera la última vez. La Oficina de Estadísticas Vitales se encuentra justo detrás de la cárcel de Dade County. En esa parte de la ciudad, los automóviles desaparecen en un abrir y cerrar de ojos. Con una palmadita final al capó, inicié mi camino hacia este edificio público increíblemente feo.

Pasé junto a la ventana de atención al público sin mirarla y golpeé en el vidrio esmerilado donde podía leerse: «Directores de Funerarias y Funcionarios Judiciales». Cuando la ventana se abrió, emití un gruñido. Quien apareció ante mi vista fue una de las supervisoras, una perra de primera que aparentemente se pasaba la vida en un estado premenstrual.

—Buenas tardes —dije dulcificando mi voz, esperando que no me reconociera de otras veces en que habíamos tenido encontronazos.

—Su identificación —escupió, con el rostro contorsionado en su mueca habitual.

Su mirada me atravesaba, como si tratara de escapar de un olor a podrido no identificado proveniente de la sala de espera. Aunque no sabía cómo se llamaba —ella nunca pareció dispuesta a dar su nombre—, yo podría haber reconocido su rostro en medio de una multitud. Tenía el cabello castaño y rígido, ojos color agua sucia, piel pálida y dientes torcidos; no le había ido bien en el reparto de belleza. Supongo que nadie le habría dicho nunca que la belleza interna compensa la de afuera.

Hurgué en mi cartera mientras intentaba descubrir detrás de la mujer, dentro de su oficina cavernosa, la presencia de mi amigo Mario Solís. Finalmente, tomé mi billetera y le mostré mi carnet de detective.

—No es aquí adonde debe dirigirse —dijo con claro desdén. Bueno, pensé, era de esperar. Al menos no me había reconocido; si hubiese sido así, su trato habría sido peor.

Le pedí disculpas en voz muy alta, rogando en silencio que Mario estuviera allí y me oyera. Me pareció que alguien se movía a espaldas de la mujer. Aguzando la vista —la urgencia me había impedido terminar el jugo de zanahoria—, vi que en efecto era Mario. Lo saludé con disimulo y volví a pedirle disculpas a la mujer. Mario me había dicho que ésta sospechaba que él había entregado información no autorizada a terceras personas (como yo), y yo no quería meterlo en problemas. La mujer no dijo nada y me cerró la ventanilla en la cara.

Cinco minutos más tarde, Mario apareció por una puerta lateral. Lo besé en la mejilla más cálidamente que lo conveniente. Pero, al fin y al cabo, estaba por pedirle un enorme favor. Conocía a Mario desde hacía años, desde mi pasantía en White and Blanco, y él me había ayudado muchísimo en años pasados.

—Se te ve muy bien, Mario —mentí desvergonzadamente.

Mario infló su pecho y hundió la panza, complacido por mi cumplido. Yo rogué para que su esfuerzo no le provocara un ataque al corazón. Mario era un hombre de familia decente, pero yo siempre intuí que un solo gesto de mi parte habría bastado para que abandonara a su esposa y a sus cinco hijos. A mí me caía simpático, pero me era difícil distinguir entre la persona que era Mario y el empleado público que tenía acceso a información a la que yo no podría haber accedido si no hubiese sido por sus buenos oficios.

—¡Lupe, te he extrañado mucho! —exclamó mi amigo clavándome los ojos—. ¿En qué has estado?

—Trabajando, como siempre.

—Dime, ¿has venido a visitarme o necesitas alguna información?

El tipo contuvo su respiración mientras esperaba mi respuesta. Me sentí una mala persona.

—Ambas cosas —dije. Su mirada de alivio me hizo sentir un poco mejor—. Siempre es un placer verte. Tú lo sabes, ¿verdad, Mario? Pero también necesito averiguar algo.

—Está bien. —El tipo se encogió de hombros. Eso era mejor que nada—. ¿Qué puedo hacer por ti?

—Necesito un certificado de nacimiento.

Mario pareció agitarse por dentro al mismo tiempo que su pecho se desinflaba.

—Lupe, ya hemos mantenido esta conversación antes —dijo—. Sabes perfectamente que no puedo darte un certificado de nacimiento sin orden judicial.

—Lo sé, Mario —dije—. Pero te lo pido por favor, sólo por esta vez.

Su mirada me indicó que en el interior de su cabeza se libraba una batalla. De un lado estaba el deseo de complacerme. Del otro, el castigo al que podría hacerse acreedor si mi querida amiga supervisora lo descubría.

—Puedo perder el trabajo por esto, ¿sabes? —dijo.

Siempre me topaba con esa advertencia atormentadora.

—No hay razón para que nadie se entere de esto, Mario. Tengo el nombre de la madre y la fecha probable del parto. —Extendí mis manos para enderezar el nudo de su corbata—. Por favor, Mario. Es algo muy importante para mí. Te tomará un minuto.

Mario se introdujo las manos en los bolsillos con cierta violencia, y murmuró algo incomprensible mientras su respiración se agitaba.

—Está bien —dijo finalmente—. Pero esta es la última vez que te ayudo.

—Juro que es la última vez.

Yo le alcancé un papel que contenía toda la información necesaria.

—Espérame cerca de los baños —dijo, mirando los pasillos vacíos—. Puedo tardar un rato.

—No te preocupes —respondí—. Allí estaré.

Cuando giró sobre sus talones para dirigirse a su oficina, advertí que Mario comenzaba a disfrutar. Siempre protestaba diciendo que yo lo usaba —y esto era sin dudas cierto—, pero yo sabía que él era lo suficientemente inteligente como para conseguir lo que yo le pedía sin ser atrapado. Mi presencia en su vida era la presencia del misterio, y al hacerme favores creía verse involucrado en una peligrosa y apasionante intriga.

Mario tardó dos horas en aparecer. Yo estaba sentada en un banco junto a la puerta de los baños, y seguí sus pasos.

Entró al baño de hombres y salió unos minutos después, haciendo como que no me veía. En lugar de volver a su oficina, se dirigió al dispensador de agua. Yo lo seguí y me paré detrás de él. Cuando terminó de beber, se volvió, tropezó conmigo y me entregó con disimulo una hoja de papel doblado. Se disculpó por su torpeza y volvió a la oficina.

Este hombre era increíblemente paranoico. No había nadie alrededor, y actuaba como si mil ojos lo estuvieran observando. Me preocupé por él. Quizás había pasado demasiado tiempo leyendo microfilms.

Viendo cómo se alejaba torpemente, hice esfuerzos para no reír. Su torpe balanceo habitual se convirtió por un instante en un caminar alegre, casi una danza. Estaba definitivamente excitado. Dudé de que la señora Solís se imaginara lo que la esperaba esa noche, tras el triunfal regreso al hogar de James Bond.

Me dirigí hacia el estacionamiento y encendí el aire acondicionado del Mercedes. Sólo entonces desdoblé el papel que Mario había dejado en mis manos.

Debí haberlo adivinado. Lo que había obtenido ilegalmente era una copia del certificado de nacimiento de la hija de Silvia Romero. Allí figuraba que el padre de la criatura era Gustavo Gastón. Más claro ni el agua.

20

—¿Lourdes?

—¿Sí?

—¿Por qué estás tan preocupada por las líneas del bronceado? Eres una monja. ¿Quién lo va a notar?

—Es un secreto entre el Señor y yo, hermanita —murmuró Lourdes, con el rostro envuelto en una toalla—. Un secreto entre el Señor y yo.

Esto siempre me había provocado curiosidad.

—¿También tu creciente colección de bikinis es un secreto entre el Señor y tú?

—Exactamente —Lourdes se volvió para ponerse boca arriba.

Mi hermana y yo estábamos tomando sol, en *topless,* en la casa de Cocoplum, en un saliente que daba al Granada Canal pero que evitaba la mirada de intrusos. Cuando, hacía unos años, Papi planeó una expansión del muelle, mis hermanas y yo lo convencimos de incluir una zona donde pudiéramos tomar sol a salvo de las miradas indiscretas. Papi siempre había sido un fanático de la discreción, de modo que no puso ninguna objeción. No sé si hubiera sido tan complaciente de haber sabido que ese saliente sería utilizado también para otras prácticas menos inocentes por sus traviesas hijas adolescentes. Aquellas sillas de extensión fueron testigos de intensos secretos a lo largo de los años.

Levanté la vista hacia el sol, formando una pantalla con la mano.

—¿Recuerdas cuando te dedicabas a organizar a los voluntarios cubano americanos para ayudar a los balseros que llegaban a Cayo Hueso? —pregunté.

—Sí, fue hace mucho tiempo. ¿Por qué me lo preguntas? Ya es un poco tarde para hacer esa tarea —Lourdes hizo una mueca de disgusto—. Ahora, Clinton los devuelve a Cuba.

—No es que quiera ofrecerme como voluntaria —dije—. Es por un caso en el que estoy trabajando. Un hombre que fue asesinado vino en balsa desde Cuba y pasó por el centro de tránsito de Cayo Hueso. Quiero investigar una intuición que tengo acerca de la esposa del cliente y este balsero.

Esto llamó la atención de Lourdes. Se volvió hacia mí, aprovechando para exponer su rostro al sol.

—Cuéntame —dijo.

—Néstor, mi detective, investigó a la mujer. Aparentemente ella se ha dedicado a hacer tareas voluntarias en favor de la causa cubana, entre ellas la atención de balseros. Lo que quiero averiguar es si alguna vez trabajó en el centro de tránsito.

La idea de que Isabel tenía alguna conexión con Gastón se me había fijado en la mente. Tenía que averiguar en qué consistía esa conexión.

Justo en ese momento, una nube sombría cubrió al sol y pude abrir los ojos. Eran poco más de las doce del mediodía; estirando el cuello pude ver los barcos que se dirigían desde Gables Waterway hacia la bahía. Me puse el top del bikini y me puse de pie para poder ver mejor. Los rayos del sol brillaban al chocar con el agua. Con mucho cuidado, trepé a una roca que sobresalía, sabiendo que ahora podía ser vista. No pasaría mucho tiempo antes de que los hombres comenzaran a gritarme desde los yates.

Fue matemático. Las bocinas comenzaron a sonar, y recibí un par de sonoras ofertas para pasar una tarde en el agua. Nunca fallaba. Poco después bajé de la roca.

—¿Tan rápido te cansaste de tus admiradores? —me dijo Lourdes riendo cuando volví junto a ella.

—Suficiente diversión para el día —dije.

Me serví un vaso del té helado que Aída había preparado para nosotras.

—¿Quieres? —le ofrecí a mi hermana.

—Bueno, gracias —dijo mientras se secaba la frente. Lourdes miró hacia la nube, como deseando que se fuera de una vez para que el sol acariciara de nuevo su cuerpo—. ¿Qué quieres saber de los voluntarios del centro de tránsito?

—Necesito una lista de las voluntarias de Miami que trabajaron allí —le dije mientras le servía un vaso—. Entre enero y marzo de 1990.

Gustavo Gastón había sido recogido por un pescador el día de Año Nuevo de 1990, en el Estrecho de la Florida. Yo suponía que su arribo al centro de tránsito se habría producido poco tiempo después. No tenía la fecha exacta en que se había trasladado de Cayo Hueso a Miami, pero esperaba que dos meses fuera un período razonable.

Esta parte de mi investigación requería una atenta mirada a los datos. Sabía que Gustavo Gastón había trabajado por primera vez en junio de 1990, en la tienda para novias de Miracle Mile. Había trabajado allí como mensajero y dependiente durante dieciocho meses. Suponiendo que hubiera tardado dos o tres meses en encontrar trabajo, calculé que su traslado de Cayo Hueso hacia Miami se había producido entre ocho y diez semanas después de su arribo. Ningún balsero se quedaba allí mucho tiempo. Era de esperar: todos querían llegar a Miami lo más rápido posible.

Lourdes pensó en mi solicitud unos segundos, mientras estudiaba el lento desplazamiento de la nube.

—Lo que me estás pidiendo es casi imposible —dijo finalmen-te—. Algunos voluntarios no llegaban a trabajar sólo por un día. Algunos sólo se anotaban con su nombre de pila. Otros venían como parte de una organización, y en ese caso sólo anotábamos el nombre del grupo.

—Entiendo —dije. No era lo que había querido escuchar.

—Quiero que comprendas que la organización de todo esto era bastante caótica —me explicó Lourdes.

—Haz lo que puedas —le respondí.

Ella se volvió hacia mí.

—Porque tienes una corazonada...

—Así es.

Mi hermana sacudió la cabeza ligeramente y levantó la vista. La nube ya no estaba. Lourdes se volvió a recostar con los ojos ce-rrados.

—Tu tono de voz me indica que estás a punto de descubrir algo importante para ti.

21

—¿Señorita Solano?

La voz del hombre en el teléfono sonaba vacilante.

—Lupe —corregí. Leonardo acababa de informarme que Alonso Arango hijo estaba en la línea. Habían pasado dos días desde que le pidiera la entrevista. En ese tiempo, me había estado preguntando cuánto le tomaría juntar el coraje para volver a enfrentarme.

—Entonces, Lupe —dijo con una risa ahogada que delataba cierta incomodidad—. ¿Te parece bien que nos encontremos hoy?

—Claro —respondí—. Dime dónde y a qué hora.

Quedamos en encontrarnos a mediodía en su oficina. Ya eran casi las once, y tuve que apurarme a terminar mis informes antes de salir hacia la Dinner Key Marina.

Había pasado toda la mañana trabajando en los antecedentes de Gustavo Gastón. Hallaba tantos datos contradictorios que por momentos parecía que estuviera investigando a dos personas diferentes. Por una parte, el exitoso arquitecto cubano, educado y sofisticado. Por la otra, el hombre que trabajaba por poca paga y vivía en un pequeño apartamento en La Pequeña Habana. No podía imaginarme cómo era el Gustavo real, y ambos se contradecían con el hombre que supuestamente había irrumpido en la tienda de Alonso con un cuchillo en las manos.

Me pasé un largo rato mirando la foto de Gastón, observando sus ojos negros e inteligentes, intentando determinar las cosas que habían pasado por su mente. Era el tipo de hombre que a la mayoría de las mujeres les parecería atractivo. Inclusive bajo el foco del fotógrafo de la División de Vehículos Automotores de la ciudad, que había tomado la fotografía pegada en su licencia de conducir, seguía siendo un tipo atractivo. En la vida real, sin dudas había provocado más de un suspiro.

En el certificado de nacimiento de su hija, Silvia Romero lo había anotado como padre de la criatura. Evidentemente, me había mentido cuando dijo que no lo conocía. Por esta razón, le había pedido a Marisol Vélez que la vigilara.

Lourdes había hecho lo «casi imposible» y me había entregado la lista de voluntarios del centro de tránsito de Cayo Hueso. Isabel Arango había estado allí en la misma época en que llegó Gustavo Gastón. Pensé que Lourdes no lo iba a lograr, pero supongo que estar cerca de Dios tiene sus privilegios. Isabel había formado parte de un grupo de damas de sociedad cubano americanas que se habían ofrecido a trabajar allí dos días a la semana, trayendo comida y ropa para los recién llegados de Cuba.

Muchas veces, en mis viajes a Cayo Hueso, había visitado el centro de tránsito. Era un edificio pequeño, de dos pisos, que quedaba en Stock Island, justo al norte de la isla. Era un lugar altamente emotivo. Se mezclaban allí la enorme esperanza de los balseros que habían sobrevivido a la terrible travesía marítima con la desesperación por todos aquellos que habían muerto o habían desaparecido intentando escapar de Cuba.

La disposición del lugar era tal que dos personas que estuvieran allí al mismo tiempo no podían evitar verse. Finalmente, había logrado establecer un lugar y un momento en el que Gustavo e Isabel sin duda se habían encontrado. Llegada a este punto, nada ni nadie podrían convencerme de que Isabel no había conocido al hombre contra el cual su marido había disparado.

El paso siguiente era ir a visitar el apartamento de Gustavo Gastón en la Pequeña Habana, para ver qué más podía averiguar acerca de este hombre misterioso. Sabía que la policía había quitado la cinta de seguridad, de modo que tal vez podría entrar sin hacerme notar demasiado. Hasta que recibí la llamada de Alonso hijo, mi idea era ir allí esa misma tarde. Ahora, el apartamento tendría que esperar.

A las doce menos cuarto comencé a guardar los archivos. Antes de salir, había enviado un mensaje al bíper de Marisol para saber si tenía alguna novedad de Silvia Romero. Además de vigilar a la tenedora de libros, Marisol había estudiado el barrio donde Silvia vivía con su hija. Su hogar era un garaje reacondicionado detrás de la casa de sus padres, en Westchester, una zona predominantemente cubana del oeste de Miami.

Marisol no me llamó al instante, pero eso no me preocupó. En cuanto tuviera algo que decir, me lo haría saber sin dilación. A veces sentía el deseo de que tanto Néstor como Marisol fueran empleados directos míos. De ese modo, se verían obligados a pasarme sus informes cuando yo lo dispusiera. Pero los detectives independientes eran así: hacían las cosas a su modo.

Cuando llegué a AAA Lines, Yacht Brokers, Alonso hijo me estaba esperando en la puerta.

—Es un placer volver a verte —dijo con cordialidad—. Te agradezco tu paciencia. Siéntate, por favor.

Su mano señalaba una silla junto a la ventana. Alonso estaba vestido igual que la primera vez: pantalones caquis, camisa de algodón azul de cuello abierto y zapatillas sin medias. Parecía el tipo de hombre que siempre compra varias prendas idénticas, para no verse obligado a elegir su vestuario cada mañana.

Por lo que podía ver, su empresa era una operación austera. La oficina estaba equipada muy básicamente, con una decoración puramente utilitaria: sillas y mesas metálicas algo gastadas, calendarios de propaganda en las paredes, y ni el menor signo de secretarias o asistentes. Por lo visto, Alonso hijo *era* AAA Lines.

El muchacho se sentó en el extremo del escritorio.

—Querías hablar conmigo. —Lo dijo con tono afirmativo, no como si fuese una pregunta.

Preferí no mencionar sus mentiras.

—Sí, pero no sólo acerca de tu padre, sino también de un tema personal.

Como dije, mi plan era evitar las brusquedades. Pero esas fueron las palabras que se me salieron, y ahora no había vuelta atrás.

Sus ojos pardos evitaron mi mirada por una fracción de segundo.

—Bien. ¿De qué quieres hablar primero? ¿De mi padre o de mis asuntos personales?

La conversación ya tenía vida propia. Respiré hondo.

—Conocías a Margarita Vidal, ¿verdad?

Alonso se enderezó y fijó su mirada en una fotografía de un yate sorteando una ola.

—Sí, claro. Ella decoró la casa de mis padres en Coral Gables.

—Tengo grabaciones telefónicas que prueban que la llamaste varias veces a su oficina el día en que ella murió —dije.

Alonso frunció los labios y asintió.

—Salgamos a dar un paseo —dijo—. Necesito un poco de aire fresco.

Abandonamos la oficina, que ya estaba comenzando a deprimirme, y caminamos juntos hacia el muro de contención que había junto al mar. Permanecimos unos minutos en silencio, observando el delicado choque de las olas contra la roca. Luego Alonso caminó hacia el muelle, y yo lo seguí. Tomamos asiento en un banco.

—Conocía a Margarita, y no solamente porque decoró la casa de mis padres —dijo. La brisa, pero no sólo la brisa, hizo que Alonso entrecerrara los ojos—. La conocí años atrás, cuando decoró un yate que me compraron unos clientes brasileños. Cuando mis padres necesitaron una decoradora, yo la recomendé.

—Era mi mejor amiga —dije.

—Lo sé. Me habló de ti —Alonso sacudió la cabeza, como si estuviera enojado consigo mismo—. Cuando descubrí que tú estabas trabajando en el caso de mi padre, no supe qué hacer. Fue una enorme coincidencia. Ella murió antes de que yo pudiera decírselo.

—Lo supo —dije—. Justo al final. Tú eras el padre, ¿verdad?

Era evidente que a Alonso le resultaba muy difícil manejar sus emociones. Se quedó unos segundos mirando el agua inexpresivamente.

—Fue a Palm Beach para pensar en lo que iba a hacer —dijo por fin—. Sabía que no podía esconder las cosas mucho tiempo más. Muy pronto iba a ser evidente que estaba embarazada.

Alonso se puso de pie y se apoyó contra la baranda; unas olas rompieron contra las rocas y el agua saltó hasta él. No pasó mucho tiempo antes de que advirtiera un tono azul oscuro en su camisa. Él parecía no advertirlo.

—Quería decírtelo —dijo—. Deseaba con todas sus fuerzas decírtelo, pero no podía. No hasta que hubiera decidido abandonar a Rodrigo.

—No tenía idea —dije con tristeza. Hizo un buen trabajo.

—Margarita sabía que tú, y prácticamente todo el mundo, se habían opuesto a su casamiento con Rodrigo. Unos pocos meses de matrimonio bastaron para que se diera cuenta de que había sido un error. Pero era una mujer demasiado orgullosa y terca como para admitirlo, de modo que prefirió sufrir en silencio.

Yo escuchaba azorada. Alonso hablaba con tanto amor y con tanto cuidado, que resultaba obvio que Margarita había compartido con su amante partes de sí misma que no le había revelado a nadie más. Eso me hizo sentirme triste y, al mismo tiempo, celosa.

Finalmente, Alonso se vio superado por sus emociones. Irrumpió en un sollozo furioso e inarticulado, y luego golpeó tan fuertemente la baranda que yo temí que se hubiera lastimado la mano.

—¿Estaba contigo cuando tu madre te llamó ese sábado en la mañana —pregunté—, para decirte que tu padre le había disparado a Gustavo Gastón?

Alonso me miró con sorpresa, y luego asintió.

—Estaba conmigo en mi apartamento. Se había enterado dos semanas antes de que estaba embarazada, pero había esperado para decírmelo.

—¿Por qué? —dije, aunque podría haberlo adivinado.

—Dijo que había preferido pensar sola un tiempo. ¡Dios mío, puedes imaginarte lo que fue eso! Enterarse, con cinco minutos de diferencia, que iba tener un bebé y luego lo de mi padre —Alonso se tocó el cabello húmedo que caía sobre su frente—. Tuve que dejarla en ese instante. Y con todo lo que pasó con mi padre, no pude verla en varios días.

No quería ni siquiera imaginar cómo se había sentido Margarita en ese tiempo. Ahora no me sorprendía lo distraída y pálida que estaba aquel día en que nos encontramos para almorzar en South Beach. Una ola de culpa me invadió; yo no había sido capaz de hacer nada para ayudarla. Sabía que mi amiga había tenido buenos motivos para esconderme todo: tenía guardado un secreto, y quería bucear profundamente en sí misma antes de revelarlo. No sabía por dónde empezar. ¿Podría alguna vez perdonarme a mí misma, perdonarla a ella, y hasta perdonar al mismo Alonso? Lo que más me dolía era que no importaba lo que yo pudiera pensar acerca de su situación. Sus problemas no tenían nada que ver conmigo. Hasta ahora.

—¿Sabes que Rodrigo piensa demandar al condado por la muerte de Margarita? —pregunté.

Alonso hizo una mueca de sorpresa.

—¡¿Qué?! —exclamó—. ¿Qué es lo que va a hacer ese hijo de puta?

Tuve que explicarle todo el asunto, incluyendo la parte del bebé —su bebé—, pieza central del juicio que llenaría de dinero a Rodrigo. No tenía sentido ocultarle nada a Alonso; lo leería en el periódico cuando se iniciara el pleito. Y no dudaba de que Rodrigo y Fernando Godoy —dos chupa sangre sin corazón— lo harían en el menor tiempo posible.

Alonso rió con amargura. No sólo había perdido a su amante, Margarita, a quien había debido llorar en secreto, sino que también tenía que soportar que el marido despechado se aprovechara de la situación para sacar dinero con la muerte de su hijo por nacer.

—¿Rodrigo sabe de quién es ese hijo? —preguntó Alonso—. ¿Tiene alguna idea?

—Me llamó para averiguar, pero no creo que sepa nada —dije—. Supongo que cuenta con que el padre se quedará callado y no querrá mancillar la memoria de Margarita haciendo público su adulterio.

Le tomó un largo rato responderme. Me miró los brazos abatidos a ambos lados del cuerpo.

—En otras palabras, Rodrigo está haciendo una apuesta calculada —dijo.

Yo me encogí de hombros.

—Supongo.

Permanecimos en silencio en el muelle. Alonso contra la baranda, yo sentada en el frío banco de piedra. De pronto me sentí relajada, contemplando el mar y sintiendo la delicada brisa. Ahora entendía por qué Margarita se había sentido atraída por el Alonso Arango más joven. Era un hombre sólido y decente.

—También me querías hablar de mi papá, ¿no es así? —preguntó Alonso después de un rato.

—En otra ocasión —dije. Sabía que no me podía ayudar mucho con la investigación y ya le había abierto demasiadas heridas. Quería confirmar si su madre había conocido a Gustavo Gastón en Cayo Hueso, pero tenía mejores maneras de hacerlo.

22

Mientras parqueaba mi automóvil en el garaje de mi agencia, sentí cómo el corazón comenzaba a golpearme con fuerza. El insólito Buick negro de cuatro puertas de Marisol estaba estacionado allí. Me apuré a entrar, porque sólo podía haber una razón para que Marisol viniera a Solano Investigations: que hubiera encontrado información acerca de Silvia Romero.

Cuando abrí la puerta, Leonardo no estaba en su escritorio. Pero el olfato me guió hasta la cocina, donde seguramente él y Marisol estarían preparando alguna maravilla. Marisol era la detective preferida de Leonardo; no sólo porque era linda y simpática, sino también porque compartía con él la pasión por la comida sana. Pero esa pasión mutua había producido en cada uno resultados completamente distintos. Ambos seguían, al menos en teoría, una dieta sin aderezos, sin grasas, sin preservativos sintéticos y sin azúcar. Como resultado de ello, Leonardo había evolucionado hasta convertirse en un espécimen duro y musculoso, con un abdomen firme y delineado. Marisol, en cambio, había pronunciado sus curvas, su figura tenía una redondez cada vez más perfecta y su voluptuosa sensualidad se había intensificado. Esto me había llevado a pensar en cuán estrictamente cumplía con su dieta. Yo tenía pruebas de que Leonardo se desviaba a menudo del camino del bien. De todas formas, a la mayoría de los hombres seguramente no les interesaba cómo hacía Marisol para lograr esas curvas, mientras las mantuviera.

Cuando entré a la cocina, acababan de terminar de decorar una torta de zanahoria con una capa de queso crema. No era exactamente lo que yo hubiera llamado comida sana.

—¡Hey, chicos! —me anuncié—. ¡Guárdenme un poco de ese pastel!

—¡Hola, Lupe! —dijo Marisol con la boca llena de un batido crudo.

—No te oí entrar.

—Cuando hayas terminado, ¿estarás en condiciones de pasarme tu informe de Silvia Romero?

—Está sobre tu escritorio. Te daré unos minutos para que lo leas mientras terminamos el pastel.

—Baja en azúcar —murmuró Leonardo, que tenía el mentón cubierto de queso crema.

—Es la mejor torta que hemos preparado —dijo Marisol—. Cuando esté lista te llevaré un pedazo.

—Si no hay otro remedio —dije, aunque me encantaba el pastel de zanahoria

Me senté al escritorio de Leonardo y comencé a leer el informe. Marisol había hecho un buen trabajo. Mi intuición había resultado cierta; no había perdido mis habilidades. La tímida e insignificante tenedora de libros era mucho más de lo que aparentaba. Hacía años que mantenía un *affaire* con Alonso Arango padre.

Marisol había efectuado una exhaustiva investigación en el vecindario y había establecido que un señor cubano maduro solía visitar el apartamento de Silvia desde hacía años —tanto y tan a menudo, que su hija lo llamaba «Papá»—. Una vecina en particular, una anciana viuda que vivía enfrente, aportó una completa descripción del cubano en cuestión, incluyendo el automóvil en el que solía llegar: un Cadillac Seville azul marino. El automóvil de Alonso.

Las chismosas de la cuadra habían dicho que el tipo no vivía con Silvia debido a la devoción que la mujer sentía por sus padres, que la llevaba a no querer alejarse de ellos. «Papá» no encajaba en el apartamento, de modo que vivía en su casa, que había compartido antes con su esposa, que, Dios la tuviera en gracia, había fallecido hacía años ya. Otros decían que Silvia era la segunda esposa, y que quizás «Papá» no quería a la niña y había manifestado su descontento negándose a vivir con ellas. La imaginación humana no tiene límites.

Me llevé el informe a la oficina y le di una segunda leída. Poco después, Marisol se apareció con un trozo de pastel en una servilleta de papel. Hay que decir que tanto su apariencia como su sabor lo hacían realmente apetecibles, de modo que por un rato decidí dejar la lectura de lado.

—Háblame de ella —le dije a Marisol con la boca llena de zanahoria.

Marisol abrió la ventana y se sentó elegantemente con una pierna adentro y otra afuera de mi oficina. Yo estaba tan acostumbrada a sus modales que apenas lo advertí. Lo importante era su trabajo, no la extravagancia de sus gestos.

—Todo está allí, chica, por escrito —dijo—. La tenedora de libros se estaba cogiendo a su jefe. La vieja historia de siempre: un tipo viejo y casado con una mujer joven y soltera. ¿Qué más quieres saber?

—¿Cómo lograste que las vecinas hablaran contigo? —le pregunté.

Marisol era una maestra en el arte de hacer que la gente se abriera con ella (para decirlo en sus términos, una maestra en el arte de «permitir» que la gente se confesara con ella). Su premisa era que la gente siempre tiene secretos que se mueren por contar, y que simplemente está esperando encontrar el oído apropiado. Sin dudas, una teoría más que válida.

—No fue muy difícil, para decir la verdad —dijo—. Lo primero que vi cuando llegué allí fue a un grupo de viejas hablando en la puerta de una casa. Un regalo del cielo. Estacioné el Buick en una calle lateral y caminé hacia ellas. De esa manera les di tiempo para que me estudiaran con detalle. Enseguida entendieron que no les iba a robar o algo así —Marisol se dio vuelta para mirar hacia los árboles—. Cuando llegué junto a ellas ya sentían tanta curiosidad por mí que hubieran pagado para que les hablara. Yo dije que me gustaba el barrio y que era una estudiante en busca de un apartamento para alquilar. Les pregunté si conocían a alguna familia que quisiera alquilarle una pieza a una muchacha tranquila y estudiosa.

Podía imaginarme la escena al detalle. Había pocas cosas más atractivas para Marisol que un rebaño de viejas chismosas a las que tuviera que sacarles un secreto.

—Pregunté por todas las casas de la cuadra. Cuando me tocó el turno de señalar a la de Silvia Romero, ninguna de ellas pudo haber sospechado nada —me miró sonriendo, orgullosa de su propia inteligencia—. Luego les pregunté si era seguro dejar el auto en la calle. Fue así como me enteré de la existencia del Cadillac del señor Arango.

—Buen tiro —dije.

Marisol pasó la pierna hacia dentro y se separó de la ventana. Mientras se daba unas palmadas para limpiarse el short, me preguntó:

—¿Algo más?

—No por el momento —le dije—. Pero te llamaré pronto. Voy a volver a necesitarte.

—Apuesto a que sí —dijo, guiñándome el ojo mientras abandonaba la oficina. A lo lejos, escuché cómo discutían con Leonardo acerca de la parte que a cada uno le tocaba del pastel. Leonardo reclamaba la parte del león, porque él había provisto los ingredientes. Era un buen punto.

Yo, por mi parte, estaba feliz porque seguía siendo capaz de detectar cuando alguien me estaba ocultando algo. Y, por cierto, Silvia Romero había tenido mucho que esconder.

23

Cuando terminé el pastel me fui a la Pequeña Habana con la intención de examinar el *efficiency* de Gustavo Gastón. Mi bíper sonó en el camino, y yo hurgué en mi cartera, buscándolo distraída, pensando en el informe de Marisol. Tenía que darle las novedades a Tommy, pero antes quería digerirlas.

En el certificado de nacimiento, Gastón figuraba como el padre de la criatura. Pero eso no quería decir que necesariamente lo fuera. Una madre puede anotar allí prácticamente a cualquier hombre. Pero que Silvia mintiera acerca de ello parecía demasiado, teniendo en cuenta que ambos habían trabajado en la tienda de novias en la época en que el bebé había sido concebido. Luego estaba el *affaire* de Silvia con su jefe. Y la conexión de Isabel con Gastón. Múltiples triángulos y cuadrados se dibujaban en mi mente.

Lo que todavía no podía determinar era lo que Margarita me había querido decir el día de su muerte. Tal vez me había querido contar simplemente su relación con Alonso hijo. Ella sabía quizás que yo me iba enterar, puesto que estaba investigando un caso en el que la familia de su amante tenía un papel central. Tal vez quisiera decírmelo ella misma antes de que yo lo averiguara por otras fuentes. Pero mi instinto me decía que había algo más.

Seguía buscando mi bíper cuando éste volvió a sonar. Finalmente lo encontré y leí el mensaje. Mi corazón se aceleró cuando vi el teléfono de mi agencia seguido por el número 911. Con la mayor rapidez posible, busqué un lugar para detenerme, conecté el celular y llamé.

Leonardo atendió al primer llamado.

—¡Lupe, acaba de llamar Marisol! —dijo, respirando con dificultad—. ¡Otra vez tienes a un tipo vigilándote!

—¿Qué dices?

—Marisol. Volvió a la oficina —Leonardo intentó calmarse—. Se había olvidado de llevarse su parte de la torta. Te vio partir y detrás de ti vio que arrancaba otro auto. Sospechó algo y los siguió. El tipo ha estado detrás de ti desde que dejaste la agencia. Marisol llamó a tu celular, pero estaba apagado. Y entonces me llamó.

—¿Anotó el número de la placa? —pregunté, conociendo de antemano la respuesta. Marisol era demasiado eficaz como para fallar en algo tan sencillo.

—En este mismo momento estoy averiguando a quién pertenece el auto —dijo Leonardo—. Ve con cuidado.

—¿Dónde está Marisol?

—No lo sé —respondió mi primo—. Le pedí que se mantuviera en línea, pero la perdí cuando ingresó al Agujero Negro de Calcuta.

—¡Mierda! —El Agujero Negro de Calcuta era un trecho de la Avenida 27, en el que inevitablemente los celulares tenían problemas de conexión—. Dile que me llame; ahora tengo el teléfono encendido.

Colgué la comunicación y en menos de treinta segundos el teléfono sonó.

—Oye, chica —dijo Marisol—. Envidio tu popularidad. Primero el imbécil de Slattery y ahora éste. Te perdí hace unos minutos. ¿Qué has hecho en tu tiempo libre?

Yo no estaba de ánimo para bromas.

—¿Cómo era el auto? —le pregunté.

—Como el mío, el típico automóvil americano sin rasgos defi-
nidos —dijo—. Azul oscuro, sin marcas. Le di a Leonardo el número de la placa.

—¿Y el chofer? —pregunté, mirando por los espejos retroviso-
res. No vi a nadie—. ¿Algo para decir de él?

—No pude verlo bien —dijo Marisol—. Alrededor de los treinta años de edad, con una gorra de béisbol y anteojos Ray Ban. Lo
siento, no pude ver mucho más que eso.

—¿Estás segura de que no era Slattery?

—Definitivamente —dijo Marisol—. Era otro.

—Te debo una. Muchísimas gracias.

Colgué la comunicación e intenté que la ansiedad no nublara
mis pensamientos. ¿Estaba Godoy detrás de esto, o había alguien
más? ¿Me buscaban a mí personalmente? ¿Era por el caso Arango o
por algún caso del pasado?

Levanté la vista y advertí que estaba en una gasolinera. Observé
cómo un camión cisterna cargaba combustible, mientras trataba de
recomponerme y volver a encarar el tránsito homicida de Miami.
Pero el teléfono volvió a sonar.

Yo atendí antes de que terminara de sonar el primer tímbrazo.

—Malas noticias, Lupe —la voz de Leonardo crujía a través del
cable del teléfono—. Es un automóvil de alquiler.

Yo me mordí el labio.

—¿De qué compañía?

—Nunca la oí nombrar —dijo Leonardo—. Por su dirección,
suena a una de esas compañías semilegales que pululan cerca del
aeropuerto. Primerísimo Rent-A-Car. ¿No se les ocurrió un nombre
mejor?

—Supongo que no —dije distraída.

—¿El tipo sigue detrás de ti?

—No lo sé —respondí—. Acabo de hablar con Marisol y ella lo
perdió. Voy a volverla a llamar para decirle dónde estoy. Daré una
vuelta para ver si el tipo sigue husmeando.

Llamé a Marisol y arranqué el auto. Ella mencionó algo que a mí ya se me había ocurrido: que tal vez yo fuera objeto de un seguimiento que incluyera más de un automóvil. Yo ni siquiera quería pensar demasiado en esa posibilidad.

Nos mantuvimos comunicadas, y muy pronto Marisol estuvo cerca.

—Todavía no lo veo —dijo—. Creo que se ha ido. Sabe que se quemó. Pero ve con cuidado.

La muchacha cortó la comunicación. Marisol era una buena detective, y si ella no había podido ver a nadie, era porque no había nadie. De todos modos, era mejor asegurarse. Conduje quince minutos pasando todas las veces que pude con el semáforo amarillo y dando vueltas y contramarchas. Luego me dirigí al apartamento de Gustavo Gastón, en la calle 10, en la Pequeña Habana.

El edificio en el que había vivido Gustavo tenía dos pisos, y formaba parte de un conjunto de edificaciones precarias construidas para refugiados de bajos ingresos. Estacioné en una triste parcela de césped seco y comencé a subir las escaleras (el ascensor parecía una trampa mortal). Un minuto después estaba en el apartamento de Gastón.

La puerta estaba abierta. Golpeé suavemente y entré, deteniéndome en el umbral para echar una ojeada. El ambiente en el que Gastón había pasado el último año de su vida, decorado con distintos tonos de marrón, era insípido y poco hospitalario. Había una cama *twin* en un rincón, junto a una mesa de noche de metal oxidado. No lejos de allí, una mesa de fórmica marrón y dos sillas hacían las veces de comedor. Cerca de la única ventana, una lámpara de pie se elevaba junto a un sillón color café.

De pronto emergió del clóset un hombre pequeño, oscuro, arrugado, que no tenía menos de ochenta años.

—¿En qué puedo ayudarla? —preguntó, sosteniendo en sus manos un cepillo para limpiar inodoros que chorreaba agua sobre sus pies. Yo avancé hacia su mano libre, para impedir que se pusiera nervioso, comenzara a gesticular y me empapara.

—Me han dicho que hay un apartamento en alquiler —dije—. ¿Es éste?

—Así es —dijo. Mi instinto no me falló; el viejo movió su brazo dirigiendo el agua hacia mí—. ¿Quiere alquilarlo? —preguntó suspicaz.

El tipo jamás hubiera creído que yo quería mudarme a un lugar tan deprimente. Por el amor de Dios, los muebles eran anteriores al triunfo de Fidel Castro.

—No, no es para mí —reí—. Es para un hombre que trabaja para mi padre y acaba de llegar de Cuba.

—Ah —dijo el viejo, aparentemente satisfecho—. Trescientos dólares al mes, incluyendo el agua y la luz. Dos meses de depósito. Puede mudarse en cuanto termine de limpiarlo. Si quiere, puede mirar un poco.

El viejo se volvió en dirección al inodoro. Si es que Gastón había dejado algún objeto personal, todo se había evaporado. Yo ni siquiera sabía bien qué era lo que había ido a buscar.

—Parece que el último inquilino tuvo que irse a toda prisa —comenté.

El tipo se volvió y ahuecó la mano sobre su oreja.

—¿Qué dice?

—La cama está deshecha —dije.

—Tiene razón. El tipo se fue a toda prisa.

—Hasta dejó algunas de sus prendas.

Fui hacia el ropero, que aún no había sido limpiado. Miré como si estuviera calculando las medidas. Había tres pares de zapatos de trabajo en el piso, dos pares de tenis y uno de zapatos de vestir marrones.

—No se preocupe —refunfuñó el hombre—. Esta misma tarde estará todo limpio.

El viejo había dado por terminada la limpieza del inodoro, y ahora se dirigió al pequeño mostrador que hacía las veces de cocina. Había un plato, una cafetera y una tostadora. No precisamente el paraíso del gourmet.

No había mucho más que ver, y tampoco quería despertar la curiosidad del viejo (si es que algo en el mundo podía aún provocarle curiosidad).

—Gracias por su ayuda —dije—. Le diré a Ricardo, el hombre que trabaja para mi padre, que venga a ver este lugar.

Abrí la puerta para salir.

—Que no deje pasar mucho tiempo —dijo el viejo—. Hay varias personas interesadas.

Sí, claro. Me paseé por el pasillo, con la esperanza de encontrarme con algún vecino. Dos puertas más allá me sonrió el destino. Había una mujer balanceándose en un sillón frente a su puerta. No estaba allí cuando yo entré; y evidentemente mi presencia había despertado su curiosidad. La anciana simulaba estar concentrada en el tejido de unos tapetes, y parecía formar parte del elenco habitual del lugar. Era el personaje perfecto.

Cuando llegué a su puerta, sentí en mi rostro la brisa provocada por un ventilador desde el interior del apartamento.

—Hermoso —dije, señalando su trabajo. La aguja se movía hacia adentro y hacia fuera, creando un agradable encaje con el hilo color blanco crema. Sus manos se movían tan rápido que parecían fuera de foco.

—Gracias —dijo con evidente orgullo—. Los estoy tejiendo para la boda de mi nieta. Ya hice seis, y me faltan seis más.

Abrió una bolsa de plástico que contenía sus trabajos terminados. Yo emití una exclamación aprobadora; eran verdaderas obras de arte.

Finalmente, su curiosidad pudo más que su prudencia.

—¿Está de visita en el edificio? —preguntó.

—No, estoy buscando un *efficiency* para alquilar —dije—. El que acaba de vaciarse.

—Ah, sí —las agujas seguían moviéndose, con un ruido que ahora sonaba ominoso—. Sí, lo conozco.

—Mi padre tiene un empleado, un balsero, que acaba de venir de Cuba y necesita un lugar para vivir —dije—. ¿Hace mucho que vive aquí?

—Lo suficiente —clic, clic—. Diecisiete años.

—Entonces debe ser un buen edificio, ¿no?

Ella dejó de trabajar y me miró.

—¿Sabe por qué se alquila ese apartamento? —me preguntó la anciana.

—Porque el último inquilino se fue —dije sonriendo nerviosamente—. Eso es al menos lo que me dijo el encargado. ¿Por qué me lo pregunta?

—¡El encargado es un mentiroso! —exclamó la mujer—. El último inquilino de ese apartamento también era un balsero. Pero fue asesinado. Es por eso que el lugar está vacío.

—¡Asesinado! —me tapé la boca fingiendo sorpresa—. ¿Aquí?

Las agujas comenzaron a volar otra vez.

—No, fue asesinado mientras intentaba asaltar una joyería. La policía vino aquí un par de veces y revisó el lugar.

—¡Dios mío!

—Sellaron el lugar con una cinta amarilla —continuó la anciana—. Y acaban de autorizar la entrada del encargado. Y sin perder tiempo, ya lo puso en alquiler.

Parecía feliz de poder decirme aquello. Yo era probablemente la primera persona con la que podía hablar que no conocía el episodio. Su tapete estaba casi listo.

—Fue muy triste —agregó—. Porque el hombre tenía una hija pequeña.

La velocidad a la que se movían las agujas se aceleró.

Yo contuve la respiración. Esto era más de lo que había esperado.

—¡Qué horror! —dije—. Pero no vi nada allí dentro que pudiera pertenecer a un niño. ¿La pequeña vivía con él?

La mujer sacudió la cabeza.

—No, ella vive con su madre. Fue todo muy triste. El día anterior a la muerte, la madre, una mujer pequeña, estuvo aquí. Tuvieron una terrible pelea. Fue muy doloroso, que tuvieran esa pelea antes de su muerte. Aun cuando él muriera haciendo algo malo.

La mujer interrumpió su trabajo el tiempo suficiente como para persignarse. Yo sentía enormes deseos de averiguar un poco más, pero no quería seguir tirando de la cuerda. Lo que la anciana me había dicho era suficiente. Me hubiera encantado saber por qué razón habían peleado Silvia Romero y Gustavo Gastón, pero no era una pregunta que una simple interesada en el apartamento habría hecho. La anciana era chismosa, pero también parecía ser dueña de una mente aguda. Yo no tenía la menor intención de protagonizar su próximo chisme.

—Le agradezco mucho la información que me ha dado —le dije con sinceridad—. No voy a ocultarle lo del asesinato al empleado de mi padre. Quizás eso lo disuada de alquilar aquí.

Me dirigí hacia las escaleras, agradeciéndole a Dios los poderes de observación de las viudas cubanas. Marisol habría estado orgullosa de mí.

Antes de comenzar a bajar miré hacia atrás. El encargado había cerrado la puerta del apartamento de Gustavo. Había dos bolsas de basura verdes en el hall, prolijamente cerradas con un nudo. Contenían todo lo que había dejado el desafortunado arquitecto. No era mucho.

24

—¿Charlie? Soy yo.

—¡Lupe...! ¿Cómo estás? Te he extrañado.

Mi interlocutor era un viejo amigo, Charlie Miliken, asistente de la Fiscalía Estatal. Sentir su genuina alegría al reconocerme fue un alivio para mí. Para ser honesta, no me había comportado de la mejor manera la última vez.

—Ocupada, como siempre —dije—. ¿Y tú? ¿A punto de asumir el antiguo puesto de Janet Reno?

—No, estoy contento con lo mío por ahora —su tono de voz había cambiado—. ¿Y a qué se debe esta llamada repentina? Nunca me llamas por nostalgia, sino para pedirme algo. Y eso me lastima.

Intenté esquivar la bala.

—¿Quieres ir a cenar conmigo? —pregunté—. Yo invito, por supuesto.

—¿Te parece bien esta noche? —dijo suavizando su tono—. Me mata la curiosidad. No puedo esperar para saber lo que quieres de mí esta vez.

Eso era lo que me gustaba de Charlie: su absoluta sinceridad. Cinco años atrás, habíamos pensado en casarnos, pero yo le puse fin a la cuestión. En lugar de enojarse conmigo y cortar la relación,

Charlie decidió que a partir de entonces podíamos seguir siendo amigos. Lo cual no excluía una ocasional caída en los pecados de la carne cuando la situación era propicia.

—Me parece fantástico. ¿Dónde quieres ir? —Me extrañaba que Charlie tuviera disponibilidad inmediata en su agenda nocturna. Su popularidad con las mujeres iba siempre en aumento.

—Escoge tú —dijo—. De verdad, a mí me da lo mismo.

—¿Qué te parece el Café Abracci? Estoy con ánimo de comida italiana.

—Excelente —dijo Charlie—. Por suerte vine a trabajar con traje. Parece que te va muy bien en tu agencia. Una comida en Abracci no te va a salir barata.

—¿Qué te puedo decir? Somos los mejores. ¿A las ocho de la noche te parece bien?

Yo hubiera preferido a las nueve, o más tarde, pero sabía que a Charlie, como a todo buen americano, le gustaba cenar temprano. Mi plan era servirme de él sin piedad, de modo que era mejor que lo hiciera sentir cómodo con esos detalles. Ésa era también la razón por la que había elegido el Café Abracci. Además de que me gustaba el lugar, sabía que allí fumaba todo el mundo. Charlie no sentiría culpa cada vez que tuviera que encender un cigarrillo. Aquella noche merecía planearse cuidadosamente.

Después del trabajo fui a mi apartamento de Brickell. A las ocho menos cuarto me subí al Mercedes y arranqué en dirección a Coral Gables. No sabía exactamente qué era lo que la noche iba a depararme, pero me vestí como para pasar un buen rato. Me puse mi infartante vestido negro ajustado, que dejaba asomar una punta del lazo de mi sostén, y unos tacones altos. Yo sabía muy bien que Charlie era muy sensible a los estímulos visuales. También le gustaba el buen perfume, por lo que me eché encima una ración considerable, para que su aroma penetrara la densa nube de humo del cigarrillo que solía acompañar a mi amigo.

Cada tanto miraba atentamente por el espejo retrovisor, para ver si alguien me seguía, pero no esperaba ver a nadie —a menos que mi ángel de la guarda fuera un principiante torpe—. Aunque no llegaba a detectar el motivo por el cual alguien querría vigilarme, lo que sí suponía era que lo que querían era precisamente eso: saber adónde iba y con quien me veía. Pero, estuvieran allí o no tras mis pasos, yo estaba dispuesta a seguir con lo mío. En algún momento descubriría quién era la persona que estaba tan interesada en mí.

Fui por la U.S. 1 hacia el sur y luego doblé hacia el oeste en Le Jeune. En contra de mis impulsos naturales, llegué puntual. El Chevette azul de Charlie estaba estacionado del otro lado de la calle. A Charlie, al revés que a mí, no le agradaba que un valet le estacionara el auto. En verdad, creo que no era por tacañería, sino por vergüenza. Ningún valet que se preciara de serlo aceptaría estacionar aquel Chevette desastroso. Era tal el desorden que reinaba dentro del vehículo, que nadie que no se hubiera vacunado se sentaría en el asiento del acompañante. Todo tipo de bacterias reinaban allí; en las bolsas, y en las viejas tazas de café. Y había otro peligro: la guantera nunca cerraba del todo bien, y caía inevitablemente sobre las rodillas del pasajero. Yo adoraba a Charlie, pero subirme a su automóvil era una prueba de amor insuperable para mí.

Cuando entré al café, vi a Charlie en la barra, inmerso en una intensa conversación con el barman. Había tres colillas de cigarrillos en su cenicero, pero eso no significaba que hubiera llegado hacía mucho. Charlie podía fumarse una plantación entera de tabaco en una hora. Un indicador más confiable del tiempo era el vaso de Jack Daniel's que el barman acababa de servirle.

Charlie saltó de su taburete cuando me vio, y se abalanzó sobre mí, deshaciéndose en besos y abrazos. Cuando mi nariz rozó su cuello, sentí que mi cuerpo vibraba. Era un aroma conocido, que conservaba su efecto sobre mí. Me sentí momentáneamente tentada de cancelar la cena y realizar mi interrogatorio en posición horizontal. Pero en ese momento llegó el maître para conducirnos a nuestra mesa.

El lugar estaba semivacío. Era lógico: los clientes de Abracci eran mayormente latinoamericanos y europeos. Los viernes y sábados

en la noche, era muy difícil conseguir reservaciones después de
las once.

Nos tocó una mesa en un rincón, en el sector más silencioso del
salón principal. Puesto que era yo quien invitaba, tomé rápidamente la carta de vinos y elegí un buen Barolo. El camarero volvió con él
enseguida, y después de que yo diera mi aprobación pasó a recitar
los platos del día. Lo escuchamos con paciencia, y ambos pedimos
ternera. El chef de Abracci podía hacer magia con aquella carne.

Antes de ir al grano, dejé que el Jack Daniel's y el Barolo hicieran
su trabajo. Hablamos de nuestros amigos comunes, y cuando llegó
la comida nos dedicamos más a ella que a la conversación. Esto me
dio la oportunidad de examinar a Charlie. Tengo que admitir que
tengo debilidad por los americanos altos, rubios y de ojos azules.
Pero aun así Charlie era excepcional.

Mientras bebía un sorbo de vino, Charlie me brindó su hermosa sonrisa. Yo, tan distraídamente como pude, le pregunté:

—¿Estás al tanto del caso de Alonso Arango?

Charlie entrecerró los ojos.

—No me digas que estás trabajando en él.

Yo permanecí en silencio, esperando haber malinterpretado el
recelo en su voz.

—Sí, estás trabajando en él, ¿verdad? —insistió. No había
malinterpretado nada—. Es un caso perdido. Tu cliente va a pasar
varios años a la sombra.

Preferí ignorar este último comentario.

—Bueno, ahora que lo mencionas, he estado trabajando en ese
caso.

—No fui yo quien lo mencionó, fuiste tú —dijo Charlie—. Sabes quién es la fiscal del caso, ¿verdad? Tu vieja amiga Aurora
Santangelo.

—Lo sé.

Charlie sacudió la cabeza, incrédulo ante la estupidez que yo
había cometido al involucrarme en algo así.

—¡Y Sparky Markey es el juez! Lupe, ¿cómo pudiste meterte en un caso como ese?

Por fortuna, el camarero tenía un excelente sentido del tiempo. Vino hacia nosotros, retiró los platos y sirvió más vino.

Y luego nos dejó solos.

—Bien —dije con voz tranquila—. ¿Entonces lo sabes todo?

—La oficina de Aurora está a dos puertas de la mía —dijo Charlie antes de llevarse a la boca un enorme bocado de ternera piccata—. Me sorprende que no me haya dicho que tú eres la investigadora de la defensa. Me extraña que no se haya jactado ya de cómo va a destruirte.

—¿Y qué se rumorea en la oficina del caso? —pregunté, intentando contragolpear. Sabía que Charlie no me iba a escatimar nada.

—Pareciera que es pan comido para la fiscalía. El tipo le encaja seis balas a un ladrón, diciendo que el otro se había acercado a él con un cuchillo en la mano. Pero nadie encuentra ningún cuchillo. No parece que el horizonte de tu cliente esté precisamente despejado.

Charlie terminó su vaso de vino y luego tomó la botella, que estaba vacía. Me miró elevando las cejas. Yo me encogí de hombros y él entendió que eso era un sí. Levantó la mano para pedirle otra botella al camarero.

—Espera un minuto —me dijo, como si su mente estuviera zumbando—. ¿El defensor de Arango no es Tommy McDonald? ¡Sí, claro que lo es, así fue como te involucraste tú! ¡Fue McDonald!

Yo sonreí y asentí, pero no porque me sintiera feliz. Las noticias eran peores de lo que yo había imaginado. La Fiscalía ya estaba cacareando. Nunca se mostraban tan confiados, a menos que estuvieran seguros de que el caso estaba resuelto antes de comenzar. Alonso estaba perdido.

—¿Piensas que Aurora va a aceptar la fianza? —pregunté.

No debería haberlo hecho. Faltó poco para que Charlie se pusiera de pie para responderme.

—¡¡Estás bromeando?! Lupe, no hagas que me preocupe por tu salud mental. Siempre has sido una persona realista. ¿Qué te ha ocurrido? —Se quitó los espejuelos y los limpió con su corbata—. Hace tiempo que Aurora necesita un triunfo: quiere ascender a jefa de división y últimamente no le ha ido bien. Pero ahora sabe que tiene a Arango tomado por los cuernos. Me pesa tener que decírtelo, pero encerrar a Arango es su camino al éxito.

—Gracias. Te agradezco mucho por compartir conmigo algo que me hace tan feliz —dije—. Mira, Charlie, hace varias semanas que estoy trabajando en el caso y todo lo que descubrí me hace pensar que Arango está diciendo la verdad.

Fue un buen intento, pero Charlie me ignoró por completo. Llegó el camarero y mi amigo inició una larga conversación acerca de los postres. Sabía que mi último comentario era una gran mentira; pero una mentira que estaba en las reglas del juego. Un poco de chocolate no me haría mal, y sin detenerme en el menú pedí el postre que trajera más chocolate. En un restaurante italiano, eso significa toneladas de chocolate.

Después de beber nuestros respectivos cafés, Charlie y yo nos quedamos en silencio, intercambiando miradas expectantes. Yo le di mi tarjeta American Express al camarero sin siquiera mirar la cuenta. Mi capacidad de escuchar malas noticias ya había sido colmada esa noche. Dejé una propina excesiva, como siempre, y salimos.

Era una noche cálida. Me volví hacia Charlie y vi en su expresión la misma conclusión a la que yo había arribado: esa no era una noche para reavivar la vieja llama. Nos besamos un rato frente al restaurante hasta que el valet llegó con mi automóvil.

—Nos vemos —dijo Charlie—. Y muchas gracias por la cena.

—De nada, Charlie. No dejemos de llamarnos —Charlie se inclinó hacia mí y yo saqué la cabeza por la ventana para recibir su beso de despedida. Mientras volvía a casa, no olvidando mirar cada tanto por el espejo retrovisor, su olor me persiguió como un grato recuerdo.

25

A la mañana siguiente, mientras trabajaba y bebía la primera taza de café del día, Leonardo me habló a través del intercomunicador.

—Lupe, te llama George Mortimer de Optima. Dice que es urgente.

Ojalá su concepto de la urgencia no consistiera por ejemplo en una invitación a una fiesta *cross-dresser* en una disco de South Beach. Yo seguía sorprendida con su desvergonzada invitación a la Noche de la Espuma.

—Hola —dije—. Habla Lupe.

—¡Encontraron a Reina! ¡Reina Sotolongo, la mujer de la limpieza! —dijo, tan rápido que apenas podía entenderlo—. ¡La encontraron esta mañana, en el depósito de basura que hay detrás de la tienda!

—George, te pido que hables más despacio. Respira hondo —le dije—. Comienza por el principio. ¿Quién encontró a Reina? ¿Qué estaba haciendo?

George pasó por alto mis indicaciones y siguió hablando en ráfagas de excitación.

—Los basureros —dijo—. ¡Ellos la encontraron! ¡Cuándo levantaron el depósito sobre su camión para vaciarlo! ¡Está muerta! ¡Parece que la apuñalaron! ¡Ahora el lugar está lleno de policías!

—Espera un segundo, George, no cortes —lo mantuve en línea y llamé a Leonardo por el intercomunicador—. Leonardo, llama a Marisol y dile que vaya ya mismo a Optima. Dile que estacione en el garaje que hay del otro lado del callejón y que tome fotografías de la escena del crimen. Dile que se concentre en el arma, si la encuentran. Es un cuchillo.

Leonardo dijo que lo haría de inmediato y yo volví con George.

—Disculpa —le dije—. ¿Qué más sabes?

—Hoy vine a las nueve de la mañana a trabajar y vi que una tropa de automóviles de la policía se dirigía al callejón trasero. Yo estacioné en el sitio que tenemos reservado, como siempre, y luego fui a ver qué había ocurrido.

Ahora, George hablaba más lentamente. En su voz podía leerse una tristeza inesperada para mí. Nunca hubiera dicho que era un chico sentimental, y no creía que hubiera tenido demasiada amistad con la encargada de la limpieza.

—Elsa y Olivia ya estaban allí —dijo conteniendo un sollozo—. Y me contaron lo de Reina.

—¿Y ahora qué está ocurriendo?

—Nada —dijo—. La policía hace preguntas para ver si alguien sabe algo. Creo que el cuerpo de Reina sigue dentro del depósito de basura. No estoy seguro, en verdad. No he vuelto a ir allí; tal vez ya se lo hayan llevado.

—Está bien, George —le dije—. No te preocupes por eso.

—¿Piensas que esto tiene que ver con Alonso y con el otro crimen? —preguntó—. Este es el segundo cadáver del mes. ¿Piensas que hay alguna conexión?

George había pasado del desconsuelo a la ansiedad en menos de un minuto. Seguramente había leído demasiadas novelas de Agatha Christie, de esas en que cada uno de los protagonistas es sospechoso en algún momento. Pero yo no podía asegurar que no hubiera una relación entre ambos crímenes. Y últimamente no había leído demasiado.

—No lo sé, George. No pienses demasiado en ello —dije con firmeza—. Ya pasará. No te preocupes.

Colgué con suavidad. ¿Qué motivo podría tener una persona para asesinar a la encargada de la limpieza? Había una explicación muy simple: ella trabajaba en una joyería. Tal vez, había interrumpido un robo, o alguien la había atacado para entrar a la tienda. Esperaba que la policía hubiera establecido el momento y el lugar de la muerte. Tenía que salir de inmediato para allá, pero antes tenía que hablar con Tommy.

—¿Qué hay de nuevo, querida? —la voz de Tommy retumbaba en su teléfono inalámbrico. Su actitud chispeante era demasiado para mí en la mañana.

—Otro cadáver, mi amor —dije—. En un depósito de basura detrás de Optima.

—Ajá. ¿Alguien conocido? —Tommy parecía inmutable. Debí haber sabido que era necesario algo más que un simple cadáver para llamar su atención.

—Reina Sotolongo, la encargada de la limpieza.

—¿Y el asesino? ¿Lo conocemos? —para mi sorpresa, Tommy rió entre dientes—. Bueno, sabemos que no fue Alonso. Está en la Stockade, bien a resguardo en su celda.

—Muy gracioso —dije—. Tengo muy poca información por ahora. Fue encontrada hace una hora y aparentemente fue apuñalada. En este momento estoy saliendo para allí. Pensé que tal vez te gustaría saberlo.

—Gracias —dijo. Seguramente una sonrisa se había dibujado en sus labios—. ¿Quieres que cenemos esta noche? Sólo tú y yo...

—Está bien. Te llamaré cuando vuelva de Optima.

Colgué, cogí mis cosas y abrí la puerta.

Fui a Miracle Mile a toda velocidad, batiendo por sesenta largos segundos mi propio récord de once minutos. Si no hubiera sido por algunas zonas escolares, habría logrado una marca de una sola cifra.

Creo que la única ley que no he infringido nunca es la no detenerme en las zonas escolares.

Entré al estacionamiento que había en el callejón detrás de Optima y tuve que dar una vuelta entera al edificio de tres pisos antes de localizar el Buick de Marisol, que estaba parqueado en una zona ilegal, detrás de una columna y junto al ascensor del tercer piso. Un diligente funcionario de Coral Gables ya le había puesto una multa. Yo gruñí, porque a la larga tendría que pagar la falta con mi propio dinero. Estacioné junto a su auto, salí y comencé a buscarla con la mirada. Quince minutos más tarde me rendí y la llamé al celular.

—¿Se puede saber dónde diablos estás? Hace un cuarto de hora que te estoy buscando y empieza a hacer calor.

—¿Intentaste en el techo? —me preguntó, ignorando mis quejas—. Ven, sube.

Encontré la escalera que conducía a la terraza y subí, tapándome la nariz cuando me invadió un fuerte olor a orina. Cuando llegué arriba oí el llamado de Marisol, desde un lugar que parecía estar lejos.

El sol golpeaba fuerte, y me cegó cuando emergí de las escaleras. Usando una mano como visera, miré el techo, que se extendía a lo largo de media cuadra.

—¿Hace mucho que no te revisas los lentes de contacto? —preguntó con sorna mi detective predilecta.

Finalmente, la vi. Estaba acostada en el rincón más lejano, apretando una cámara de vídeo contra su rostro. Parte de su cuerpo sobresalía sobre el vacío, y sus codos descansaban sobre la canaleta. No parecía una posición muy segura.

Caminando inclinada, llegué hasta ella y me acosté en el piso para no ser vista desde abajo.

—¿Conseguiste algo? —pregunté, conteniendo la respiración y mirando hacia abajo. Tengo miedo de las alturas. Lo último que deseaba era pasar una mañana acostada en el borde de una terraza sin barandas.

Marisol, en cambio, giró sobre sí como si estuviera tomando sol en la arena de una playa de Miami.

—Hallaron el arma —dijo—. Un cuchillo, en el depósito de basura. Tomé una fotografía con el zoom.

La cámara distorsionaba su voz y tuve que pensar unos segundos antes de entender lo que había dicho.

—¿Y el cadáver? —No parecía haber nada allí abajo que se pareciera a un cuerpo.

—Se lo llevaron poco antes de que tú llegaras —dijo Marisol—. Los especialistas sólo estuvieron aquí un rato. Ya se fueron, igual que la mayoría de los policías. Pareciera que este caso no tiene demasiada prioridad para ellos.

—¿Pudiste ver a Reina Sotolongo antes de que se la llevaran?

Marisol hizo una mueca.

—No fue una visión agradable —dijo—. La parte frontal de su cuerpo estaba cubierta de sangre. Al parecer, la apuñalaron en el pecho. Ya verás. Tengo muchísimas fotografías.

Me incliné sobre el borde, rogando para que el cemento fuera sólido y que los constructores hubieran respetado los códigos de construcción. Inclinación familiar: mi padre era dueño de una constructora. Había oído demasiadas veces a Papi contar la mala calidad de los materiales utilizados para construir muchos edificios nuevos.

Sólo se veían dos automóviles de la policía.

—Bueno, supongo que esto se acabó —dije.

Al parecer, Marisol había decidido que ya había filmado lo suficiente. Se puso de espaldas, se arrastró hasta un lugar donde no podía ser vista y se sentó.

—Vi dos hombres de traje. Policías de la división de homicidios, sin duda —dijo—. Golpearon todas las puertas traseras de las tiendas que dan al callejón.

Imitando su técnica, me uní a ella y la ayudé a recoger sus equipos.

—En un par de horas tendré las fotografías —dijo—. Yo misma las revelaré.

Levantando la cabeza a manera de despedida, se puso de pie y comenzó a caminar hacia la salida. Dio unos pasos, se dio vuelta y me dijo:

—También filmé los automóviles que estaban estacionados en el callejón. Investigaré los números de las placas, sólo para asegurarme. Y también para poder facturarte un poco más.

Me tiró un beso desde lejos y desapareció. Yo esperé unos minutos y bajé lentamente las escaleras. A estas alturas, me parecía que era demasiada coincidencia que Reina hubiera sido asesinada en el mismo lugar que Gustavo Gastón. Y eso que, como ya dije, no soy una gran lectora de novelas policiales. Pero, de alguna manera, las dos muertes tenían que estar conectadas.

Cuando llegué a la planta baja, caminé hasta el frente de Optima Jewelers. Había dos policías allí, interrogando a Olivia Ramírez. George y Elsa estaban en la parte trasera. A Silvia Romero no se la veía por ningún lado. Tampoco a Isabel, pero eso no me sorprendió. Supuse que los policías irían más tarde a interrogarla a su casa.

George me vio y comenzó a saludarme, pero yo sacudí fríamente mi cabeza y seguí de largo. No tenía sentido entrar; los policías querrían hablar conmigo y yo tendría que explicar quién era. Más tarde hablaría con los empleados de Optima, y me enteraría por ellos de lo que la policía sabía. Mi experiencia me decía que a los detectives policiales no les gusta que interrumpan sus entrevistas, y no tenía sentido antagonizar con ellos.

No conocía a los dos policías. Debían de ser nuevos. La relación entre policías y detectives privados suele ser conflictiva; es uno de los pocos aspectos en que los programas de televisión no se equivocan.

No tenía demasiado sentido que me quedara por allí. Caminé hasta el Mercedes y volví a la agencia. Había muchas cosas en qué pensar, entre ellas donde cenar con Tommy esa noche.

En Miami, las posibilidades siempre son infinitas.

26

Poco después estaba en mi escritorio, releyendo los informes del caso Arango, cuando Marisol entró a la oficina sin tocar la puerta.

—Creo que esto puede interesarte —dijo.

En lugar de dirigirse a la ventana, o de acurrucarse contra un rincón, se había sentado en la silla que había frente a mí. Supe que este iba a ser un encuentro fructífero; jamás había elegido antes un asiento convencional.

Me alcanzó dos sobres de manila. El más grande llevaba escrita la leyenda «frágiles». El segundo no tenía ninguna marca. Comencé a abrir el primero, pero Marisol me interrumpió, impaciente.

—No, no, abre el más pequeño.

Yo fruncí el ceño, algo irritada, pero le hice caso. Adentro había una hoja impresa con números de placas.

—Hacia la mitad de la lista —dijo Marisol—. ¿Recuerdas que te dije que había filmado los autos estacionados en el callejón? Allí los tienes. Mira con atención.

En medio de la página había un número que correspondía a un Toyota blanco, modelo 1993. Su dueño era Primerísimo Rent-A-Car. Mierda.

Abrí el segundo sobre y examiné los primeros planos cortos del cuchillo hallado en el depósito de basura junto al cadáver de Reina Sotolongo. A primera vista, parecía un cuchillo de cocina ensangrentado. No había nada particularmente excepcional en él, y sería extraordinariamente difícil averiguar de dónde había salido. Por supuesto, antes había que establecer que en efecto era el cuchillo utilizado para asesinar a la pobre señora, pero esto si era probable. A estas alturas, la policía debía estar investigando las huellas. Y yo sabía que no iban a encontrar ninguna. Hubiera sido demasiado fácil. Y nada en este caso era fácil.

Por el momento, mi plan consistía en mostrarle las fotografías del cuchillo a Alonso padre, para que me dijera si se le parecía al arma que, según él, había llevado Gustavo Gastón. En su testimonio policial, había dicho que parecía un simple cuchillo de cocina. Pero, por el momento, era difícil concentrarse en los utensilios culinarios. Primerísimo Rent-A-Car ocupaba el lugar más importante en mi mente.

Le di las gracias a Marisol, acepté la cuantiosa factura que me entregó y la acompañé a la salida. Tomé las Páginas Amarillas. Había trece páginas de agencias de alquiler de automóviles. Miami era una ciudad turística, repleta de autos alquilados en las calles. Pero ver dos autos en la misma semana que correspondieran a la misma pequeña agencia era demasiada coincidencia. Anoté la dirección y me preparé para salir. Cuando pasé por la cocina, oí que Marisol y Leonardo estaban embarcados en una intensa discusión acerca de los beneficios nutricionales del alpiste, o algo por el estilo. Sacudiendo la cabeza, le dije a mi primo que iba a estar fuera un par de horas.

Al llegar a la zona del aeropuerto, me tomó un tiempo encontrar Primerísimo. El aviso decía que estaban en la ruta del aeropuerto, pero no era exactamente así. Estaban en una calle lateral, a media cuadra de la principal. Supongo que dirían que estaban en la ruta principal, puesto que había un angosto callejón junto a su lote que conducía a ella. Pero sin duda, a cualquier turista recién llegado a la ciudad le hubiera resultado difícil encontrarlos.

Cuando llegué al parqueo, pensé que Hertz y Avis no tenían nada que temer. Sólo había seis autos, dos de los cuales tenían números de placas que me sonaban conocidos: eran un Ford azul oscuro, el que me había seguido camino al apartamento de Gustavo Gastón, y el Toyota blanco que Marisol había detectado esa mañana en la parte trasera de Optima Jewelers. Por si acaso, tomé nota de las otras cuatro chapas.

La oficina estaba en un *trailer*, al final de un terreno irregular. A través de las grandes ventanas del frente vi que sólo había una persona atendiendo. Al acercarme, vi que era un hombre joven que fumaba un cigarrillo y leía la revista *Motor Trend*. El lugar no bullía precisamente de actividad.

Dije una oración en silencio y entré. En este tipo de situaciones, no hay segunda oportunidad. Mi única esperanza era que el joven no escuchara atentamente ni pensara demasiado en lo que yo iba a decirle.

—¿Cómo estás? —le dije, sonriéndole mientras me acercaba al mostrador.

—Bien, ¿y tú? —dijo. Bingo. El muchacho me devolvió la sonrisa, mostrándome sus dientes algo manchados con nicotina. Lo que se dice un joven encantador—. ¿En qué te puedo ayudar?

Puse un codo en el mostrador y lo miré a los ojos.

—Soy una buena samaritana, ¿sabes?

—¿De verdad? —la *Motor Trend* cayó al piso.

—¿Ves esto? —dije mostrándole unas llaves que colgaban de un aro de cobre. Sus ojos se movieron al ritmo de las llaves, como si el pobre muchacho estuviera hipnotizado.

—Sí, claro que las veo —el joven desvió la mirada hasta toparse con mi pecho. Hay oportunidades en que mi trabajo me resulta odioso—. ¿Qué hay con ellas?

—Las encontré en un parqueo de Coral Gables hace una semana. El martes pasado —dije sonriendo con aire inocente. Esto era humillante—. Se le cayeron del bolsillo de la chaqueta a un tipo que se subió al Toyota blanco que está allá afuera. Corrí hacia él pero se fue antes de que lo alcanzara.

El empleado se rascó la cabeza y me preguntó desconcertado.

—No entiendo. ¿Cómo supiste que era uno de nuestros automóviles?

Era una buena pregunta. Por ley, los autos de alquiler en la Florida no pueden llevar una identificación que los señale como tales. Todo el mundo sabe muy bien cuál es la causa de esa ley: demasiados delincuentes se han aprovechado de los turistas desorientados a la salida del aeropuerto. Los ladrones esperaban afuera de las agencias a que los visitantes se subieran a los automóviles y luego los seguían y les robaban. Esto hizo disminuir el turismo, y los legisladores quisieron revertir la tendencia. No podían evitar que los delincuentes esperaran afuera de las agencias de alquiler, pero al menos podían asegurarse de que no hubiera *stickers* ni placas identificatorias, como la delatora «Z» que iba en las placas de los autos de alquiler.

—Bueno —dije, inclinándome hacia él con una mirada pícara—. Tengo una amiga que sale con un policía. Sabía que él podía rastrear al dueño del automóvil si yo le daba el número de la patente. Lo vi en la televisión.

El chico sonrió ante mi inteligencia.

—¡Guau!

Yo le mostré mi mejor sonrisa.

—Memoricé el número. Tengo buena memoria para los números. ¡Y aquí estoy!

El empleado asintió.

—Muchas gracias —dijo con voz más grave—. Tienes razón, eres una buena samaritana. Revisaré los registros y veré que el dueño recupere las llaves.

Esta era la parte que yo más temía. Sabía que las agencias de alquiler jamás daban el nombre de sus clientes. La mayoría de las empresas era muy estrictas con eso, pero confiaba en que una firma tan pequeña como Primerísimo podía ser más flexible con las reglas.

—Me gustaría darle yo misma las llaves —dije haciendo un puchero—. Parecen importantes; seguramente son llaves de una casa o de una oficina.

Siempre guardaba en mi escritorio varios juegos de llaves como este. La mayoría de la gente le da un valor especial a las llaves, y está dispuesta a hacer cosas que normalmente no haría para devolverlas. Todo el mundo sabe que reponer las llaves es engorroso, y siempre que el objeto perdido no tenga valor monetario para aquel que lo encuentra, la gente hace todo lo posible por devolverlo.

—Se supone que no podemos entregar esa clase de información —dijo, como si todo lo que deseara en el mundo fuera precisamente darme esa información—. Si mi jefe se enterara de que le dije algo, sin dudas me despediría.

Otra vez volví a la carga con mis labios.

—¡Pero y todo lo que hice para buscar a este señor! Rastreé el número de la placa, vine hasta aquí. ¿Y ahora me vas a impedir que le devuelva las llaves? —lo miré tan intensamente a los ojos que, el muchacho los desvió nervioso—. Y ese pobre hombre debe estar como loco preguntándose dónde las perdió.

—Bueno, veamos quién alquiló el Toyota ese jueves —dijo—. Tal vez fue alguien de fuera de la ciudad y en ese caso tendré que enviarle las llaves por correo.

El chico estaba aflojando. Le sonreí dulcemente y esperé mientras buscaba el dato en la computadora. Pasaron varios minutos. Parecía imposible que se demorara tanto para buscar un dato tan simple; especialmente teniendo en cuenta que Primerísimo no podía tener más de doce automóviles. Entonces comprendí: mi amiguito ya había encontrado quién había alquilado el automóvil, y ahora estaba haciendo tiempo mientras decidía si me entregaba o no la información.

—¿Ya encontraste quién lo alquiló? —pregunté, intentando que no se notara mi ansiedad.

Cuando me incliné hacia delante para intentar ver la pantalla, él la corrió levemente, y yo no pude ver nada.

—Eres muy linda —me dijo—. ¿Tienes novio?

—No por el momento —dije apretando los dientes. Unos centímetros más y hubiera podido ver la pantalla.

Finalmente, el muchacho fue al grano.

—Estee... y... ¿te gustaría salir conmigo?

Me estaba preguntando cuándo se atrevería.

—¡Me encantaría! —faltó poco para que gritara—. ¿Te gusta ir a las discos de South Beach?

Faltaba poco. Un centímetro más, o algo así, y podría leer el nombre del tipo.

—¡Sí, South Beach! —sus ojos brillaban—. ¿Qué te parece mañana a la noche?

—¡Excelente! —me incliné todavía un poco más; el nombre del tipo casi estaba ya en mi campo de visión.

Dios debió haber visto la escena y quiso ayudarme. Mi nuevo amigo, excitado, golpeó sin intención el monitor haciéndolo guiar hacia mí. Era lo que yo necesitaba.

Faltó poco para que se me escapara un grito cuando leí el apellido de la persona que había alquilado el Toyota: Arango. Pero en ese mismo instante, la suerte me abandonó. Oí que la puerta se abría detrás de mí, y el empleado volvió rápidamente el monitor a su lugar. Sentí deseos de llorar.

—¡Señor Pascual! —exclamó efusivamente mi amigo—. Señorita, éste es mi jefe, el señor Pascual.

Yo sonreí sin ganas. Mi oportunidad de ver quién era exactamente la persona que había alquilado ambos autos se había esfumado. Tenía el apellido Arango, pero me sentía desorientada. Flirtear con un pequeñuelo en el mostrador de una agencia de alquiler de cuarta categoría no parecía la mejor manera de encontrar respuestas.

—La dama está interesada en alquilar un automóvil por una semana —explicó el empleado, con voz insegura. El señor Pascual sospechaba algo, era evidente. No parecía un jefe complaciente con los intentos de seducción en horario de trabajo.

Sentí cierta simpatía por el pobre muchacho. Esto podría costarle el empleo, y no le sería fácil encontrar otro en el que le pagaran por leer la *Motor Trend*. Era hora de irse de allí: ya no había nada interesante a mi alcance en ese lugar. Efusivamente, le di las gracias al muchacho y le dije que llamaría para confirmar el alquiler, ignorando olímpicamente el papel que me había pasado solicitándome mi número de teléfono.

Llamé a Marisol en cuanto volví a mi agencia y le pedí que vigilara en los próximos días la entrada de Primerísimo. Le pedí fotografías de todo aquel que entrara o saliera del lugar.

Sin dudas, el empleado llamaría a un Arango —yo no sabía a cuál—, para decirle que una mujer había dejado en la agencia las llaves perdidas. Había sólo tres sospechosos, porque el cuarto estaba bien a resguardo en la Stockade. También Isabel estaba descartada, porque Marisol me había dicho sin dudar que mi perseguidor era un hombre. Quienquiera que fuera, lo cierto era que las llaves no eran suyas, y yo sabía que su curiosidad lo impulsaría a ir a recogerlas personalmente. Al utilizar las llaves como carnada, me había colocado a mí misma en una posición riesgosa, porque la persona que viniera por ellas obtendría seguramente una completa descripción de mi persona.

Lo cual creaba una situación de empate. Muy pronto yo sabría cuál de los hermanos Arango me había seguido. Y él también se enteraría de que yo lo sabía en cuanto Primerísimo lo llamara para decirle que yo había devuelto las llaves.

Los rayos del sol vespertino penetraban en diagonal las persianas de mi oficina. Cerré los ojos y respiré el aroma de las flores que venía de fuera, escuchando el cloqueo y los chillidos de los pájaros. Todavía no sabía con precisión qué era lo que Margarita me había querido decir el día que murió.

27

Entre mordidas al exquisito filet mignon, anuncié:

—Tommy, este caso es un desastre completo.

Estábamos sentados en el salón trasero de Christy's, el venerable restaurante de carnes de Coral Gables, a sólo dos cuadras de Optima Jewelers, escenario ahora de dos asesinatos.

Yo ya había despachado una colorida ensalada César, media flauta de pan casero con abundante mantequilla y una cesta de papitas fritas. Iba ya por mi tercera copa de Merlot, y estaba en plena lucha con el filet mignon. Para decirlo en otras palabras, me sentía reconciliada con el mundo.

Tommy decía siempre que le encantaba invitarme a cenar, aun cuando no pudiera decirse que salir conmigo fuera precisamente barato. Decía que yo era una oleada de vida comparada con las modelos huesudas a las que él estaba acostumbrado, que pedían como plato principal una hoja de lechuga con tres gotas de vinagre. ¿Qué podía decir yo? Dios me había bendecido con un metabolismo saludable.

—Dime exactamente cómo van las cosas —dijo Tommy, sirviendo más vino en nuestras copas—. Tengo tus informes, pero quiero que me lo expliques personalmente.

Le hice un resumen del caso Arango. Primero estaba Silvia Romero, que me había dicho que no conocía a Gustavo Gastón cuando en realidad había tenido una hija con él. Luego le hablé de Isabel Arango, y de la posibilidad grisácea (aunque ahora yo la veía en blanco y negro) de que hubiera conocido a Gustavo Gastón en el hogar de tránsito de Cayo Hueso. Y por último le conté mi embarazosa e insólita excursión a Primerísimo Rent-A-Car.

En fin, toda una historia. Podría haberla escrito para venderla como película de la semana. De todos modos, el caso tenía más cabos sueltos que patas un ciempiés. A Tommy le llamó mucho la atención la presencia de Silvia Romero en el apartamento de Gastón el día antes de la muerte de éste, y la pelea que ambos habían tenido. Se quedó pensativo, y yo aproveché para contarle de la relación de Margarita con Alonso hijo.

Tommy no dijo nada. Mejor para mí; no tenía la menor intención de hablar de ello. Mientras me encargaba de un pastel de zanahoria de ocho centímetros de alto, le di los detalles de la muerte de Reina Sotolongo.

Tommy me escuchaba, mirando su copa de vino sin decir nada. Habíamos trabajado juntos durante años, y yo sabía que él respetaba mis métodos. Siempre me había autorizado a operar a mi manera. Confiaba en mí, y basaba casi completamente sus estrategias judiciales en mis investigaciones.

Sin embargo, esta vez parecía que todo lo que estaba haciendo yo era descubrir datos ambiguos. En lugar de entregarle un todo acabado y coherente, mi trabajo parecía contribuir a la confusión. Yo no esperaba que Tommy se enojara o se sintiera decepcionado con mi informe. Pero había un hecho importante que él no olvidaba en ningún momento: mientras yo investigaba por toda la ciudad, su cliente estaba en la cárcel.

—No me gusta nada esto de que haya gente siguiéndote —dijo finalmente—. Me preocupa.

—No soy una niña —dije—. Ya me encargué de ello.

—De acuerdo a tus fuentes —preguntó Tommy, hablando lentamente—, ¿la policía sospecha de la posible relación entre los crímenes de Reina y Gastón?

—Mi contacto en el Departamento de Policía de Coral Gables me dice que, por el momento, están investigando separadamente cada asesinato —dije—. Pero no olvides que ellos saben que tienen encerrado al asesino de Gastón. Si unificaran ambas investigaciones, tendrían que reabrir la causa de Gastón.

—Es verdad —dijo Tommy con un gruñido.

—A menos que encuentren algún dato que relacione ambas muertes, supondrán que sólo fue una coincidencia desafortunada —continué—. Reina estaba limpiando una tienda, vino un ladrón y la sorprendió. La alarma estaba apagada, como siempre que ella estaba allí. Según la policía, fue sólo mala suerte.

—¿Y tú que piensas?

—No me convence —dije—. Creo que Reina fue asesinada porque sabía algo.

Tommy había dejado unos restos de su mousse de chocolate, y yo me acerqué hacia él buscando el postre con mi cuchara. Mi jefe me miró sonriendo.

—¿Dónde diablos te entra toda esa comida, Lupe? —preguntó, bebiendo un sorbo de su café—. Tu capacidad de ingestión nunca deja de sorprenderme.

Yo me encogí de hombros.

—Una máquina de gran potencia requiere mucho combustible.

—¿Y Margarita? —preguntó Tommy, como si no me hubiera oído—. Por lo que tú me has contado, no era una mujer de aventuras. Supongo que si yo estuviera casado con un imbécil como su marido también me buscaría un amante. ¡Alonso hijo! ¡Imagínate!

Mi expresión debe haber cambiado muy rotundamente, porque Tommy cambió rápidamente de tema.

—Cuéntame cuál era exactamente su relación con los Arango —me pidió—. No recuerdo exactamente qué fue lo que me contaste al respecto.

Tommy sabía de la llamada que Margarita me había hecho el día de su muerte, porque yo se lo había contado, pero prefirió no mencionarla.

—Por un lado, ella mantenía el *affaire* con Junior —dije—. Pero además decoró la casa de Isabel y Alonso padre. Supongo que conoció a todos los integrantes de la familia.

—A algunos más que a otros —dijo Tommy. Yo no pude evitar sonreír—. Pero mantén las dos cuentas separadas, ¿está bien? Lo de Margarita lo investigas por tu cuenta, a menos que puedas establecer alguna conexión con las otras muertes.

—Por supuesto —dije—. De lo de Margarita me hago cargo yo. Pero te diré que estoy comenzando a tener pesadillas con este caso. Continuamente ocurren cosas nuevas, y hasta ahora he hallado más preguntas que respuestas.

Tommy me dio un beso en la mejilla.

—Tengo fe en ti —dijo—. Tú misma encontrarás una manera de resolver este rompecabezas. No sólo por mí... sino por Margarita.

Tommy sabía cómo estimularme.

—De todos modos, tú nunca me has decepcionado —agregó con un guiño—. Y además de ser la mejor detective de la ciudad, eres muy hermosa.

Era incorregible. Pero volver a escuchar que confiaba en mí me ponía contenta, porque yo sentía que estaba tanteando a ciegas la salida de un laberinto. Tommy tenía una cualidad que siempre templaba mi ánimo: nada lo sorprendía. Si yo le aseguraba que su cliente era un horripilante asesino en serie, él se ponía a trabajar de inmediato en los detalles técnicos de la defensa. Había un montón de gente a la que él no les caía bien, pero de todas formas conservaban su número telefónico por si alguna vez se veían en problemas.

Terminamos la cena, inmersos en la atmósfera del lugar y de los Courvoisiers. Christy's tenía paredes rojo oscuras, cómodas sillas de cuero, pequeñas lámparas individuales en cada mesa y viejos grabados en las paredes. Parecía un club de hombres que se hubiera visto obligado a admitir a las mujeres. Me encantaba.

—Tengo otra pregunta que hacerte —dijo Tommy mientras se masajeaba el mentón—. ¿En tu opinión hay alguien en Miami que no haya conocido a Gustavo Gastón?

—Hasta donde yo sé, no, nadie —dije sonriendo.

—Cuéntame más de Margarita —me pidió con seriedad.

—Es duro para mí —dije—. Me gano la vida descubriendo los secretos ajenos y no fui capaz de adivinar que mi mejor amiga tenía un amante. Deberían revocar mi licencia de detective.

—No te tortures por ello —dijo Tommy—. Lo que me preocupa es que Fernando Godoy tenga alguna relación contigo. Debe ser el abogado que más quejas ha cosechado en la historia de esta profesión en Miami. Es una vergüenza para el gremio.

Bebí un sorbo de agua para no reírme en su cara. El muerto se reía del degollado. Mi amigo no era exactamente uno de los pilares morales del mundo legal, y si esa era su opinión de Godoy, entonces el tipo debía ser una verdadera lacra.

—No se me ocurre otro motivo para que Godoy me hiciera seguir, que lo haya hecho a pedido de Rodrigo —dije—. Yo nunca me crucé con él, ni el terreno personal ni en lo profesional. De hecho, la primera vez que oí su nombre fue de labios de Rodrigo en el Versalles, cuando me contó lo de su demanda. Fue cuando me dijo lo del bebé, y en ese momento me dio la sensación de que él creía que él era el padre.

Tommy miró su reloj y le pidió la cuenta al camarero.

—¿Vienes a mi casa esta noche? —preguntó en tono casual.

—Coño, Tommy —dije yo—. ¿Crees que Rodrigo me hizo seguir para ver si yo lo llevaba hasta el padre del bebé de Margarita?

Tommy estaba ocupado firmando el recibo de la American Express.

—¿Qué dices?

—¡Sí! ¡Claro! —faltó poco para que gritara—. Rodrigo quiere hacerse millonario a costillas del embarazo de Margarita. Él sabía que el bebé no era suyo, pero yo supuse que su estrategia iba a ser mantenerse callado y esperar a que la suerte le sonriera.

Tomé el brazo de Tommy.

—Pero tal vez le haya confesado todo a Godoy. Y de todos modos harán lo que esté en sus manos para asegurarse el dinero. ¡Nunca debí haberle dicho que sabía lo del bebé! ¿Cómo pude ser tan estúpida?

Me golpeé la cabeza, disgustada.

—Según las leyes del estado de Florida, se presume que un niño concebido mientras las dos partes están casadas es hijo del marido. —Ahora, Tommy estaba concentrado en mí, y hablaba lentamente mientras absorbía lo que yo le había dicho—. No sé mucho de derecho de familia, pero eso sí lo sé.

—No sé con certeza cuánto tiempo me ha hecho seguir —dije—. Supongo que, por ahora, Alonso hijo está a salvo. Aunque me hayan visto con él, lo natural sería pensar que nos reunimos para hablar acerca de su padre. Pero si descubren que Alonso era el amante de Margarita, su vida puede estar en peligro. Godoy y Rodrigo esperan obtener varios millones con esto. Sólo por una suma enorme alguien estaría dispuesto a matar a todo aquel que se interponga en el camino. Si Alonso decide reclamar la paternidad y logra probarla, el sueño de Rodrigo se esfuma. Un jurado no va a simpatizar demasiado con una mujer adúltera embarazada de su amante. Y adiós millones.

Salimos juntos del restaurante. Yo había considerado la posibilidad de pasar la noche con Tommy, pero ahora estaba demasiado alterada. Esto se estaba poniendo peligroso, y yo me había paseado alegremente de aquí para allá sin ver lo obvio.

Me abracé a Tommy.

—¿Dejas la invitación abierta para otra oportunidad?

—Para cuando quieras —me contestó—. Sabes bien que eres la dueña de mi corazón.

Pero Tommy no me iba a dejar partir tan fácilmente. Me besó intensamente, intentando de manera sutil que yo cambiara de idea.

—Escucha —le dije al oído—. Acabo de decidir algo. Voy a entrar mañana por la noche a Optima Jewelers. Sé que encontraré allí alguna respuesta.

Tommy se echó hacia atrás.

—No me lo digas —susurró—. No quiero ni enterarme. Y por el amor de Dios, ten cuidado.

Atravesamos el Bulevar Ponce de León y caminamos en dirección a mi auto que había parqueado a dos cuadras del restaurante.

No me sorprendió su reacción antes mi repentina decisión. Como abogado, estaba obligado a poner distancia frente a cualquier tipo de acto ilegal.

Todo giraba en torno a aquella tienda. Por lo que había oído, tanto de la policía como de los empleados de Optima, Reina Sotolongo había sido golpeada en el interior de la tienda, luego arrastrada afuera, apuñalada y arrojada al depósito de basura. No había manchas de sangre dentro de la tienda, y Reina tenía una herida producida por un objeto chato, de modo que esa era la teoría más plausible acerca de lo que había ocurrido. Podía haberle solicitado autorización a Isabel Arango para hacer una inspección del lugar, pero no podía confiar en ella. Ya estaba segura de que me había mentido cuando me dijo que no conocía a Gustavo Gastón. No me seducía particularmente la idea de ser cogida en una infracción tan grave como la de invadir una propiedad, y aunque muchos detectives estarían dispuestos a conseguir información de la manera que fuera, yo no era uno de ellos. Pero estaba convencida de que mis opciones eran cada vez más limitadas, y eso comenzaba a desesperarme.

Tommy guardó silencio mientras caminábamos; yo sabía que estaba siendo carcomido por sus propias dudas éticas. Cogí su mano y la apreté.

—¿Me sacarás libre si me agarran, verdad?

—Por supuesto. Ahora mismo iré a un cajero automático para sacar efectivo. Pero recuerda que últimamente me cuesta obtener la libertad para mis clientes. Alonso sigue en la cárcel, igual que un par de mis clientes narcos —Tommy sonrió amargamente—. Iba a proponerte si quieres venir a ver a Alonso esta semana. Claro que será más fácil concertar la cita si tú también estás encerrada allí.

—Muy gracioso. Sólo quiero que estés alerta.

Volví a besarlo.

Él respondió con pasión, como siempre.

—¡Qué diablos! —dije—. Vamos a tu apartamento. Si termino en la cárcel, al menos quiero tener algo grato para recordar.

No sabía a ciencia cierta qué era lo que me hacía sentir así. Sospeché que tal vez fuera algo de lo que había comido en Christy's. Las carnes rojas, quizás...

28

A la mañana siguiente estaba en mi escritorio dibujando un esquema del caso en mi libreta. Los hermanos Arango tenían su sección especial, que conducía a través de una línea de puntos rojos a Primerísimo-Rent-A-Car. Marisol seguía vigilando la agencia, pero yo necesitaba pasar a la acción. Llamé a Alonso hijo y le pedí otra entrevista. Quería borrarlo de la breve lista de sospechosos.

Mi pedido pareció confundirlo, pero de todos modos accedió a encontrarse conmigo de inmediato. Hice otra llamada, que yo sabía que me podía meter en problemas, y me fui. Alonso me estaba esperando en el ya familiar muelle detrás de AAA Lines.

—¿Cuánta gente conocía tu relación con Margarita? —le pregunté, mientras bebía un sorbo del café que había comprado en el camino.

Alonso no pareció sorprenderse por mi pregunta.

—No puedo asegurar que nadie lo haya sabido. —Alonso hizo una pausa—. El que estuvo más cerca de descubrirnos fue mi hermano Mariano. Una vez apareció en mi apartamento sin avisar; venía a traerme unas plantas de su vivero. Cuando entraba por el pasillo vio salir a Margarita, a quien conocía por su trabajo en casa.

—¿Y qué dijo? —pregunté.

—La llamó y la saludó —explicó Alonso—. Ella le dijo que estaba mostrándome unas muestras de alfombras para el yate de un cliente mío.

—¿Piensas que Mariano le creyó?

—Por supuesto. Bueno, uno nunca puede estar del todo seguro de una cosa así —Alonso frunció el ceño—. ¿Por qué me preguntas esto?

No me agradaba en lo más mínimo crearle preocupaciones al pobre hombre. Pero yo confiaba instintivamente en él, y lo más justo era que supiera lo que estaba pasando. Además, para mí era una deuda de honor con Margarita cuidar a su amante.

—Ya van dos veces que detecto que alguien me está siguiendo —dije—. ¿Recuerdas lo que te dije la otra vez acerca del juicio que va a iniciar Rodrigo?

Alonso se echó hacia atrás, como con miedo.

—Claro que lo recuerdo. Cada vez que pienso en ello siento deseos de vomitar.

—Una de las personas que me estaba siguiendo era un detective que trabaja para Fernando Godoy, el abogado de Rodrigo —Alonso no reaccionó—. En su momento no lo advertí, pero ahora me resulta obvio que Rodrigo y Godoy contrataron a este detective confiando en que yo los iba a guiar hasta el amante de Margarita y el verdadero padre de su hijo.

Caminamos en silencio hasta llegar al banco de piedra donde yo me había sentado en nuestro anterior encuentro. Sin contar un viento creciente, era el día por el que rogaban los integrantes de la Cámara de Comercio del sur de la Florida: un día perfecto. Había poca humedad, y el sol legaba todo su brillo por encima de unas pocas nubes espigadas. En silencio, nos dedicamos a observar a un velero que navegaba en la distancia.

—Margarita admiraba tus dotes de detective —dijo Alonso—. No te quepa duda de que voy a tomar muy seriamente todo lo que me digas. ¿Piensas que estoy en peligro?

—Es posible —respondí—. No quiero alarmarte, pero tú eres la única persona que puede ponerse en el camino del dinero de Rodrigo y del porcentaje que le correspondería a Godoy. No sé qué es lo que ambos son capaces de hacer.

Alonso miró hacia el agua. Si estaba asustado, no lo demostraba.

—Nuestras conversaciones, hasta ahora, son perfectamente normales. Es natural que necesite hablar contigo por el caso de tu padre. Pero puede que Godoy tenga otra información. ¿Estás seguro de que Mariano es la única persona que puede sospechar de tu relación con Margarita?

Alonso me miró fijamente.

—Éramos muy cuidadosos —dijo.

Estuve a punto de contarle que un Arango había alquilado el automóvil que me había estado siguiendo, pero me detuve a tiempo. Había una línea en mi mente que conectaba a Slattery, al Ford azul que me había escoltado hasta el apartamento de Gastón y al Toyota blanco estacionado en el callejón donde habían encontrado a Reina Sotolongo. Pero no había trazado esa línea con tinta en el esquema que tenía en mi escritorio. Prefería ocultar mi juego por ahora, incluso a Alonso.

—Tal vez estoy dándole rienda suelta a mi paranoia —dije, apoyando mi mano en el brazo de Alonso—. Pero ten cuidado, ¿sí?

Sentí el impulso de abrazarlo, pero mi mente me dijo que no era lo apropiado. Preferí dejarlo en la escollera, solo con sus pensamientos y sus recuerdos. Nada ni nadie podían consolarlo de la pérdida que había sufrido. Alonso sufría en secreto, y ahora sabía que su secreto también podía costarle la vida.

Además, yo no podía quedarme allí. Me esperaban algunas leyes por violar.

29

—¡Coño! —exclamé entre suspiros—. ¡Cojones!

Estaba sudando tanto por el calor del verano —aunque tal vez fuera por un terror que jamás admitiría estar sintiendo— que se me cayó la linterna. Y claro, fue a caer sobre mi pie, y a punto estuvo de romperme un cartílago. Rogué que mis tenis hubieran sido capaces de absorber todo el golpe, porque después del encuentro con Alonso hijo había tenido una sesión de pedicura. Si iba a dar con mis huesos en la cárcel, al menos que mis uñas estuvieran presentables.

Había pasado una hora y media desde que Bridget O'Leary y yo habíamos ingresado a Optima Jewelers. Primero habíamos abierto la cerradura y desactivado la alarma —dos de las especialidades de Bridget— y luego habíamos inspeccionado cada centímetro de la parte trasera de la tienda. Le había explicado a mi detective que estábamos buscando cualquier cosa fuera de lugar, cualquier irregularidad que nos dijera lo que mis testigos no podían o no querían decirme.

Bridget era mi socia en el delito esa noche. Su número telefónico no era uno que yo marcara con frecuencia. Su tarifa era prohibitiva, pero valía cada centavo de lo que cobraba. Bridget había sido una agente de la ATF, la Oficina Federal de Alcohol, Tabaco y Armas de Fuego. Había trabajado con ellos seis años, especializándose en trabajos clandestinos y en proyectos que bordeaban la ilegalidad (el tipo de proyectos en los que el gobierno niega estar involucrado). Finalmente se había cansado y había renunciado. Al comienzo de su nueva vida había intentado conseguir trabajos normales (secretaria de un cirujano, vendedora de cosméticos en una tienda, agente hipotecaria). Pero ninguno le había gustado.

Ahora, a los treinta años, después de dos de intentar una vida normal, se había rendido y les ofrecía discretamente sus servicios a los mismos abogados criminales a cuyos clientes había ayudado a llevar a la cárcel en los viejos tiempos. Yo no la conocía ni la entendía demasiado, pero siempre había sospechado que su mayor incentivo para trabajar era la emoción del riesgo. En mi agenda sólo había anotado sus iniciales.

Ese mismo día había ido más temprano a Optima para familiarizarse con el lugar. Entró a la tienda diciendo que estaba buscando un regalo de aniversario para su marido, y con su poder de persuasión logró que la dejaran pasar al baño que había en la parte trasera. Allí arribó a una conclusión rápida: el sistema de alarmas de Optima era tan anticuado que ya estaba fuera del mercado. Con su viejo equipo de la ATF pudimos entrar a la tienda en cuestión de minutos. Ni siquiera la traba de seguridad de la puerta fue un problema para ella.

—Por aquí —me dijo Bridget.

Mientras yo inspeccionaba la oficina de Silvia Romero, Bridget hacía lo propio con la de Alonso. Nada extraño había saltado a la vista, y muy pronto tendríamos que irnos. Sólo quedaban tres áreas por examinar: la sala abierta donde Gastón había recibido los disparos, el baño y el cuarto de limpieza donde Reina guardaba sus cosas.

Bridget volvió a susurrar algo y yo giré mi linterna, iluminando su rostro. Su cabello rojo brilló en la oscuridad, y sus ojos verdes parecían los de un venado atrapado en la luz de un automóvil.

—¡Podrías apuntar esa linterna de mierda hacia el piso! —siseó enojada.

Yo me acaricié el dedo lastimado y luego me uní a ella, en el cuarto de limpieza. Tuve que hacer a un lado media docena de trapeadores y escobas para llegar hasta donde ella estaba reclinada.

—Aquí —dijo—. Toca esto.

Bridget me tomó la mano y la pasó por una grieta apenas discernible en la pared del cuartito que daba a la parte trasera de la tienda.

Yo pasé la luz de la linterna por la hendidura, que tenía cinco centímetros de ancho e iba desde el piso hasta una altura de aproximadamente un metro. Bridget me atrajo con rudeza hacia el interior del clóset, cerró la puerta y encendió la luz.

—Tiene que haber una abertura en algún lado. —Comenzó a tantear la pared—. Aquí, debajo de esta alfombra. Aquí es.

Para mi sorpresa, Bridget comenzó a tirar de un largo panel hasta que éste quedó inclinado hacia arriba. La muchacha se apartó, dándome el espacio necesario para que yo intentara introducirme en la angosta abertura. Bridget era una mujer muy alta, que pasaba el metro ochenta de estatura. No había discusión acerca de quién era la mejor candidata para intentar introducirse allí.

Aunque no quería que Bridget lo supiera, era la primera vez que allanaba una propiedad. Es verdad que había ido a lugares a los que no debí haber ido, pero nunca había llegado tan lejos. Anticipándome a la situación, me había pasado el día alternando entre Pepto-Bismol y Kaopectate. Seguramente iba a pasar un mes con estreñimiento; bueno, si iba a parar a la cárcel eso sería una bendición.

No podía dejar que Bridget supiera que arrastrarme en la oscuridad me daba miedo; era una cuestión de orgullo profesional. Seguí adelante y apunté mi linterna a las paredes. Una vez que avancé un poco pude caminar agachada —aunque no era cómoda, podía tolerar esa posición—. Esperaba encontrar otra pared frente a mí, pero no fue así. Comprendí que ese sector corría paralelo a la pared trasera y llegaba hasta ella.

Apunté el haz de la linterna hacia delante, y todavía no podía descubrir el final del pasaje. Aun cuando el cosquilleo que sentía en mi estómago delataba la enorme ansiedad que me obligaba a ir hacia allí, por otro lado no quería correr el riesgo de ser atrapada.

Lentamente y en silencio, di la vuelta y volví a salir. Bridget estaba allí esperando en calma, tanto que parecía aburrida.

—¿Y bien? —susurró—. ¿Encontraste lo que estabas buscando?

—Creo que sí —dije. Una gota de sudor recorrió mi cuello y cayó luego hacia mi espalda—. Vámonos de aquí.

Hicimos una rápida inspección para asegurarnos de que los empleados de Optima no supieran que la tienda había albergado esa noche a unos huéspedes desconocidos. Cuando, media hora más tarde, Bridget y yo nos separamos en un parqueo a una cuadra de allí, el cielo nocturno comenzaba a iluminarse levemente hacia el este.

—Pasaré mañana a dejarte mi factura —dijo, acomodando sus cosas en el baúl de su automóvil, un Lincoln Continental confiscado a un traficante de armas—. En efectivo, por supuesto.

—Por supuesto —le dije mientras nos estrechábamos la mano.

Cuando entré al Mercedes, sentí un olor extraño que provenía de las suelas de mis tenis. Me los quité y los coloqué en el asiento del acompañante. Quería echarles una ojeada, pero más que eso quería irme de allí para evitar que un policía me preguntara qué diablos estaba haciendo en ese lugar a esa hora.

Mientras conducía en medias, pensé que Alonso debería saber que necesitaba un nuevo sistema de seguridad. Si me hubieran hecho una lobotomía, se lo habría dicho. Pero era preferible que se lo dijera a Tommy, un experto en deslizar comentarios inadvertidamente en una conversación.

Ya estaba amaneciendo cuando estacioné mi auto en el garaje. Tan pronto ingresé al ascensor, pude finalmente echarles un vistazo a mis tenis. Eran azules, de tela, y era fácil distinguir qué era el fino polvo gris que las cubría.

30

Acostada en el sofá de mi oficina en sombras, yo me preguntaba qué diablos hacer ahora. Cada vez que investigaba algún cabo suelto aparecían otros tres. Era como intentar cortarle una cabeza a Hidra. Había comenzado investigando un caso; a los sumo dos, si contaba mi búsqueda de lo que verdaderamente había ocurrido con Margarita. Pero ahora me sentía en medio de varios casos al mismo tiempo, que estaba lejos de poder seguir con toda mi atención.

Esto sin mencionar mi dilema ético: había mezclado dos casos, moral y financieramente. Era difícil distinguir en qué momento estaba trabajando para uno y en qué momento lo hacía para otro; pero intentaba conservar un registro para sentirme bien con mi conciencia cuando llegara el momento de presentar la factura. El caso Arango se enroscaba como una serpiente, como ningún otro caso que yo recordara. Decidí seguir trabajando, y resolver mi dilema ético cuando tuviera todas las respuestas.

Esa mañana había intentado justificar el gasto que significaba mantener a Marisol vigilando en la puerta de Primerísimo-Rent-A-Car, pero no lo había logrado. Habían pasado unos días y no se había acercado a la agencia de alquiler nadie parecido siquiera remotamente a alguno de los hermanos Arango.

Había una carpeta en mi escritorio que contenía los rollos de fotografías tomadas por Marisol. Junto a ella estaba la lupa que yo utilizaba para inspeccionarlas. Y junto a la lupa, el frasco de aspirinas utilizado para frenar el terrible dolor de cabeza que me había provocado esa tarea inútil. Luego de enviarle un mensaje al bíper, recordé que Marisol tenía una cita esa noche, y que probablemente no me respondería. Entonces la llamé a su casa y le dejé un mensaje en el contestador, ordenándole que abandonara la guardia. Sin dudas, Marisol estaría agradecida. Ella amaba la acción, y la ruta polvorienta del aeropuerto no le ofrecía ninguna.

Estaba quemando el dinero de Alonso padre a una velocidad alarmante, y lo único que tenía para mostrar era un montón de preguntas acerca de algunos personajes secundarios de esta historia. Sabía que la clave estaba en las mujeres, Silvia e Isabel, pero no tenía idea de cómo aproximarme a ellas. Por el momento, había dejado de lado mi investigación sobre Silvia. Una posibilidad era que Alonso, como amante de Silvia, hubiera asesinado a Gustavo, el padre de la hija de Silvia, por celos. Yo estaba buscando la verdad, pero también estaba trabajando para Tommy. Tenía que probar otros caminos antes de tomar uno que me llevara a comprobar la culpabilidad de su cliente.

Me incorporé, un poco mareada. De la oficina de Leonardo llegaba la alegre vibración de su licuadora.

No iba a resolver nada quedándome allí sentada. Me senté en la silla de mi escritorio, abrí la carpeta que contenía todos los informes del caso e hice dos llamadas breves. Si los jóvenes Arango habían decidido no ir a Primerísimo, entonces yo iba a ir hacia ellos.

Best Plants, el vivero de Mariano, quedaba en la Calle 144 del South West, y yo ya lo conocía: hasta allí había seguido diez días antes a Alonso hijo. Estaba ubicado en un terreno angosto, y era una especie de laberinto con cobertores de tela y dos invernaderos.

Mariano había respondido con amabilidad a mi llamada. Cuando entré a la oficina, donde también se vendían semillas y herramientas de jardinería, fui saludada por una joven sonriente vestida con un overol.

—Tú debes ser Lupe —me dijo. Se limpió las manos con un trapo y extendió una de ellas hacia mí. Cuando nos estrechamos las manos, un rizo de su largo cabello negro se salió de su prolija cola de caballo—. Mariano me dijo que venías. Yo soy María Miranda, la socia de Mariano.

—Me encanta el lugar, te felicito —le dije. La flor de la semana eran las margaritas.

—Gracias —dijo María, sonrojándose. No tenía más de veintidós o veintitrés años, y parecía aún más joven.

—¡Lupe Solano! —Mariano salió de la oficina trasera; dejó unos papeles sobre el mostrador y vino hacia mí envuelto en una gran sonrisa. Todo allí era sonrisas. Pero Mariano, al igual que su madre, era capaz de sonreír sólo con la boca—. Bienvenida a nuestro pequeño negocio —dijo con tono condescendiente—. ¿Pudiste llegar sin problemas?

—Sí, gracias.

Me condujo a una gran oficina soleada que había más allá del área de recepción, agradeciéndole a María no supe bien por qué motivo. Parecía estar haciendo todos los esfuerzos para mostrarse agradable.

—¿Deseas algo para beber? —preguntó—. ¿Té, café, agua mineral?

Igual que en nuestro primer encuentro, la parte inferior de su tatuaje asomaba por debajo de la manga de su camisa. Yo seguía sin descifrar qué representaba ese dibujo.

—No, gracias —dije.

Mariano señaló un cómodo sillón ubicado frente a un escritorio cubierto de papeles y hasta de algunas bolsas con tierra para materos.

—Discúlpame el desorden —dijo, sentándose del otro lado del escritorio—. María y yo compartimos la oficina, y siempre discutimos acerca de quién es más desordenado.

—Está bien —dije—. Te agradezco que hayas aceptado reunirte tan rápido conmigo.

Mariano asintió, como aceptando que me había hecho un gran favor.

—¿Cómo va tu investigación? —le pregunté—. Ya van a hacer seis semanas que mi padre está encerrado en la Stockade.

Un golpe bajo, pero no totalmente injustificado.

—Tengo muchas pistas —dije con sinceridad—. Supongo que te habrás enterado de lo que le ocurrió a Reina Sotolongo.

—Sí. Apenas la conocía, pero realmente me puso triste —Mariano ofreció una mueca rígida—. ¿La policía sabe quién la mató?

—Hasta donde sé, ha sido tratado como un intento de robo con homicidio —dije—. No creo que la policía tenga demasiados elementos.

—¿Puedo hacerte una pregunta? —dijo Mariano, inclinándose hacia delante y mirándome fijamente—. ¿Para qué me has pedido esta entrevista? Entiéndeme bien, no es que me moleste. Pero la otra vez te dije todo lo que sabía.

—Lo sé —dije, poniéndome más a la defensiva de lo que hubiera querido—. Pero en mi trabajo he aprendido que a veces una persona cree haberlo dicho todo pero se equivoca.

Mariano sacudió la cabeza.

—No te entiendo.

—Bueno, déjame que te explique —dije, cruzando las piernas porque su mirada había bajado hasta mis muslos. La actitud de cooperación de Mariano parecía haber disminuido—. Hace unos años hablé con una mujer a la que habían asaltado en su propio apartamento —dije. Esto le llamó la atención—. Vivía en un edificio de tres pisos, en el piso superior. El delincuente, enmascarado, la había atacado por atrás, la había violado, la había dejado inconsciente y luego la había encerrado en un clóset mientras se llevaba los objetos valiosos. Ella logró librarse y llamó a la policía, y cuando ésta le tomó testimonio, la mujer dijo que había estado trabajando toda la noche en la mesa del comedor, sin levantarse una sola vez. Nadie entendía cómo podía ser que el atacante hubiera logrado ingresar al lugar sin que ella oyera nada.

Mariano me escuchaba atentamente.

—¿Y qué había ocurrido?

—Ella se había levantado una vez —dije—. Poco después de sentarse, había ido a prepararse té. El detective de la policía vio la tetera sobre la mesa, vio que estaba vacía y también que contenía cinco o seis tazas de té. Cuando le dijo esto a la víctima, ella recordó que se había levantado una vez más para ir al baño. Fue en ese momento que el asaltante ingresó por la ventana. El ruido que hizo fue tapado por el que provocó ella al tirar la cadena. Esto reducía las posibilidades en cuanto a la hora en que había ingresado el asaltante. Resultó que alguien había visto a un hombre rondando la escalera de incendios a esa hora. El violador vivía en el mismo edificio, y la policía nunca lo hubiera hallado si el detective no hubiera hecho las preguntas adecuadas.

—¿Y no hubieran sabido qué preguntar si no hubieran seguido hablando con la mujer? —sugirió Mariano.

—Exactamente. A veces sabemos más de lo que creemos.

Mariano se rió suavemente.

—Buena historia —dijo. Su condescendencia comenzaba a irritarme—. Pero me temo que yo no soy como esa mujer. No estaba allí cuando mi padre mató al balsero en defensa propia. No sé nada de lo que ocurrió.

—¿De modo que la primera vez que supiste de la existencia de Gustavo Gastón fue después de su muerte?

—Así es.

—¿Y alguien en tu familia lo conocía?

Mariano entrecerró los ojos.

—¿Por qué me preguntas eso? ¿Qué motivo habría para que lo conociéramos?

—Ninguno en particular —dije—. Pero me provoca curiosidad el que este hombre haya terminado siendo un ladronzuelo. En Cuba era un arquitecto exitoso. Antes de venir a Estados Unidos ganó varios premios. No tenía antecedentes criminales; ni siquiera había en su historial infracciones de tránsito —miré fijamente a Mariano—. Tal vez tú puedas ayudarme. ¿Por qué podría un hombre como éste intentar robar una joyería con un cuchillo?

Mientras yo hablaba, Mariano había comenzado a balancearse en su silla después de levantar las dos patas delanteras. Parecía aburrido. Y no daba la impresión de que quisiera prolongar demasiado la entrevista.

Después de esperar en vano su respuesta, dije:

—¿De modo que ningún integrante de tu familia conocía a Gastón? ¿Y los empleados de Optima?

—¿Por qué habrían de conocerlo ellos?

—¿Tienes alguna idea del motivo por el cual fue asesinada Reina Sotolongo?

Sus ojos se abrieron con expresión ingenua; no pude determinar si había o no un componente de falsedad en su reacción.

—La policía dice que fue un robo —dijo—. No veo ninguna razón para cuestionar eso. La mujer estaba sola en la tienda, lo cual no debería haber ocurrido, pero eso le dio a la persona que la mató la oportunidad de ingresar.

—¿Tu padre tiene algún enemigo?

Mariano comenzó a balancearse con mayor energía; se aferró al borde del escritorio para mantener el equilibrio.

—Mi padre es querido y respetado por todo el mundo —dijo con voz monótona.

Dicho esto se puso de pie, caminó alrededor de la mesa y luego se apoyó sobre ella. Su rostro estaba tan cerca del mío que podía oler su aliento a dentífrico.

—Mira, no sé adonde quieres llegar —dijo—. Este tipo quería dinero fácil, pero eligió el lugar equivocado. Y eso fue todo.

Era obvio que las cosas me estaban resultando difíciles. Mariano seguía comportándose con amabilidad, pero cuanto más hablábamos, con mayor nitidez asomaba un enojo oculto. Yo no sabía cómo interpretar su irritación, pero si mi padre hubiera estado preso, yo habría sentido lo mismo.

Mariano se echó hacia atrás.

—¿Te ha servido de algo hablar conmigo? —preguntó—. Lamento que esto no haya funcionado de la misma manera que en la historia de la mujer violada.

Ahora, el más joven de los Arango mostró una sonrisa falsa, con la cual quería hacerme saber que se estaba burlando de mí. La conversación, al menos para él, había terminado. Caminamos juntos hasta la sala de recepción, donde María estaba vendiéndole una bolsa de semillas a una anciana.

Mientras yo caminaba hacia mi automóvil, Mariano se quedó de pie en la puerta.

—Por favor, si necesitas alguna otra cosa no dudes en llamarme —dijo con énfasis poco creíble. Finalmente se despidió agitando la mano. Mientras abría mi Mercedes, lamenté no haber podido estudiar más atentamente su tatuaje.

En cuanto arranqué, llamé a Ernesto desde el teléfono del automóvil (esa mañana, Leonardo me había dejado un reporte de gastos en el que recomendaba que recortara mis gastos en teléfono celular que yo había arrojado a la basura). Ernesto sonó molesto e irritado por mi segunda llamada del día. Pero accedió a encontrarse conmigo.

Manejé a alta velocidad por la U.S.1, todavía algo extrañada por el curso de mi conversación con Mariano. En nuestro primer encuentro, me había dado toda la impresión de que Mariano intentaba seducirme. Supuse que sus hermanos le habían indicado que no era conveniente hacerse el galán con la mujer encargada de liberar a su padre de la acusación de homicidio que pendía sobre él. Esta vez se había mostrado amable, pero a la vez parecía como si yo lo irritara. Esto podía significar varias cosas; quizás, el Arango que figuraba en los registros de Primerísimo era él; pero quizás el muchacho era un misógino a quien lo tenía sin cuidado mostrarse amigable con una mujer con quien no iba a intentar acostarse.

Ernesto me había dado la dirección del garaje de su oficina del *downtown*, y le había dado mi nombre al guardia que había en el lobby del edificio. Minutos después apareció por el ascensor, portando una leve sonrisa. Estaba vestido con el mismo traje de tres piezas que había usado en nuestro primer encuentro (o bien uno tan parecido que yo no entendía para qué se había molestado en cambiarse).

Me saludó sin estrecharme la mano.

—En lugar de hablar en mi oficina, pensé en ir a almorzar a la cafetería de enfrente.

Sin esperar mi respuesta, apoyó su mano en mi espalda, empujándome hacia la salida. Cruzamos por el medio de la calle, esquivando los autos detenidos por el semáforo, y acelerando luego para evitar una camioneta que, en el último carril, pasaba a toda velocidad. Yo me pregunté si la cafetería valdría tomarse tantos riesgos.

Ernesto eligió un enorme cubículo junto a la ventana. Yo me deslicé dentro del banco, sintiendo el roce del tapizado plástico contra mis piernas desnudas. Finalmente logré acomodarme, rogando para que el resto de los comensales no confundiera los ruidos que mi trasero había producido al arrastrarse. Cuando pude recuperar mi dignidad, Ernesto ya estaba hundido en un menú laminado.

Tras echar un rápido vistazo, llegué a la conclusión de que el lugar no merecía que yo arriesgara mi vida para llegar allí. Era un lugar olvidado por el tiempo; empezando por el calendario colgado en la pared, colocado en julio de 1984. Junto a la barra había doce tubos, a dos de los cuales les faltaban los asientos. El lugar íntegro estaba recubierto de plástico y vinil, lo cual le otorgaba cierto aire a nuevo, aun cuando la última remodelación se había producido seguramente una década antes del último cambio de calendario.

La media docena de comensales tenían todo el aspecto de ser *homeless*; la mayoría de ellos bebían café rodeados de bolsas de plástico y carritos de metal. Era difícil imaginar que Ernesto fuera cliente habitual de este lugar; y ése era probablemente el punto. Sin duda, me había traído a esta pocilga para asegurarse de que no sería visto conmigo por ningún conocido. La pregunta que yo me hacía era por qué esa discreción era tan importante para él.

Me absorbí en mi mantelito de papel, donde podía verse un mapa de Cuba hecho con trazos infantiles.

—Pide lo que quieras, yo invito —dijo Ernesto—. Todos los platos son muy sabrosos.

Llamó a la camarera mientras yo intentaba descifrar mi menú, borroso ya por el uso. Cinco minutos después, Ernesto seguía llamándola. Yo miré por sobre mi hombro; la anciana camarera, fumando sentada en el otro extremo del salón, no daba señales de habernos visto.

Finalmente levantó la vista.

—Sí, sí —dijo con voz trémula. Levantándose con un quejido, comenzó a caminar lentamente hacia donde estábamos nosotros. Cuanto más se acercaba, más vieja parecía. Con gran dificultad, extrajo una libreta de las profundidades de su uniforme rosá. Como tardaba en encontrar su bolígrafo, yo le tendí el mío.

—Un sándwich de atún y un té helado, por favor —dije. Me había parecido la elección más segura, aunque la posible fecha de vencimiento de la mayonesa me hiciera dudar.

—Que sean dos —dijo Ernesto. Con cierta alarma, vi que la camarera anotaba en su libreta sólo el número «2». Luego se arrastró en dirección a la cocina, hablando sola en voz baja y llevándose consigo mi bolígrafo.

—¿En qué puedo ayudarte? —dijo entonces Ernesto. Sentí que entraba en otra dimensión, porque la cafetería y la calidad del servicio no parecían perturbarlo. Era extraño que un alto empleado bancario conservador quisiera arriesgar su estómago en un lugar como ése.

—He hablado con cada uno de tus hermanos acerca del caso de tu padre —dije. Sonreí y lo miré a los ojos, como si fuese a determinar a partir de su reacción si había sido él quien había alquilado el automóvil en Primerísimo. Pero no pude detectar nada.

—Me gustaría ayudarte, pero no puedo —dijo—. Sólo sé lo que ya te conté. Haría cualquier cosa por ayudar a mi padre, pero no hay nada más que te pueda decir.

Los tés acababan de llegar a nuestra mesa, y Ernesto bebió un sorbo del suyo. Estuve a punto de narrarle la historia que le había contado a Mariano, pero preferí no hacerlo. No quería que luego compararan mis cuentas y se rieran de mí. Además, aunque la historia me había funcionado otras veces, no había provocado ningún efecto sobre el más joven de los Arango.

—¿No tenías conocimiento alguno del muerto hasta que se produjo el incidente?

Ernesto le agregó azúcar a su té.

—La primera vez que lo vi fue en la tienda —dijo—. Cuando estaba muerto en el piso.

—¿Cuál es la razón por la que se le pudo haber ocurrido asaltar la tienda de tu padre a punta de cuchillo un sábado a la mañana, con el lugar lleno de empleados?

Ernesto sacudió la cabeza lentamente. Su camisa blanca estaba tan limpia que reflejaba los rayos del sol que entraban a través de la ventana.

—No tengo la menor idea —dijo—. Fue un acto muy estúpido. Y el tipo lo pagó con su vida.

—¿Algún integrante de tu familia conocía a Gustavo Gastón?

—No, ¿por qué iban a conocerlo? —Ernesto parecía ligeramente ofendido—. Era un balsero pobre. No era el tipo de persona con la que solemos tener relaciones sociales.

—No es algo que resulte tan claro —dije amablemente—. En Cuba, Gastón era un arquitecto exitoso. Había ganado varios premios.

Ernesto rió con malicia.

—Eso no significa nada. ¡¡Premios comunistas?! —luego bajó la voz, pero su exabrupto me había sorprendido—. Esos premios no tienen ningún valor en un país libre. Todo el mundo sabe que los ganadores son elegidos por razones políticas y no por su talento. Siempre ganan los miembros del partido.

Gracias a Dios, la camarera apareció en nuestra mesa e interrumpió la conversación. Llevaba la bandeja en una sola mano, y los dos platos se golpeaban uno contra otro. Antes de que cayeran al piso, Ernesto y yo extendimos las manos para tomarlos. Cuando coloqué el plato sobre la mesa, me sorprendí muchísimo.

—Me considero un experto en sandwiches —anunció Ernesto con grandilocuencia—. Pero los de este lugar son los mejores.

Yo no sólo era experta en sándwiches, sino que era experta en sandwiches de atún. Y el que tenía frente a mí era el mejor presentado, el más aromático y el más tentador que había visto nunca. Sobre el pan perfectamente tostado se arracimaban trozos de atún fragante. Debajo de esto había una capa de lechuga con forma de concha marina. De una hoja de col violeta pendía un montecillo de zanahoria gratinada. Me reproché el haber juzgado el lugar por su apariencia, pero ¿quién hubiera podido adivinarlo?

El sándwich era tan sabroso como su apariencia lo indicaba. Aunque no pudiera averiguar nada en mi segundo encuentro con Ernesto, al menos había hallado el sándwich de atún de mis sueños. Ernesto, sin dudas, pensaba lo mismo que yo, porque se hundió en el sándwich como si estuviera famélico.

En diez minutos dimos cuenta de nuestros respectivos sandwiches. Satisfechos, nos echamos hacia atrás. Por primera vez en mi vida, no me importaba tener aliento a atún. Terminé mi té mientras pensaba que se había roto el hielo entre Ernesto y yo. Pero estaba equivocada.

Ernesto se limpió la boca con su servilleta.

—¿Se te ofrece alguna otra cosa? —dijo—. Creo que ni siquiera era necesario este encuentro cara a cara. No quiero decirte cómo tienes que hacer tu trabajo, pero creo que en lugar de entrevistar una y otra vez a mi familia deberías dedicarte a buscar otras pistas.

Dicho esto, sonrió apretando los labios, en un gesto que no lo favorecía. No había mucho que yo pudiera decir, porque básicamente Ernesto tenía razón. A menos que fuera él quien había alquilado los automóviles.

Sin esperar a que trajeran la cuenta, Ernesto dejó veinte dólares sobre la mesa. Se puso de pie y me miró. Con la mayor dignidad posible, yo también me levanté. Por fortuna, al salir de la silla no produje los embarazosos sonidos que había hecho al entrar.

—Gracias por el almuerzo. Éste es sin dudas, el mejor sándwich de atún que me he comido en mi vida —dije con sinceridad.

—De nada —dijo Ernesto, algo más amigable. Juntos repetimos el riesgoso cruce de calle que habíamos efectuado al venir, y Ernesto me dejó parada frente a su edificio.

Antes de desaparecer, se volvió para gritarme:

—¡Prueba el de jamón y queso! ¡La perfección misma! —dijo juntando los dedos y llevándoselos a la boca.

¿Quién era yo para criticar los pequeños gustos de un banquero? Era realmente un sándwich del carajo.

Busqué mi automóvil en el sótano y lo encendí, dejando que el aire acondicionado me acariciara el rostro. Me había encontrado con los dos hermanos Arango, los había mirado fijamente a los ojos y no había sacado nada de ello. Mi legendaria intuición me había fallado esta vez. No podía decir cuál de los dos estaba mintiendo.

31

Iba conduciendo lentamente alrededor del la alcaldía de Coral Gables, buscando un lugar para aparcar. Nada, coño. Hice una vuelta en u ilegal y volví hacia atrás, rogando que milagrosamente hubiera aparecido un lugar en el mismo sector por donde yo había pasado hacía un minuto. Sabía que esto no era muy astuto de mi parte: durante el día, las calles estaban repletas de policías. Pero no estaba dispuesta a aceptar mi fracaso y dejar el automóvil en el parqueo municipal, donde me vería obligada a caminar una cuadra. Nadie camina en Miami, a menos que le hayan robado su auto. Si ves una persona caminando, o es turista o no tiene otra cosa que hacer.

Ignorando el chirrido estridente de unos neumáticos detrás de mí, atravesé bruscamente cuatro carriles y en ese momento vi que un hombre corpulento que cargaba varios sobres entraba a un automóvil oficial de la ciudad. Lo que se dice un golpe de suerte. Detuve el Mercedes a unos centímetros de su defensa trasera, para evitar que nadie me quitara el lugar. Cuando vi que el burócrata luchaba con el volante para evitar tocarme, sentí compasión por él. En cuanto se fue, estacioné, retoqué mi maquillaje en el espejo retrovisor (uno nunca sabe con quién puede toparse en el Ayuntamiento) y bajé del Mercedes.

Puse algunas monedas en el parquímetro. La alcaldía de Coral Gables está en Biltmore Way, al extremo sur de Miracle Mile, donde se cruzan cuatro calles. Desde allí podía ver la fachada de Optima Jewlers, a dos cuadras de donde yo estaba.

El Ayuntamiento en sí es majestuoso, aun cuando tiene sólo tres pisos. Está construido con roca de coral, en estilo español colonial, con techos altos, arcos y jardines que evocan épocas menos frenéticas. Cuando era niña, yo solía ir allí con Papi, que iba a tramitar los permisos municipales.

En lugar de tomar el ascensor, decidí subir por las escaleras. En el primer piso había un mural de Denman Fink que mostraba una escena submarina donde predominaban el azul y el verde, y donde podían verse lánguidos peces tropicales y algas marinas. Era un paisaje que me llenaba de paz; de niña, solía fantasear con excursiones submarinas en las que nadaba junto a mis amigos los peces.

También vi la serie de retratos de los alcaldes de Coral Gables, comenzando en 1925 y finalizando en 1993. Tal vez sea demasiado sensible, pero no pude evitar sentir un escalofrío al ver que las veintiuna personas retratadas eran blancas, y que sólo una era mujer. La diversidad de orígenes de la población de la ciudad debería verse reflejada allí, pensé. El alcalde actual, finalmente, era cubano, pero su retrato no había llegado aún a la pared principal. Estaba a un costado, y no se lo veía de inmediato. Supuse que sería una simple torpeza y no el signo de algo más siniestro. Ese es el problema de ser detective privada; siempre estoy buscando motivos ocultos detrás de la situaciones más inocentes.

Subí los escalones de dos en dos hasta el tercer piso, donde estaba el Departamento de Edificación y Planos. Me detuve al llegar para observar otro mural, una visión idealizada de Coral Gables firmada por un tal John St. John. Había allí evocadas imágenes de lugares llamados «The City Beautiful» y «Miami Riviera». Supongo que nadie le había pedido a Gustavo Gastón o a Reina Sotolongo que hicieran su contribución.

Una vez dentro de la oficina, presenté el poder de representante legal de Alonso Arango y solicité copias del plano de Optima Jewelers. No había dudas de que el documento me autorizaba a solicitar los planos, pero el empleado revisó cada milímetro del papel, como si estuviera buscando alguna razón para no entregármelos.

Demoraron media hora en buscar los planos y fotocopiarlos, y yo dediqué ese tiempo a observar el flujo de la vida callejera en Miracle Mile a través de la ventana. Después de verificar que me habían entregado los planos correctos, pagué el impuesto correspondiente y bajé por las escaleras.

La curiosidad me embargó. En lugar de esperar a llegar a la agencia, desenrollé los papeles mientras caminaba hacia mi auto. Le agradecí al Cielo que Papi fuese un constructor, y que de niñas nos hubiera enseñado a mí y a mis hermanas a comprender los planos. Seguramente, él consideraba que nuestra educación estaría incompleta si no lográbamos aprender a construir una casa desde cero, lo que cualquiera de nosotros era capaz de hacer.

Concentrada en los planos, me apoyé en la puerta cerrada de mi auto. Mientras con una mano desactivaba la alarma, coloqué con la otra los planos sobre el techo.

Entonces vi el juego de llaves sobre el techo del auto. Sentí que mis rodillas temblaban. Era el mismo juego que le había dejado al empleado de Primerísimo.

Intenté respirar con normalidad. Busqué mis propias llaves en mi cartera, pero no logré evitar el temblor delator de mis manos. Alguien me estaba siguiendo. Bueno, eso ya lo sabía. Pero ahora querían que yo lo supiera.

Estaba segura de que la persona que había colocado las llaves sobre el techo me estaba observando en ese mismo momento. Cogí las llaves, abrí la puerta, me introduje en el Mercedes y encendí el motor. En lo que a mí me parecieron unos pocos segundos, estaba otra vez en Coconut Gove, entrando con rapidez a la agencia.

—¿Qué hay de nuevo, Lupe? —preguntó Leonardo mientras yo me dirigía hacia mi oficina. Yo lo saludé con un gesto. Lo último que quería era contarle a alguien, aunque fuera mi primo, lo que acaba de ocurrir. Todavía no me había recompuesto. Con la cartera colgando de mi hombro y las llaves en la mano, envié un mensaje urgente al bíper de Marisol. Mientras esperaba su respuesta me quedé allí, golpeando el piso con un pie. Ella sólo tardó un minuto en llamarme.

—¿Qué ocurre, Lupe? —Marisol sonaba preocupada; un mensaje que sólo contuviera los números «911» podía provocar esa reacción en la gente—. ¿Estás bien?

—Por ahora, sí —respondí—. ¿Escucha, sigues vigilando la entrada de Primerísimo?

—No, la abandoné ayer —dijo irritada—. ¿No recuerdas que me dejaste un mensaje en el contestador? Ahora estoy con otro caso, un asunto doméstico.

—¡Carajo! —aterrada, me había olvidado de que le había pedido a Marisol que dejara el caso. Reparar en los gastos suele hacer que uno cometa errores.

—Lupe, tú me dijiste que lo dejara —dijo Marisol, todavía más sorprendida—. Tu mensaje fue muy claro y ese fue el motivo por el que acepté este nuevo caso. Necesito ganarme la vida, tú lo sabes.

—No es contigo, Marisol —expliqué—. Estoy enojada conmigo misma.

Lo que menos quería era que Marisol se resintiera conmigo. A veces, mi querida detective mostraba una sensibilidad extrema.

—Cuéntame, ¿qué pasa? —preguntó, ahora más amablemente—. ¿Por qué me enviaste el mensaje?

Le conté a Marisol lo que me había ocurrido. Su respuesta fue un largo silencio.

—¡Mierda! Ahora entiendo que estés tan enojada —dijo finalmente—. Y pensar que me pasé tres días en ese auto vigilando el lugar, sudando como un animal, con mis pulmones a punto de estallar. Y el tipo nunca apareció.

—Lo sé —dije—. Debe haber recogido las llaves después de que tu abandonaras la vigilancia.

—Escucha, Lupe. Es terrible pensar esto, ¿pero no me habrá visto? Tal vez me vio y esperó a que yo me fuera para ir a recoger las llaves.

Yo había pensado lo mismo.

—No lo sé, Marisol —susurré—. Ya no sé que pensar.

Yo sabía que, si Marisol había sido descubierta, era porque quien la había visto era una persona extremadamente astuta. Marisol era la mejor. Sentí que me invadía un terrible dolor de cabeza.

—¿Cómo pudo haberme visto? —dijo Marisol agitada—. ¡Te juro que no hay manera de que el tipo me haya descubierto!

—Marisol, yo no estoy poniendo en duda tu capacidad. Créeme. Tal vez fue sólo una coincidencia.

—No, no lo creo —Marisol era capaz de contradecirse de una frase a otra—. Creo que el tipo me descubrió.

Yo también estaba convencida ya de que era eso lo que había ocurrido. Pero no iba a dejar que una de mis mejores detectives se sintiera paranoica por culpa mía. Cuando un detective pierde confianza en su trabajo, nunca vuelve a ser el mismo.

—¿Qué hay de las últimas fotografías? —le pregunté para cambiar de tema—. ¿Ya están listas?

—Sí, te las llevaré en una hora. De todos modos, el caso que estoy investigando ya está casi listo. Es un infierno. ¡Nada menos que en Coral Gables!

Marisol colgó. No era necesario que me explicara su última frase. Coral Gables era el peor lugar de Miami para llevar a cabo una vigilancia. Yo lo sabía por experiencia propia. Había pocos lugares donde apostarse discretamente, había vecinos ruidosos, perros antipáticos, grandes mosquitos y árboles que tapaban la visión en todas las casas.

En cuanto terminé de hablar con Marisol, me dirigí hacia la recepción. Leonardo me esperaba con un vaso de plástico en la mano, que contenía una extraña sustancia amarilla.

—Mira —dijo—. Creo que esto es lo que necesitas. Es un jugo vitamínico a base de mango. Tiene proteínas, carbono y hasta gelatina para tus uñas.

—¡Ay, Leonardo! —dije con una mueca mientras tomaba el vaso—. Estamos en la mierda hasta el cuello.

Le conté los últimos acontecimientos del fiasco de Primerísimo.

Leonardo me escuchó con paciencia, aunque no se privó de hacer unos ejercicios de cabeza, haciendo crujir su cuello.

—¿Y qué vas a hacer ahora? El cliente no va a estar muy complacido si le entregas una gran factura sin ningún resultado.

Era doloroso escuchar cómo me señalaba mis recientes fracasos, pero al mismo tiempo resultaba agradable verlo preocupado por las finanzas de nuestra pequeña empresa.

—No lo sé —dije—. Quizá tengamos que pagar esos gastos de nuestro propio bolsillo.

Bebí un largo trago del jugo de mango, sintiendo un escalofrío al comprobar su gruesa consistencia. Pero no sabía mal. Pude imaginar con claridad la renovada fortaleza con que crecerían mis uñas.

—No me digas eso —Leonardo sacudió la cabeza con tristeza, como un niño al que acabaran de decirle que Santa Claus es un invento comercial.

Su gesto me resultó sospechoso.

—¿Qué ocurre? —le pregunté. Ya otras veces nos habíamos hecho cargo de nuestros errores. Y ése era uno de los motivos por los cuales Solano Investigations tenía tan buena reputación.

—Es que hay un nuevo aparato que quiero comprar —dijo Leonardo—. Lo vi en una revista. Es excelente para trabajar los glúteos. Esperaba... este... esperaba comprarlo con parte de los honorarios que le cobraríamos a Arango.

Leonardo se levantó, fue hacia el espejo y dio unas vueltas, observándose el trasero desde todos los ángulos. Había que admitir que tenía un hermoso trasero, especialmente si vestía, como en ese momento, un pantaloncito ajustado. Al fin y al cabo, era mi primo.

—¡Ya córtala con eso, Leonardo! —le ladré—. Puedes ejercitar los glúteos con los aparatos que tienes. Además, debes ser realista. Somos cubanos. Todos tenemos grandes traseros, por derecho de nacimiento. Hasta figura en nuestros pasaportes. Es una de las pocas cosas que Castro no nos pudo quitar.

El jugo de mango no estaba haciendo maravillas, precisamente. Mi dolor de cabeza iba en aumento. Ya no quería hablar más del trasero de nadie. Volví a mi oficina y cerré la puerta.

Me había afectado tanto el hallazgo del juego de llaves que no había examinado todavía con atención los planos. Cuando me senté y les eché una ojeada, comprobé lo que ya sospechaba. El pasadizo oculto que comenzaba en el cuarto de limpieza atravesaba toda la cuadra, por detrás de todas las tiendas que había en el largo edificio donde estaba Optima. Había tres puertas viejas, ahora en desuso, que daban acceso al pasadizo desde el callejón.

Había algunas notas en los planos. Aparentemente, en la fecha de construcción del edificio, 1927, el constructor necesitaba el pasadizo con el fin de poder acceder al falso techo donde había escondido toda la instalación eléctrica. La ventilación había sido un problema, por lo que había todo tipo de notas que detallaban la instalación de ventiladores de techo. Pero décadas más tarde, cuando se instaló el aire acondicionado, el pasadizo fue agrandado para respetar el nuevo código de edificación, que exigía que el acceso al techo fuera lo suficientemente espacioso como para que un trabajador pudiera pasar por allí sin dificultad. Unas notas escritas por algún burócrata décadas atrás indicaban que, en el momento de la remodelación, había sido necesario cerrar el pasaje para respetar los códigos.

Finalmente, tenía una respuesta de cómo el asesino de Reina podía haber entrado a Optima sin ser visto y sin dejar signos de haber forzado la entrada. Seguramente, el asesino (o la asesina) había entrado por una de las puertas cerradas del callejón y luego había salido por el cuarto de la limpieza. Yo estaba segura de que, si revisaba las puertas del callejón, una de ellas tendría signos de haber sido utilizada recientemente.

Por fin, tenía algo concreto para comenzar a trabajar, y también para llevarle a Tommy. Con suerte, éste era el momento en que las respuestas comenzarían a llegar.

En el momento en que terminé de escribir algunas notas sobre el tema, Leonardo me llamó por el intercomunicador. Fiel a su palabra, Marisol había tardado una hora en llegar. Cuando la recibí, mi nuevo descubrimiento había logrado ponerme de mejor humor.

—Aquí están las últimas fotografías —dijo, y me alcanzó un sobre de Eckerd's. Marisol tenía mal aspecto. Estaba pálida y tenía unas ojeras pronunciadas. Comenzaba a parecerse a Néstor.

—Hola —dije.

Revisé rápidamente las fotografías. En los últimos tres días me había convertido en una experta en la clientela de Primerísimo Rent-A-Car. Nunca acudía más de una docena de clientes por día, lo cual me hacía pensar que el alquiler de automóviles no era su única fuente de ingresos. Seguramente era la fachada de algún otro negocio, y si hubiera tenido tiempo y recursos habría investigado un poco de qué se trataba. Pero en este momento carecía de ambos.

—Nada —le dije a Marisol—. Ni rastros de los Arango.

—Turistas, la mayoría —dijo Marisol, casi con un quejido. Nunca la había visto tan maltrecha—. Es un milagro que sigan viniendo a Miami. Considerando todos los crímenes contra turistas que ha habido.

Se dejó caer en el sofá y adoptó una clásica postura de Néstor, con un brazo sobre sus ojos.

—¿Y ahora qué, Lupe? —dijo casi como dando su último suspiro.

Buena pregunta. Yo misma me la estaba formulando en ese momento. Allí afuera, había un sospechoso de asesinato que me estaba siguiendo.

—Te llamaré cuando lo sepa —dije—. Ahora ve a descansar. Un poco de sueño te hará bien.

Yo me puse de pie y la acompañé a la puerta. Se veía tan mal que, siguiendo un impulso, la abracé.

Marisol me miró azorada.

—¿Estás bien, Lupe? —preguntó—. Creo que Leonardo te está contagiando. Nunca te ha gustado el manoseo.

Era verdad. Tal vez fuera el miedo lo que me había ablandado.

—Estoy bien, no te preocupes —dije retrocediendo—. Te llamaré.

—¡Eso es lo que dicen los chicos! —gritó mientras se iba. Esa sí era la vieja Marisol.

La puerta había quedado entreabierta, y yo pude oír que Marisol se detenía para hablar con Leonardo. Rogué para que ella no le dijera que yo la había abrazado. No estaba de humor para que Leonardo viniera a felicitarme por dejar finalmente que mis sentimientos afloraran.

Me volví a sentar y tomé tres aspirinas acompañadas del jugo de mango ya tibio. Marisol había hecho una buena pregunta: ¿y ahora qué?

32

Necesitaba hablar con Tommy, pero antes quería resolver algunas cosas por mí misma. Sentía que tanto mi independencia como mi integridad profesional estaban en riesgo. Ni las llaves ni el nombre Arango en la pantalla del monitor de Primerísimo eran una conexión directa con Alonso padre.

Su secretaria me pasó la llamada.

—¿Tommy? ¿Tienes tiempo para que hablemos hoy?

—Siempre tengo tiempo para ti. Pero no en horario de trabajo. Hoy estoy muy ocupado. ¿Quieres ir a cenar?

—Puede ser —dije—. Pero sólo para hablar de trabajo.

—Reservaré una mesa en Christy's —dijo Tommy, riendo entre dientes.

—De ninguna manera —sentí que mis mejillas se ponían tan rojas como el filet mignon de Christy's—. Vamos a algún otro lado. A comer pescado, tal vez...

—Puedes pedir pescado en Christy's —dijo—. O pollo. Lo que tú quieras. ¿Prefieres que te pase a buscar o nos encontramos allí?

—No estoy segura —dije—. Yo te llamaré. Quiero verificar un par de cosas.

Hubo unos segundos de silencio. Luego, Tommy me preguntó:

—Lupe, ¿me estás queriendo decir algo? ¿Tiene que ver con el caso Arango?

—No específicamente —dije con voz débil.

—¿Qué ocurre? —preguntó Tommy—. ¿Algo te perturba? ¿Otra vez te han estado siguiendo?

—Más tarde te lo diré.

—Está bien —suspiró él. Tommy sabía que no servía de nada insistirme cuando yo no quería decir algo. Insistirme era la mejor manera de sellar mi boca—. Llámame cuando te hayas decidido. No tardes demasiado. Y levanta el ánimo. Suenas muy mal.

Claro que estaba desanimada. ¿Quién no lo hubiera estado en mi lugar? Sentía que este caso me estaba cercando. Figurativa y literalmente. Había comenzado a tomármelo de manera personal, lo cual quebraba mi regla básica.

Miré el reloj digital de mi escritorio y vi que eran cerca de las tres. Si tenía suerte y la compañía seguía existiendo, Leonora estaría en este momento en MMV Interiors. Marqué el número y dejé que repicara veinte veces antes de colgar. Bueno, por lo menos no estaba desconectado.

Luego llamé a Leonardo a través del intercomunicador.

—Hazme un favor —le dije—. En la agenda de la oficina creo que tengo anotado el teléfono de la casa de la secretaria de Margarita. Su nombre es Leonora. ¿Podrías buscarlo?

Unos minutos después Leonardo asomó la cabeza por la puerta y me alcanzó un pedazo de papel.

—Aquí lo tienes —dijo—. Lo encontré.

Le agradecí, tomé el papel, cogí el teléfono y advertí que Leonardo aún no se había retirado. No sólo eso, sino que además me miraba con expresión muy seria, lo cual significaba que lo que venía no era lo mejor.

Mi primo se sentó frente a mí.

—Lupe, tenemos que hablar. Estoy preocupado. No quiero que te sientas molesta, ni ponerte en un mal estado emocional, pero...

—Suéltalo, Leonardo —se lo veía dolido, por lo que agregué—: Vamos. Sabes bien que puedes hablar conmigo de cualquier cosa.

«¿Cuán malo podía ser?», pensé. «¿Una inversión en cristal armónico? ¿Fundar una religión alternativa usando nuestra licencia de detectives?»

Leonardo pareció aliviarse, y luego ajustó su controlador cardíaco.

—Lupe, tú sabes que el caso Arango es el único en el que has trabajado en las últimas semanas. Sé que me has pasado trabajos para que se los diera a otros detectives, pero el caso Arango es el único que podemos facturar.

Había algo en su tono que comenzaba a encender mis alarmas.

—¿Qué estás tratando de decirme?

—Que estamos perdiendo dinero —Leonardo tenía las manos dobladas sobre sus muslos y hablaba lentamente, como un niño pequeño en la oficina del director—. Necesitamos otros ingresos para equilibrar los gastos. Los gastos del próximo mes tendré que pagarlos con nuestros fondos de emergencia.

La idea me estremeció otra vez. Esto era peor de lo que había imaginado.

—¿Y qué hay de los casos cerrados que aún no hemos cobrado?

Comencé a morder mi lápiz. Y no quería llegar a mis uñas. Si lo que Leonardo me decía era cierto, tendría que suspender los gastos en manicura y pedicura de los próximos meses. Otra vez sentí un temblor. Era horrible siquiera pensar en ello.

—Ese es el problema —dijo Leonardo—. Enviamos las facturas hace treinta días, y han llegado sólo unos pocos cheques.

Leonardo estaba hundido en su silla, como si todo nuestro mundo estuviera hundiéndose. En efecto, estábamos tan cerca de la ruina absoluta como nunca lo habíamos estado. Aunque Papi me había dado dinero para comenzar con la agencia, ya hacía mucho tiempo que le había devuelto cada centavo, y nunca me había visto obligada a pedirle más dinero. Y no estaba dispuesta a volver a hacerlo. Era una cuestión de honor para mí. El pobre Leonardo se veía descorazonado. Yo no podía ser tan cruel como para preguntarle por el costo de las últimas adquisiciones del gimnasio.

—¿Quieres ver los números? —dijo en voz muy baja.

—No, te creo. Pero es una situación extraña. Nunca antes nos ocurrió algo así.

Leonardo se hundió todavía más; mirarlo dolía.

—¿Por qué no contratamos a un cobrador? —sugerí.

—Ya llamé a dos. Me dijeron que tenemos que esperar a que pasen más de treinta días del envío de las facturas. Además, no sé si es gente confiable; lo más probable es que después tengamos que contratar a otro cobrador para que les cobre a ellos.

—Tienes razón —admití. Esto era un desastre, pero era agradable ver que Leonardo había desarrollado cierto espíritu de negocios.

—Sólo quería que lo supieras —dijo Leonardo con un quejido, como si la conversación hubiera agotado sus reservas de voluntad—. El dinero es mi responsabilidad y por eso tengo también la responsabilidad de hacerte saber lo que está ocurriendo.

—Vamos, Leonardo, no te preocupes. Vamos a estar bien. No te tortures con esto, por favor.

No pareció escucharme, y siguió hablando con la voz quebrada.

—No iba a decirte nada, al menos no todavía. Pero no tuve otra opción cuando me dijiste que íbamos a tener que hacernos cargo de los tres días de vigilancia de Marisol.

—Lo sé, lo sé —dije sacudiendo la cabeza—. Asumo el error.

—Bueno, ahí tienes el número de Leonora —mientras se ponía de pie, Leonardo puso sus manos en las mías—. Sé que sigues afectada por lo de Margarita, aun cuando no hables de ello. Sé muy bien cuánto la amabas y cuánto la extrañas. Espero que sepas que si alguna vez quieres desahogarte conmigo, puedes hacerlo.

Mi querido primo Leonardo, con su cuerpo de *stripper* y su tierno corazón. Oprimí su mano.

—Gracias —le dije—. Te agradezco mucho, de verdad.

Leonardo se puso de pie. Yo miré el pedazo de papel, en el cual había escrito un número y luego un nombre: Leonora Muñoz. Qué extraño. Hacía años que la conocía, y nunca había sabido su apellido.

Leonardo estaba por cerrar la puerta de la oficina. Se lo veía aliviado después de haber confesado el motivo de su angustia. Ojalá mi conciencia funcionara de ese modo, pensé.

—¡No te preocupes!, chico. Siempre puedo trabajar en uno de esos servicios de acompañantes. Y tu también.

—Lupe, no creo que sea un buen momento para bromear.

—¡No es para tanto! No te lo tomes tan a pecho. Pronto terminaremos con este caso y volveremos a la máquina de hacer dinero. Ya verás.

Antes de terminar de decirlo, estaba otra vez sola en mi oficina. El comentario había sonado hueco y forzado, incluso para mí misma. Por suerte no le había dicho nada a Leonardo acerca de los gastos en aparatos de gimnasia; al fin y al cabo, los consideraba gastos de oficina, como las libretas y el papel de la impresora. El problema era que yo había dejado que mi obsesión con la muerte de mi amiga lo invadiera todo. Estaba trabajando en dos casos al mismo tiempo. Los gastos del caso de Margarita salían de mi bolsillo y yo no estaba produciendo ningún ingreso. Y lo peor era que no estaba resolviendo ninguno de los dos casos. Era la receta perfecta para hundir en la ruina a una agencia de detectives.

Leonora respondió a la sexta llamada. No parecía estar demasiado despierta. Tardó unos segundos en comprender quién era yo. Sus palabras sonaban arrastradas, y no me quedó duda de que había estado bebiendo.

—Leonora, habla Lupe, la amiga de Margarita —repetí. Hablaba con lentitud, enfatizando cada palabra.

—¡Lo sé! —exclamó, reconociéndome por fin—. ¿Cómo estás?

—Bien. Escúchame, ¿podremos vernos en algún momento? Quiero hablar contigo acerca de Margarita.

—Claro, Margarita —la voz de Leonora se convirtió en un misterioso murmullo—. Sí, claro. ¿Ahora mismo?

Mantener una conversación seria con alguien que había bebido grandes dosis de alcohol no era algo que disfrutara, pero esta había sido la mejor respuesta a una propuesta de entrevista que yo había tenido en varias semanas. En mi trabajo, la gente suele cambiar de opinión muy bruscamente acerca de la conveniencia de hablar conmigo.

—Excelente —dije—. Pasaré por allí en un rato.

—Espera, ¿no quieres que te dé mi dirección?

Bueno, tal vez no estuviera en tan mal estado como yo había pensado. No quise decirle que ya sabía dónde vivía, para que no se sintiera intimidada por el hecho de que la hubiera investigado un poco. Había averiguado su dirección en la guía Bresser's, donde puede buscarse a la gente a partir de su número telefónico.

—Por supuesto —dije—. Dime.

Leonora me dio la dirección que yo tenía. Era en la Avenida 37 y la Calle 14, en la Pequeña Habana.

Me subí de inmediato al Mercedes, y conduje a toda velocidad, combatiendo el tránsito de la hora pico y la inseguridad con respecto a lo que iba a decirle a la secretaria de Margarita. Éste último era un sentimiento al que estaba comenzando a acostumbrarme.

Encontrar la casa de Leonora era fácil. La mujer vivía en una vivienda de un piso, modesta y de estilo indefinido. Cuando llegué, estaba esperándome apoyada en la baranda del porche.

Mientras parqueaba el Mercedes, traté de determinar desde lejos su grado de sobriedad. Al menos conservaba el equilibrio, y su mirada, aunque algo deprimida, parecía guardar la sensatez. Salí del automóvil y caminé por el sendero pavimentado que conducía a su casa. Leonora me miraba sin decir palabra.

—¡Hola! —grité.

Cuando me acerqué, su apariencia me asombró. Estaba encorvada y lucía cansada, y parecía haber envejecido varios años desde la última vez que nos habíamos visto. Yo sabía que, como mínimo, tenía casi cincuenta años, pero siempre había parecido una mujer más joven. Pero la energía que antes mostraba se había disipado.

Estaba vestida con una bata informe de un rosa desteñido, y en sus pies llevaba unas sandalias decoradas con margaritas amarillas. Me di cuenta de que esta era la primera vez en mi vida que la veía vestida con ropa informal. Su indumentaria de oficina siempre había sido meticulosamente correcta: trajes elegantes, medias, zapatos de tacón alto. Nunca hubiera imaginado que ella pudiera vestirse de esta manera fuera de la oficina.

—Entra, Lupe. Me alegro de verte —abrió la puerta de entrada y me invitó a pasar con un gesto—. No tengo demasiadas visitas, ¿sabes?

No me sorprendía. El lugar era oscuro y húmedo, y el aire estancado olía a decadencia y a falta de uso. Había telarañas en los rincones y polvo sobre los muebles. Seguramente, la sensación de abandono que imperaba en el lugar era previa a la muerte de Margarita, pero éste hecho sin dudas le había agregado melancolía al lugar. Recién ahora advertía yo que no había conocido bien a Leonora. La había visto en MMV Interiors, sí, y sabía de ella por lo que Margarita me había contado. Pero, imaginaba que Leonora era el tipo de persona que se ocupaba primorosamente de su hogar. Sentí repentinamente que me había adueñado de un secreto triste y vergonzoso.

El grueso de la casa parecía estar ocupado por un gran salón principal, que hacía las veces de *living*, comedor y escritorio. Las persianas de plástico color crema estaban cerradas, y bloqueaban la luz del atardecer, que sin embargo lograba llegar con algunos rayos y le otorgaba al ambiente una débil tonalidad sepia.

Al sentarme en el sofá de terciopelo rojo oscuro, me sorprendió que los almohadones no levantaran polvo. Leonora se sentó con pesadez en una silla de mimbre que había frente a mí. No pareció sentir la necesidad de encender ninguna de las lámparas ubicadas al azar alrededor de la sala. A mí no me importó llevar a cabo la entrevista en medio de una penumbra fantasmal.

—¿Quieres algo de beber? —preguntó Leonora mientras se levantaba. Cuando se inclinó hacia mí, sentí un fuerte aroma a licor mezclado con dentífrico. Esta pobre mujer merecía toda la compasión del mundo; una cosa es beber por la tarde, y otra, mucho más patética, sentir la necesidad de esconderlo.

—No, está bien —dije. Leonora pareció desilusionarse levemente—. ¿Cómo has estado? No hemos hablado desde que fui a visitarte a MMV Interiors.

Fue un empujoncito amable, pero bastó para que Leonora perdiera la compostura. Comenzó a sollozar con jadeos profundos y exhalaciones abruptas. Avergonzada, no se atrevía a mirarme. Ahora, el olor a alcohol y a dentífrico impregnaba todo el lugar.

Cuando la tormenta pasó, volví a hablar.

—Leonora, voy a ser honesta contigo. Margarita quería decirme algo importante justo antes de morir. Pero nunca llegó a decírmelo.

—¿Algo importante? ¿Cómo qué? —Leonora acercó su silla hacia mí. Yo sentí que su aliento estaba a punto de sofocarme.

—No estoy segura —dije—. Pero sé que era algo acerca de la familia Arango.

—¿La familia Arango? —sus ojos adormecidos parecieron abrirse por la sorpresa—. ¿Sus clientes de Coral Gables? ¿Los dueños de la joyería?

—Sí, exactamente —dije con amabilidad—. ¿Tienes alguna idea de lo que pudo haberme querido decir?

Leonora se echó hacia atrás. Entrecerró los ojos y se tomó las manos. Yo no tenía la menor intención de apurarla. Tenía todo el tiempo del mundo.

Finalmente, abrió la boca para hablar. Yo me incliné hacia delante en actitud de escucha, pero ella volvió a cerrarla. Leonora y su casa me hacían perder el sentido del tiempo. Podía estar allí sentada para siempre, sumergida en la penumbra y respirando ginebra y dentífrico. La sensación, extrañamente, era reconfortante.

Leonora me miró y luego enfocó sus ojos sobre una pila de ropa sucia que había en un rincón. En voz baja, dijo:

—Yo tengo sus papeles, ¿sabes? ¿Pueden serte de ayuda?

—¿Los archivos de Margarita? —pregunté estúpidamente.

—Hace años, ella comenzó a darme sus papeles personales para que los guardara —ahora Leonora hablaba más rápido y con mucha mayor claridad. Podía, literalmente, ver sus hombros elevarse mientras ella se liberaba de su carga—. Sospechaba que algún día Rodrigo vendría a curiosear.

Me costó creer lo que estaba oyendo. Tal vez yo también estuviera algo mareada por el olor de la ginebra.

—¿Y dónde están esos papeles?

Leonora señaló, por encima de mi hombro, una puerta cerrada.

—Allí —dijo con una leve sonrisa—. En su cuarto.

—¿«Su» cuarto?

Leonora asintió con serenidad.

—Sí, su cuarto. El cuarto que siempre tengo listo para cuando ella lo necesite.

—Ah, claro —balbuceé—. El cuarto de Margarita. Bueno, ¿puedo verlo?

Me puse de pie sin darle oportunidad de cambiar de idea acerca de los papeles.

Di la vuelta al sofá para dirigirme a la puerta cerrada; Leonora pareció comprender que yo iba a entrar allí sin importar lo que ella me dijera. No tenía otra opción que seguirme. Puse mi mano sobre el picaporte, con el corazón en la boca. Estaba claro que Leonora no estaba bien. Nada bien.

—Disculpa —con una velocidad alarmante, Leonora me hizo a un lado y se colocó entre la puerta y yo—. La amaba, ¿sabes? La amaba de verdad. Era la hija que nunca tuve.

Dicho esto, abrió la puerta. Yo intenté no jadear ni hacer nada que pudiera irritarla. El pequeño cuarto era un altar dedicado a mi amiga. Había una fotografía de Margarita, una que yo conocía bien porque había pegado una copia en mi tocador. Pero esta tenía el tamaño de un póster, y estaba en el centro de la pared. Delante de ella había una mesa repleta de pequeñas velas encendidas.

Sobre la mesa había también objetos que habían pertenecido a Margarita: un juego de maquillaje de plata que yo recordaba había visto en casa de sus padres, un maletín de trabajo, una fotografía de su Primera Comunión. En un rincón había tres cajas de cartón; esos tenían que ser sus papeles.

El cuarto estaba impecable: brillante, limpio, y bien iluminado. Me dejó sin habla. Yo sabía que Leonora quería a Margarita hasta la locura, pero esto era... obsesivo. Intenté quitarme esas ideas de la mente, especialmente las implicaciones de lo que había frente a mí, para concentrarme en las cajas.

—¿Esos son los papeles que Margarita te pidió que guardaras? —pregunté con el tono más distraído que me fue posible.

Leonora me rozó ligeramente, provocándome un sobresalto.

—Nunca los miré —dijo orgullosa—. Los he guardado aquí durante años, pero nunca violé la privacidad de Margarita.

—Ella siempre te quiso muchísimo Leonora —dije—. Muy a menudo me hablaba de ti.

Esto pareció alegrarla.

—Estoy segura de que no le importaría que yo te dejara leerlos —dijo—. Tú eras su amiga íntima. Yo sólo los guardaba para que no los viera Rodrigo.

Leonora se inclinó para coger una de las cajas. Yo me quedé parada, inmóvil como una estatua.

—¿Quieres mirarlos aquí o quieres llevártelos? —dijo con voz tranquila.

No lo podía creer. Me estaba pidiendo que me llevara los papeles. Fue en ese momento que me di cuenta de que no tenía nada que temer de Leonora. Puede que ella estuviera un poco mal de la cabeza, pero ambas tirábamos de la soga en la misma dirección. Ambas queríamos lo mejor para Margarita, lo cual significaba, en este momento, hacerse cargo de sus asuntos tal como ella hubiera querido que lo hiciéramos.

—Creo que lo mejor será llevármelos conmigo —dije—. Quiero evitarte la molestia de tenerme aquí mucho tiempo mientras los reviso.

Leonora asintió con tristeza, como si hubiera sabido lo que yo iba a decir. No quería darle la oportunidad de cambiar de idea, de modo que recogí rápidamente una de las cajas y salí de la casa en dirección a mi automóvil. Cuando volví por la segunda caja, Leonora estaba en el sofá. No me ofreció su ayuda. Yo sentí que estaba llevándome algo importante para ella, una parte de Margarita.

Cuando tuve las tres cajas en mi baúl, volví hacia la casa y me encontré con Leonora en el porche. Siguiendo un impulso, la abracé. Abrazar a dos personas en un día era todo un récord para mí. Me volví cuando vi sus ojos brillar por las lágrimas. No era muy reconfortante pensar en lo que iba a hacer en aquel mausoleo cuando yo me fuera.

—Llámame si necesitas algo —dije. Leonora desvió la mirada, pero apretó con fuerza mi hombro—. Todo estará mejor, un poquito cada día. No olvides eso, Leonora.

Mientras arrancaba y daba una vuelta en u para volver al Grove, no solté la vista del espejo retrovisor. Sabía que esos papeles podían ser dinamita en mis manos, y que tenerlos podía ponerme en riesgo. Aun cuando las cajas no me dijeran nada acerca de la familia Arango, tenía que haber allí información importante, puesto que Margarita había querido esconderlas. Su fe en Leonora había sido justificada. Yo estaba segura de que Leonora hubiera luchado hasta la muerte antes de dejar que esos papeles cayeran en las manos equivocadas.

Mientras volvía a la oficina, respiré hondo e intenté sacudirme los pensamientos extraños que habían invadido mi cabeza. Las cajas eran lo único que parecía fuera de lugar en ese cuarto. Sospeché que Leonora las había traído de algún clóset cuando yo la llamé, sabiendo que había llegado la hora de desprenderse de ellas.

No me tomé la molestia de dar una vuelta alrededor de mi oficina para desorientar a mis posibles seguidores. Si alguien en efecto me estaba vigilando, sabría bien adónde me dirigía. Cuando llegué a Solano Investigations, sin embargo, me decepcionó advertir que Leonardo se había ido.

—Por supuesto —me dije con un murmullo mientras entraba llevando la primera caja—. Hoy le toca yoga. ¿Cómo pude olvidarlo?

Luego recordé que, después del yoga, tenía otra reunión: la de una nueva asociación cuyo objetivo era sacar del poder a Fidel Castro por vías no violentas. Algo así tan inseguro como tumbarlo a través de la meditación. Cuando terminé de cargar las cajas, hice algo inusual: activé la alarma. Generalmente tenía miedo de enredarme al hacerlo y provocar que su ruido penetrante provocara una explosión en mi cerebro.

No quería que nadie mirara por la puerta principal y me viera con las cajas, por lo que las llevé al salón que usábamos como gimnasio y las coloqué detrás de uno de los aparatos de Leonardo. Por primera vez, agradecí que hubiera tanto equipo allí. Era un buen escondite temporal.

Me senté sobre el *Soloflex* y miré las cajas. Deseé por un instante que derramaran sus secretos voluntariamente, para que yo no me viera obligada a hurgar en sus papeles como una intrusa. De pronto, recordé mi promesa de llamar a Tommy para confirmarle la cita en Christy's. Eran más de las seis y media, y en el espejo de pared de Leonardo vi mi reflejo: lucía cansada y estresada, sin maquillaje y con la misma falda corta color caqui y el pullover negro ajustado que había vestido todo el día.

La imagen me decidió. No me seducía en lo más mínimo la idea de estar en Christy's intentando concentrarme en la comida, sabiendo que las cajas me esperaban en la agencia. Llamé a Tommy y le dije que había surgido un imprevisto y corté la comunicación antes de que pudiera sonsacarme algo.

En la cocina sólo encontré bebidas naturistas y brotes de soja. Estaba a punto de resignarme al hambre cuando descubrí una botella de champagne escondida en el cajón de los vegetales. Tomé una copa y volví a la sala de gimnasia.

Una vez allí, hice un brindis solitario en honor a Margarita, para que me perdonara por lo que estaba a punto de hacer.

33

Ya era casi la medianoche cuando finalmente encontré lo que estaba buscando. Sobre una de las máquinas de tortura de Leonardo descansaban una botella de champagne vacía y una taza con restos de café cubano. La agencia estaba sumergida en el silencio.

El contenido de las cajas había sido una revelación. Cuando abrí la primera vacilé, sintiéndome incómoda por violar la intimidad de Margarita. Pero seguí adelante, diciéndome que no tenía otra alternativa. Pero, a medida que pasaba el tiempo, comencé a trabajar cada vez con mayor rapidez, y mi interés crecía a cada paso.

Siempre había sabido que Margarita era una romántica sin remedio, pero nunca había imaginado que ella conservara cada carta de amor y cada tarjeta que le habían enviado cada uno de sus amantes y pretendientes. Revisando las reliquias de su historia, me sorprendieron algunos de los nombres que aparecían. Cierto que siempre nos habíamos movido en los mismos círculos sociales; yo incluso había salido con algunos de esos tipos. Pero nunca había tenido la real dimensión del atractivo que ella provocaba en los hombres. Cuanto más hurgaba en sus recuerdos, más me preguntaba por qué, entre todos estos amantes y admiradores, ella había elegido a Rodrigo. Muchas de las cartas aludían a propuestas de matrimonio que ella había rechazado. En cuanto veía que no tenían relación con los Arango, intentaba suspender su lectura.

Ahora comprendía por qué mi amiga había querido mantener todas estas cosas lejos del alcance de Rodrigo. En sus manos, habrían sido munición suficiente como para hacerle pasar malos tragos hasta el fin de su vida. No es que Margarita hubiera hecho nada malo con ninguno de estos hombres (la relación con todos ellos era previa a su matrimonio), pero sin duda él la hubiera acosado permanentemente con sus celos, con el fin de tenerla a la defensiva. Un tipo que podía meter una demanda para lucrarse con la muerte de su esposa y un niño por nacer (que no era suyo), sin duda estaba dispuesto a jugar sucio. No era de extrañar que ella hubiera tenido un amante. Lo único que me sorprendía a esas alturas era por qué había tardado tanto en conseguirse uno.

El contenido de la segunda caja era similar al de la primera en cuanto a los recuerdos personales, pero también incluía declaraciones de impuestos, recibos, seguros, la hipoteca de su condominio, papeles del auto, libros contables. No encontré nada demasiado interesante, hasta que llegué a un sobre cerrado en cuyo exterior estaba el sello de una tienda de fotografía llamada Fotografía Universal, en Westchester.

Tuve el presentimiento de que ese sobre era importante. Lo abrí y miré las fotografías que había dentro. Por un segundo pensé que el champagne y el café me habían producido alucinaciones. Pero no, esto era verdad.

En mi mano tenía cinco fotografías de Mariano Arango y Gustavo Gastón, parados uno junto al otro al costado de un automóvil, en un estacionamiento y delante de un edificio color arena. Y eso era todo. No había otras fotografías dentro. Quien las había tomado lo había hecho a la distancia y sin teleobjetivo, porque los hombres estaban lejos. Pero la identidad de ambos era irrebatible.

No había nombres ni fechas ni ninguna anotación en el reverso de las fotografías. Y, aparentemente, la gente de Fotografía Universal no se preocupaba por dejar constancia de la fecha de revelado. Sólo había algunos números, que supuse correspondían al número del recibo, en la parte superior del sobre.

Llevé las fotografías a mi oficina y busqué la lupa en el escritorio. Sentí que algo me quemaba la espalda: seis horas de rodillas en el suelo mirando papeles me habían dejado hecha una piltrafa.

—¿Por qué diablos tenía Margarita estas fotografías? —me pregunté en voz alta. ¿Ella misma las había tomado y luego las había hecho revelar, o lo había hecho alguien más? Las paredes, con su silencio, parecían burlarse de mí. Encendí la lámpara de mi escritorio y coloqué las fotografías una junto a la otra.

Dos de ellas eran virtualmente idénticas: mostraban a Mariano y a Gastón parados muy cerca, aparentemente enredados en una discusión. Ambos se miraban a la cara y se señalaban mutuamente.

La tercera y la cuarta fotografías estaban tomadas desde un ángulo que dejaba ver el edificio que había detrás. Observando de cerca, vi algo en una ventana del segundo piso. Sostenía la fotografía tan cerca que mi respiración la nubló levemente. Podía distinguir apenas un cartel de color rojo.

Miré el cartel un tiempo largo, pero seguía siendo poco más que una mancha. Pasé a la cuarta fotografía e hice lo mismo. Mis ojos comenzaban a dolerme. Finalmente, pude comprender de qué se trataba.

—¡Sí! —grité.

Era un corazón que le deseaba al mundo un feliz Día de San Valentín.

Hice algunos cálculos. Gustavo Gastón había sido asesinado el 2 de marzo. Si el cartel en la ventana correspondía a ese año, entonces el encuentro entre ambos hombres se había producido tres semanas antes de la muerte de Gastón.

Mariano me había mentido cuando me dijo que no conocía a Gustavo Gastón. Y el fotógrafo, quienquiera que fuera, sabía que los dos hombres se conocían. Otra vez, tenía más preguntas que respuestas.

Intenté relajarme y me dispuse a examinar otra vez las fotografías. Pasé la lupa lentamente por cada rincón. En la quinta fotografía vi una camioneta azul con una leyenda en uno de sus costados que decía: «Or— Agencia de Viajes». No pude distinguir el resto del nombre, porque las letras estaban ocultas detrás de una motocicleta. Con suerte, esas dos letras serían suficientes.

Una ojeada a las páginas amarillas me bastó para encontrarlo: Agencia de Viajes Orestes. Sus oficinas estaban también en Westchester, no muy lejos de Fotografía Universal. Esto hizo subir mi nivel de adrenalina tanto que comencé a transpirar. Tomé la carpeta del caso Arango y tomé nota de la dirección de la casa de Silvia Romero. Luego busqué un mapa en mi cajón, lo extendí sobre el piso y marqué las tres direcciones de Westchester con alfileres. El apartamento de Silvia, la Agencia de Viajes Orestes y Fotografía Universal quedaban a un par de kilómetros de distancia.

Por fin tenía algo. Cerré las cajas de Margarita, confirmé que las puertas que daban a la calle estuvieran cerradas con llave y me eché a dormir en el sofá por unas horas. Quería estar descansada para mi viaje a Westchester la mañana siguiente.

Me tomó treinta minutos llegar a Westchester desde mi apartamento, donde había hecho una breve parada para bañarme y cambiarme. La zona me era familiar, en parte porque había trabajado allí para algunos casos y en parte por mi estudio del mapa la noche anterior. En pocos minutos encontré la Agencia de Viajes Orestes. Quedaba en un edificio de cuatro pisos, color crema y sin adornos, que no había podido estudiar con precisión en las fotografías. Era virtualmente indistinguible de otra docena de edificios en la misma cuadra, pero a mí me pareció tan bello como el Taj Mahal.

La posibilidad de que, finalmente, pudiera resolver este caso, me hacía sentir tan nerviosa como una adolescente en su primera cita. Fui hacia la parte trasera del edificio, donde encontré el estacionamiento para clientes. Aquí las cosas resultaban mucho más familiares. Éste era, definitivamente, el edificio de las fotos. Aparqué y di una vuelta caminando hasta que hallé el sitio desde donde el fotógrafo había tomado las fotografías. Me quedé allí, parada detrás de un gran olivo venerable, observando el parqueo, y tuve una sensación de *déjà vu*.

Allí estaba: la camioneta azul con el logotipo en uno de sus lados, estacionado en su sitio habitual. Miré hacia la ventana del segundo piso, rogando para que el cartel del Día de San Valentín ya no estuviera allí. Y no estaba. Quien lo había colocado no era ese tipo de romántico desesperado cuya prédica en pos del amor no reconoce fechas.

Caminé hacia el lugar donde Mariano y Gustavo habían sido fotografiados. No había nada especial allí, pero me pregunté por qué razón se habían encontrado en ese preciso lugar. Y por qué no habían sido lo suficientemente considerados como para dejarme alguna pista (por ejemplo, un casete con la confesión fechada y firmada a los pies del olivo). Soñar no cuesta nada.

Una vez adentro del edificio, tomé un ascensor crujiente que me llevó al segundo piso. Al final del pasillo estaba la oficina cuya ventana yo había estudiado con tanta atención en las fotografías. Un cartel cuidadosamente impreso, pegado sobre el vidrio esmerilado, rezaba: «Menéndez Packets». Para sorpresa mía, era una empresa que exportaba espejuelos a Cuba.

De adentro venía sólo un silencio sepulcral. Eso me impulsó a abrir la puerta y entrar. Saludé con alegría a una mujer de mediana edad, con cierto sobrepeso que estaba sentada frente a una máquina de escribir.

Ella se puso de pie, sorprendida, llevándose las manos a sus amplios pechos. Me miró como si yo fuera Fidel Castro, fumándome tabaco, con un uniforme verde oliva. El gesto me hizo suponer que Menéndez Packets ni siquiera se preocupaba por la atención al público.

La recepcionista tomó un pañuelo y comenzó a abanicarse, ignorándome por completo. La pequeña oficina comenzó a oler a perfume de violetas. Espié por sobre el escritorio para ver qué estaba haciendo la mujer. No pude creer lo que estaba viendo. Menéndez

Packets no era lo que se dice una empresa de avanzada. La pobre mujer estaba escribiendo con una máquina de escribir manual... ¡y usando papel carbón!

—Hola —repetí.

Mi nueva amiga comprendió por fin que yo no la iba a dejar en paz.

—¿Puedo ayudarla? —preguntó, hosca.

—Eso espero. Tengo una pregunta bastante extraña que hacerle —dije con el mayor entusiasmo de que fui capaz.

Del cuello de la mujer colgaba una cadena de oro donde podía leerse su nombre: Eloísa.

—¿Acaso no quiere enviar espejuelos a Cuba? —preguntó sorprendida.

—No. Quiero hacerle una pregunta —no hubo reacción—. Por favor.

Eloísa se aflojó un poco, sin abandonar del todo su suspicacia.

—Tenemos una lista de precios —dijo—. Allí se indica cuánto cuesta enviar los anteojos. Cuesta más enviarlos a Pinar del Río. ¿Usted los quiere enviar a La Habana o a Pinar del Río?

—Esto no tiene nada que ver con los espejuelos —dije—. Es una pregunta personal.

—¿Cómo puede usted hacerme una pregunta personal? —el pecho de Eloísa pareció expandirse en cuatro direcciones simultáneas, lo cual resultaba todo un espectáculo—. ¡Ni siquiera la conozco!

—¿Recuerda un cartel en su ventana? —pregunté sonriendo—. ¿Un corazón de San Valentín?

—¡Ah, sí, esos carteles! —dijo Eloísa, al parecer aliviada de que no le hubiera preguntado algo más extraño—. Ya sé de qué me está hablando. Betty siempre los cuelga allí. ¡Tiene muchísimos!

Eloísa y yo sacudimos nuestras cabezas al unísono, ante el asombro que esto nos provocaba.

—¿Betty? —pregunté.

—La otra secretaria que trabaja aquí. Ahora no está.

—Sólo quería preguntarle dónde consiguió ese cartel —dije, inclinándome sobre el escritorio—. Es que me trajo buena suerte, ¿sabe?

Eloísa parecía perpleja, pero al menos había logrado llamar su atención. Esto era sin dudas mejor que decirle que quería mandar unos espejuelos.

—¿Qué clase de suerte le trajo?

—Mi novio y yo estábamos en el parqueadero en febrero —le dije poniendo cara de enamorada—. Ya hacía tres años que salíamos, pero él nunca había hablado de matrimonio. Yo rezaba todos los domingos, en misa, para que lo hiciera.

Eloísa hizo un extraño sonido con su boca. La tenía cautivada. Mi historia era mucho mejor que los espejuelos y las telenovelas juntas.

—Bueno, estábamos en el parqueadero y cuando levantó la vista, mi novio vio el cartel en su ventana y dijo que era como un mensaje de Dios, diciéndole que se casara conmigo. ¡Eso es lo que logró ese maravilloso cartel! —Di un pequeño saltito arrebatado—. Y ahora quiero conseguir uno exactamente igual y se me ocurrió venir aquí a averiguar.

Rogué que Eloísa supusiera que yo tenía un coeficiente mental de un solo dígito, y no que estaba loca. Ella seguía abanicándose.

—Betty podría decirte dónde lo consiguió, pero no está aquí —dijo—. Ama esos carteles. Los cuelga una semana antes del Día de los Enamorados, y luego los deja una semana más.

Eloísa echó una ojeada a la oficina grisácea con cierta pena. Los archivos de acero cubrían las paredes, y por todos lados había cajas de cartón apiladas. Al dueño debía encantarle el amarillo mostaza, o era ciego a los colores, porque la alfombra y las paredes tenían el mismo tinte amarillento. Me pareció estar dentro de los intestinos de un insecto al que acabara de aplastar. De haber trabajado allí, yo no me habría limitado a decorar la ventana. La habría abierto y me habría tirado por ella.

—Este lugar no es muy alegre que digamos —dijo Eloísa, con delicada ironía—. Y a Betty le gusta embellecer las cosas. Pero ahora está en casa porque su hijo tiene sarampión. Si quiere, puede venir otro día y preguntarle.

Al parecer, Eloísa quería seguir hablando, aun cuando yo parecía haber escapado de un manicomio.

—Está loca, esta Betty —prosiguió—. Celebra todos los feriados. Ahora acaba de festejar ese día en que todos beben cerveza verde. ¿Y para Pascuas? Hace conejos de todo tipo, y huevos azules y rosados. Tuvo suerte de que su novio no viera ésos. ¡Se habría visto obligada a dedicarse a tener hijos hasta el día de su muerte!

Eloísa se rió con fuerza, poniendo en marcha los movimientos de sus pechos.

—Otro día vendré a hablar con Betty —dije, estrechándole la mano—. Gracias por su tiempo.

Dicho esto, me deslicé hasta la puerta, dejando a Eloísa con sus triplicados con papel carbón.

Bingo. Tenía la fecha aproximada. Pero no el año, aunque mi instinto me decía que el año era ése. Era hora de ir por el fotógrafo. Fui en automóvil hasta Fotografía Universal, intentando inventar una historia mejor que la del novio que interpretaba los decorados en las ventanas como signos divinos.

Fotografía Universal estaba en medio de un centro comercial de una cuadra de largo, a unos pocos minutos de Menéndez Packets. Yo era la única cliente de la tienda, y había dos personas detrás del mostrador, un hombre y una mujer. Por sus miradas, que compartían un leve fruncimiento de entrecejo, supuse que eran un matrimonio.

Di unos pasos alrededor, esperando que ellos levantaran la vista. El marido estaba concentrado cortando películas, y la mujer llenaba un álbum de bodas de cuero blanco con fotografías. El frente del lugar estaba ocupado por productos fotográficos en venta, mientras que la parte trasera se reservaba para el trabajo de revelado y almacenamiento. La tienda parecía en franca decadencia; todo allí tenía un aire a viejo, y en los estantes superiores se acumulaba un deslucido abigarramiento de películas y fundas para cámaras.

Ninguno de ellos parecía haber notado mi presencia. Carraspeé sonoramente. Ambos levantaron la vista con expresión sorprendida, y yo arrojé las cinco fotografías sobre el mostrador, como expresando mi enojo. Eso los hizo reaccionar. La mujer dejó de lado el álbum de bodas y vino hacia mí.

—¿En qué puedo ayudarla? —preguntó con cierta aprehensión.

—Mire... —intenté sonar ofendida. Después del mes que había vivido, no me costaba demasiado.

El marido, intuyendo que había algún problema, colocó con mucho cuidado los negativos sobre su mesa de trabajo y se acercó.

—Dígame —dijo.

—Estas fotografías —protesté—. En el sobre sólo había cinco.

Conté las fotografías frente a ellos. Los gestos ampulosos suelen ser de ayuda. Los tres nos quedamos mirando las imágenes de Mariano y de Gustavo.

—¿Dónde está el resto? —exigí.

El hombre recogió el sobre y vio el logotipo de la tienda. Luego miró a su esposa.

—¿El resto de las fotografías?

—Sí —dije indignada—. No voy a comprar un rollo de treinta y seis para usar sólo cinco.

—Un minuto —dijo la mujer. Tomó el sobre y las fotografías y los llevó junto a unas cajas plásticas que había cerca de su mesa de trabajo. El marido enderezó una pila de volantes mientras la esposa revisaba los recibos. La mujer acercó sus anteojos a su rostro, comparando cuidadosamente los número del recibo y mi sobre.

Supe entonces que había estado en lo cierto: el número correspondía al número de recibo. Ahora tenía que rezar para que esta gente anotara el nombre del cliente y la fecha en sus recibos. Mientras observaba cómo la mujer pasaba rápidamente de un recibo a otro, le oré a la Virgen, prometiéndole que si esto funcionaba comenzaría a ir a misa todos los domingos y no sólo cuando tuviera ánimo o cuando me sintiera culpable por algo.

La mujer levantó la vista.

—¿Silvia Romero? —preguntó.

Tuve cuidado de no confirmar ni negar si yo era Silvia.

—¿Encontró el resto de las fotografías? —pregunté.

—Debe estar equivocada respecto del resto del rollo —dijo la mujer, como esperando que yo le discutiera—. Sólo había cinco fotografías en ese rollo.

—No puede ser —dije sacudiendo la cabeza—. Nunca tomaría sólo cinco fotografías de un rollo entero.

La mujer suspiró, y sentí que a mi lado su esposo daba un paso atrás. Era ella, obviamente, la que hacía el papel de dura. Pero la mujer cultivaba además los preceptos de la vieja escuela de atención al cliente: éste siempre tenía razón. El aspecto del lugar indicaba además que no estaban en condiciones de dejar enojado a un cliente.

—Mire, aquí está —dijo, y se acercó hacia mí con el recibo.

Mis ojos casi se cruzan intentando leer las letras desteñidas del recibo. Lo primero que reconocí fue el nombre de Silvia Romero. Debajo había una fecha: 2-15-96. Y más abajo, en mayúsculas, la frase «SÓLO CINCO FOTOGRAFÍAS». Me pregunté cuál iba a ser el precio que la Virgen iba a exigir por este pequeño milagro. Tal vez iba a hacer todo lo posible por que yo cumpliera mi promesa.

Todo lo que hacía esta gente era ganarse honestamente la vida, y no tenía sentido prolongar su agonía.

—Tiene razón, disculpe —dije con tono avergonzado—. Mil disculpas.

Lo que había obtenido bien valía un poco de humillación. Era más de lo que había venido a buscar. Para despejar el malestar de la pareja, les compré tres rollos. Eso modificó notablemente la actitud de la mujer.

Me subí al Mercedes y encendí el motor; la pareja me miraba a través de la vidriera con expresión desconcertada. Sabía qué era lo que estaban pensando: si esta mujer puede comprar y mantener ese automóvil, ¿qué hace discutiendo por un estúpido rollo de fotografías?

Yo también estaba algo desconcertada. Silvia había tomado las fotografías y las había hecho revelar a mediados de febrero, menos de tres semanas antes de la muerte de Gustavo. ¿Pero cómo diablos terminaron esas fotografías en una de las cajas en que Leonora guardaba las cosas de Margarita?

34

Unos minutos después de las seis vi que el auto de Silvia Romero doblaba hacia la cuadra donde quedaba su apartamento en Westchester. Yo estaba sentada a cincuenta metros de allí, en el Mercedes, observando lo que parecía ser una rutina nocturna. Silvia estacionó y aseguró su volante con un candado. Luego tomó su cartera y un par de objetos más del asiento del acompañante y salió del automóvil. Se cercioró de que la puerta estuviera bien cerrada y luego se dirigió hacia su apartamento.

En los informes de Marisol había leído que Silvia era extremadamente cautelosa, y ahora lo había visto en persona. No había dudas de que era un animal de costumbres.

Cuando se acercaba a la casa de sus padres para recoger a su hija, yo salí del auto y corrí tras ella. Casi de inmediato perdí el aire (me estaba acostando demasiado tarde, estaba comiendo y bebiendo demasiado). Juré que cuando todo esto terminara dejaría que Leonardo me pusiera en forma.

O Silvia tenía un excelente oído, o yo estaba respirando más sonoramente de lo que había pensado. No tuve que decir nada para llamar su atención. Se volvió y, cuando me reconoció, su expresión no perdió la amabilidad.

—Hola, Lupe —dijo.

—Hola —respondí jadeante—. ¿Puedo hablar contigo?

Silvia era una mujer pequeña, eso estaba claro, pero ahora parecía mucho más frágil que cuando había venido a la agencia. Llevaba un vestido de algodón azul oscuro, sencillo hasta la severidad. Su única joya era un reloj Timex con una correa de plástico negra y demasiado ancha, que colgaba de su muñeca. Su cabello también negro y largo hasta el cuello, estaba recogido con una cinta negra. Parecía como si en cualquier momento el viento pudiera llevársela.

—¿Va a demorar mucho? —preguntó, todavía simpática—. Mis padres esperan que yo recoja a mi hija todos los días a la misma hora. Si tardo aunque sea unos pocos minutos, comienzan a preocuparse.

—Será mejor que les digas que tardarás un poco.

Silvia no pareció sorprenderse. Caminó hacia la casa, abrió la puerta con llave y llamó a alguien que estaba dentro.

Silvia me hizo una seña para que me acercara.

—Iremos a mi apartamento —dijo. La seguí por unas escaleras de madera a un costado del garaje. Silvia abrió la puerta, desactivó una alarma, encendió las luces y me invitó a pasar.

El apartamento que Silvia compartía con su hija no tenía nada de la impersonalidad estéril de su oficina en Optima Jewelers. Era cálido y acogedor, y yo me sentí a gusto allí. El salón principal hacía de living-comedor. Había una pequeña mesa y cerca de ella dos sofás, a cuadros, enfrentados. En un rincón había un sillón de apariencia cómoda frente a un televisor. En cada estante había muchísimas fotografías, aparentemente de su familia. No había ningún signo de Gustavo Gastón o de ningún miembro de la familia Arango.

Silvia me invitó a sentarme en uno de los sofás. Yo esperé a que ella terminara de encender las luces, de bajar las cortinas y de revisar su correspondencia. Sentía la garganta caliente y seca, y me sorprendió que no me ofreciera nada para beber.

Finalmente relajada después de cumplir con su rutina, Silvia tomó asiento frente a mí. Yo sentí una repentina irritación, como si todas las mentiras y los engaños que rodeaban a este caso finalmente me hubieran saturado.

—Como te dije en nuestro anterior encuentro —comencé—, mi función en este caso era investigar lo que ocurrió el sábado 2 de marzo. Específicamente, tenía que encontrar algo que reforzara la versión que dio Alonso acerca de lo ocurrido.

Silvia sonreía con paciencia. La única indicación de que tal vez estuviera comprendiendo mi mensaje era un leve entrecerrar de ojos. Era el tipo de gesto que hace involuntariamente un boxeador que espera un golpe pero quiere demostrarle a su adversario que no siente miedo. Al parecer, Silvia no era tan frágil como lo sugería su complexión.

—Desde que comencé con la investigación, he descubierto que todos los involucrados me han mentido de una u otra manera —proseguí.

—¿Y eso qué tiene que ver conmigo? —preguntó Silvia.

—Silvia, no has escuchado el dicho «Nunca le mientas a tu médico o a tu abogado» —le dije—. Ellos pueden ayudarte, siempre que sepan qué es lo que está ocurriendo.

Silvia se encogió de hombros, muy levemente.

—Como parte de mi investigación, tuve que indagar en las vidas privadas de todo el personal de Optima —dije. En la muñeca de Silvia, una vena comenzó a moverse. Finalmente—. Me sorprendió lo que descubrí acerca de ti, especialmente después de nuestra entrevista anterior, en que te mostraste tan sincera y recta.

La vena volvió a moverse. Yo no tenía ansia de venganza, pero estaba cansada. Cansada del caso y cansada de que me mintieran.

Silvia cruzó las piernas con torpeza y cruzó los brazos sobre su pecho en posición defensiva. Sabía que el golpe estaba a punto de llegar, y quería estar preparada. En ningún momento desvió la vista.

—Sé de tu relación con Alonso Arango —Silvia volvió a cruzar las piernas, pero esta vez en la otra dirección—. ¿Él sabe que Gustavo Gastón era el padre de tu hija?

La pregunta pareció flotar en el aire un momento. Yo no tenía el menor apuro. Lo único que quería era un vaso de agua.

—¿Qué importancia tiene eso? —preguntó Silvia.

—Mucha —dije lentamente.

—¿Por qué?

—Porque le da a Alonso un motivo para matar a Gustavo. Y viceversa —Silvia me miró como si nos separara una densa capa de niebla. Me di cuenta de que tendría que guiarla en este punto—. Celos. Tú mantenías un *affaire* con tu jefe, que era casado, y Gustavo Gastón lo descubrió. Tal vez intentó chantajear a Alonso, amenazándolo con que iba a contárselo a Isabel. ¿Cómo te suena todo esto?

A esas alturas, estaba apenas formulando una hipótesis, pero Silvia mordió el anzuelo.

—¿Cómo averiguaste que Gustavo era el padre de Alejandra? —preguntó. Su voz se volvió estridente—. Nadie sabe eso.

Decidí que el mejor método con esta mujer era intercambiar información.

—Vi su certificado de nacimiento —dije.

Silvia me miró como si yo acabara de bajar de una nave espacial. Su espíritu de lucha se estaba desvaneciendo.

Tomé mi cartera y extraje las fotografías que había encontrado en la caja de Margarita.

—¿Recuerdas esto?

Silvia se mordió el labio.

—¿Dónde las conseguiste?

Dejé de lado mi plan de intercambio informativo.

—Dímelo tú.

—Las tomé antes de que Gustavo fuera asesinado —dijo.

Me contuve para no decir que esa era una verdad más que evidente.

—Un día lo seguí y tomé las fotografías cuando se encontró con Mariano.

Eso no me decía nada.

—¿Por qué lo seguiste?

—Quería tener una prueba de que se encontraba con Mariano —explicó Silvia, como si la que necesitara ahora que le insistieran fuera yo.

—Silvia, tienes que comenzar por el principio —le dije. Ella me miró con escepticismo, y entonces comprendí que no se rendiría tan fácil—. Es la única manera de ayudar a Alonso.

Otra vez una mirada helada. Silvia se puso de pie y, con demasiada amabilidad, me ofreció algo para beber.

—Mientras esté frío, lo que sea —acepté. Por fin había leído mi mente. Mis labios se estaban ya secando.

Silvia fue a la cocina. Podía verla desde mi sofá, y me aseguré de que sólo estuviera preparando las bebidas. Abrió el refrigerador y sacó un envase de jugo.

—¿Te gusta el jugo de piña?

Yo dije que sí, y observé cómo servía el jugo en unos preciosos vasos de cristal. Luego abrió una gaveta. Yo me puse en guardia, pero sólo estaba buscando las servilletas.

Se acercó hacia mí con una bandeja de plata con los vasos y las servilletas colocados en perfecto orden simétrico. Bebimos unos sorbos y nos sonreímos mutuamente. Esto empezaba a parecerse a un té de señoras.

Silvia pareció cambiar su postura. Ahora estaba más relajada.

—Quiero que me digas algo —dijo—. ¿Dónde encontraste esas fotografías? Hace tiempo que las estoy buscando.

Qué diablos.

—Las encontré entre los objetos personales de Margarita Vidal.

—¿Margarita Vidal? —dio Silvia, perpleja.

—La decoradora —dije yo—. Margarita decoró la casa de los Arango.

—¡Ahora recuerdo! —Silvia parecía contenta de haber resuelto este pequeño misterio—. Yo pagaba sus facturas. MMV Interiors, ¿verdad?

—Era amiga mía.

—¿Era? —preguntó Silvia, intentando descifrar mi expresión—. ¡Oh, lo siento mucho! ¿Pero cómo fue que ella consiguió mis fotografías?

—No tengo la menor idea —dije con sinceridad—. Esperaba que tú pudieras decírmelo.

El decálogo del buen detective indica que uno nunca debe dar información si no recibe nada a cambio. En este caso estaba siguiendo la regla al pie de la letra, porque no tenía mucho para decir.

Silvia suspiró.

—Le dije a Alonso que deberíamos haber dicho la verdad desde el principio —comenzó a explicar—. Pero él no estaba de acuerdo y me prohibió que te dijera nada.

Esta sí era una sorpresa.

—¿Alonso te pidió que me ocultaras información?

—Sí.

Grandioso.

Sonreí, y al mismo tiempo sentí la primera puntada de un incipiente dolor de cabeza.

—Bien, ahora puedes enmendar tu error.

—¿De modo que tú sabías de Gustavo? ¿Sabías que vino en una balsa y de sus logros en Cuba? —asentí con la cabeza; Silvia parecía orgullosa—. Intentó trabajar como arquitecto aquí, pero descubrió que su título cubano no servía para nada. Tenía que tomar unos cursos y pasar muchos exámenes; decía que era muy complicado. Cuando aceptó un trabajo como chofer en una tienda de Miracle Mile se suponía que era sólo por un tiempo. Pero, a medida que el tiempo pasaba, su ambición de volver a trabajar como arquitecto fue cediendo.

Silvia bebió un sorbo de su jugo con delicadeza. Yo había acabado con el mío hacía rato.

—Lo conocí cuando trabajábamos en la misma tienda —continuó—. Yo trabajaba allí *part time* y él era el chofer. En aquel momento me prometió que iba a convertirse en un profesional. Yo le creí.

Su voz parecía a punto de quebrarse.

—Puedes adivinar lo que sucedió entonces —dijo—. Me enamoré de él y quedé embarazada. Él no me propuso matrimonio. Y el aborto estaba descartado. Cuando tuve a Alejandra, nombré a Gustavo en el certificado de nacimiento simplemente porque no podía dejar ese espacio en blanco. Sabía ya entonces que él no se haría cargo de la niña.

—Lo lamento mucho —dije. Silvia pareció recuperar su compostura por un momento, pero luego una lágrima rodó por su mejilla. La mujer tomó una caja de kleenex de papel y se secó. Yo no esperaba que su nariz hiciera tanto ruido, considerando el tamaño de su cuerpo. Sonaba como la bocina de un barco.

Silvia contuvo las lágrimas que pugnaban por salir. Yo sentí que estaba avergonzada de haberse desarmado de esa manera frente a mí.

—Mis padres me han ayudado muchísimo con Alejandra —dijo—. Y cuando Alonso me ofreció que trabajara *full time* en Optima me sentí feliz. A partir de entonces pude sostener el hogar y eso alivió mis preocupaciones.

—¿Pero cuándo...? —comencé a decir.

—Trabajé allí dos años antes de que comenzáramos —interrumpió ella.

—¿Y Alonso sabe quién es el padre de Alejandra?

—Nadie lo sabe —dijo Silvia—. Él piensa que es un hombre que conocí en un bar una noche en que había bebido demasiado. Un simple error.

Yo había supuesto que la vida de Silvia era complicada, pero esto era más de lo que había imaginado.

—¿Y qué hay de Gustavo y Mariano?

—Yo iba a veces a visitar a Gustavo a su apartamento —dijo con una risa leve—. Se había comportado muy mal con Alejandra, pero sabía tratarme bien. Y para mí era muy importante que nunca le dijera a nadie que él era el padre. Una vez fui allí y lo escuché desde el pasillo hablando por teléfono. Le gritaba a alguien llamado

Mariano. El único Mariano al que yo conocía era Mariano Arango, de modo que me puse a escuchar.

Pensé en proponerle a Silvia que se dedicara a ser detective. No era nada mala en eso.

—Un par de veces escuché el nombre de Isabel Arango. Luego Gustavo convino una cita y yo memoricé la hora y el lugar. No sabía cuál era el motivo de ese encuentro, pero por alguna razón llevé la cámara. Supongo que era para tener una prueba por si algo malo ocurría. Mientras hablaba por teléfono, Gustavo se había mostrado muy enojado.

Sus métodos detectivescos eran irreprochables.

—¿Y qué era eso «malo» que podía ocurrir?

—No lo sé —dijo Silvia—. Me preocupaba que hubieran nombrado a Isabel.

—De modo que los seguiste —dije, pensando en su trabajo de vigilancia—. Supongo que no te vieron.

—No. Pero no pude acercarme lo suficiente como para poder oír todo lo que hablaron —Silvia respiró hondo—. Sí oí que Gustavo dijo que conocía a Isabel y que tenía un *affaire* con ella. Mariano le gritaba, le decía que era un mentiroso y que su madre jamás se vería con una basura como él.

Recordé la expresión de disgusto que había mostrado Mariano cuando le nombré a Gustavo.

—Yo temía que Gustavo le dijera a Mariano que era el padre de Alejandra —continuó Silvia—. No sé qué era lo que buscaba. Tal vez pedía dinero a cambio de su silencio. No se quedaron demasiado tiempo allí. Mariano estaba furioso.

—¿Qué hiciste con las fotografías que tomaste?

Silvia respondió de inmediato.

—Las llevé a la oficina y las pegué con adhesivo debajo de la gaveta de mi escritorio. Es algo que había visto hacer en la televisión.

Pobre Silvia. No había sabido que ése es el primer lugar donde cualquiera buscaría unos papeles escondidos. Pero yo no entendía aún cómo era que Margarita había llegado a ellos.

—¿Cuándo advertiste que ya no estaban allí?

—El día en que murió Gustavo. Cuando eso ocurrió, supe que las fotografías iban a ser muy importantes. No sabía por qué exactamente, pero estaba segura de ello —Silvia hablaba ahora con total seriedad—. Supuse que la policía iba a revisar mi escritorio y que tal vez las encontraran.

Esta mujer había visto demasiadas series de televisión en las que el cuerpo de policía está repleto de detectives brillantes. Se me ocurrió preguntarle algo.

—¿Hay algo que haya cambiado en tu oficina en los últimos meses? ¿Los muebles, las alfombras?

Silvia lo pensó un instante.

—Las alfombras —dijo—. Antes teníamos alfombras sólo en algunas áreas, pero Isabel pidió que lo alfombráramos todo. Dijo que así el lugar parecía más grande.

—Tú pagas las facturas —dije—. ¿Quién se encargó de las alfombras?

Silvia comprendió adónde apuntaba.

—MMV Interiors.

—¿Tú estabas allí cuando las colocaron?

—No. Sí. —Silvia frunció el entrecejo, enojada porque no lo recordaba de inmediato—. Espera. Estuve allí cuando comenzaron, pero para colocar las alfombras tuvieron que retirar todos los muebles. Yo ya no tenía nada que hacer porque habían puesto mi escritorio en otro salón.

—¿Para moverlo retiraron las gavetas?

—Sí. Supongo que las fotos se despegaron. Alonso hijo ayudó a mover los muebles. Alonso padre les pidió a sus hijos que vinieran ayudar, pero sólo acudió Junior.

Ahora todo estaba claro. Alonso hijo había visto el sobre y lo había abierto. Al ver las fotografías de su hermano menor conversando en un parqueo con un extraño, probablemente se las dio a Margarita para que las guardara mientras él averiguaba qué era lo que había ocurrido, y por qué esas fotografías estaban escondidas en el escritorio de la tenedora de libros de su padre.

Y tal vez fuera esto lo que Margarita me había querido decir antes de morir; que había visto esas fotografías y que Alonso estaba preocupado por ellas. Cuando oyó que había habido un asesinato, supuso que tal vez las fotografías explicaran algo. Evidentemente, sabía que eran importantes, porque de otro modo no las hubiera guardado entre sus cosas personales.

Esta hipótesis estaba pegada con alfileres, pero era la única que tenía sentido. Lo que me sorprendía era que Alonso hijo no me hubiera dicho nada acerca de esto. Yo creía que habíamos entablado una relación sincera y hasta afectuosa. Tal vez estuviera protegiendo a su hermano. Tal vez no había registrado que el hombre que estaba en las fotografías era el mismo al que su padre había asesinado.

Silvia me miraba expectante, como esperando que yo le explicara todo con mi sabiduría. Pero todavía no habíamos terminado; de eso yo estaba segura.

—¿Qué fue lo que ocurrió realmente ese sábado en la mañana? —pregunté—. Yo no puedo ayudar a Alonso a menos que lo sepa.

Silvia se enderezó en su asiento y, sorpresivamente, me miró enojada.

—¿Me estás acusando de mentirosa?

Podría haber lanzado una carcajada, pero lo que sucedió fue que mi dolor de cabeza se volvió insoportable. Silvia me había mentido al decirme que no conocía a Gustavo, le había mentido a Alonso acerca del padre de su hija, y me había dicho que Alonso le había ordenado que no dijera la verdad. No era siquiera necesario que yo me tomara la molestia de acusarla.

—Comencemos por el cuchillo —dije—. No se encontró ningún cuchillo en la escena del crimen. Dos semanas más tarde, un cuchillo similar fue hallado clavado en el pecho de Reina Sotolongo. ¿Y por qué Alonso disparó tantas veces? Uno o dos tiros de ese calibre hubieran bastado para detener a un búfalo.

Silvia desvió la mirada con un coqueto giro de su mentón.

—Silvia, todo hace pensar en un crimen pasional —dije—. Yo no soy la única que lo piensa. Y Alonso va a ser juzgado por un juez que es famoso por mandar a la gente a la silla eléctrica.

Me pregunté vagamente qué estarían pensando los padres de Silvia; ya hacía bastante tiempo que estábamos conversando. Estaba a punto de contarle algunas anécdotas de Sparkey Markey cuando Silvia se volvió hacia mí, con la cara roja.

—Yo maté a Gustavo —dijo de pronto—. Llegué de la oficina de correos antes de lo que dije en mi declaración y estaba en mi oficina cuando llegó Gustavo. Tenía el cuchillo porque estaba abriendo una caja sellada con cinta adhesiva. Sí, hubo un cuchillo. Pero la que lo tenía era yo, no Gustavo.

Debo haber lucido ridícula. Intenté no reaccionar (Silvia, al fin y al cabo, acababa de confesar un asesinato), pero sentí que las comisuras de mis labios se movían. Me había mantenido lejos de Silvia, dando tumbos en callejones sin salida. Y ella siempre había tenido la respuesta.

—Oí voces que venían de la parte trasera —dijo con voz extrañamente calma—. Reconocí que eran Gustavo y Alonso. Sentí que mi corazón iba a detenerse de golpe, pero no estaba hablando de mí. Él... Sabía que le iba a decir a Alonso que él e Isabel mantenían un *affaire*. Pero no tuvo oportunidad de hacerlo. Eso hubiera destruido a Alonso.

—¿Por qué? —pregunté—. Alonso también mantenía un *affaire* contigo —yo sabía bien qué quería decir. En los matrimonios cubanos, había una doble moral. El marido podía hacer travesuras, pero la esposa tenía que mantenerse pura. He sido testigo de ello innumerables veces.

—Era por el acuerdo —dijo Silvia.

—¿Qué acuerdo?

Silvia se inclinó hacia delante y habló más despacio.

—Años atrás, Isabel dejó de cumplir con sus obligaciones matrimoniales. Quería seguir casada, pero ponerle fin al mismo tiempo a las relaciones sexuales entre ellos. Alonso se desilusionó muchísimo, porque amaba profundamente a su esposa.

No podía creer lo que escuchaba. Silvia, esa mujer tan suave y delicada, hablaba de todo el asunto como si nada.

—Alonso le hizo una propuesta —continuó—. Seguirían casados. Él le pagaría todos sus gastos, incluyendo el mantenimiento de los inútiles de sus parientes, y a cambio ella no tendría ningún amante. Y así fue, hasta que Gustavo apareció en su vida.

Sentí una oleada de dolor que atravesaba mi sien. Pero no era momento para pedir una aspirina.

—Saber que Isabel había roto su promesa habría matado de dolor a Alonso. Yo no pensé que estaba matando a Gustavo. Lo que hice fue salvar la vida de Alonso.

Muchas veces en mi vida había escuchado racionalizaciones de todo tipo, y yo misma había producido más de una. Pero esta era la mejor. Desafortunadamente, a Sparkey Markey todo ello le importaría un comino.

—No planeaba usar el cuchillo —dijo Silvia. Me pregunté si ya estaría preparando la historia para cuando tuviera que enfrentarse a la policía—. Sólo quería asustarlo, pero él no se inmutó y comenzó a acercarse a mí. Fue entonces que Alonso buscó el arma que había debajo del mostrador.

—¿Para protegerte?

—Sí, para protegerme —Silvia comenzó a respirar más agitadamente, reviviendo el momento—. Pero yo llegué primero. Arrojé el cuchillo y tomé el arma. Gustavo no pareció asustarse. Fue muy extraño. Comenzó a hablar otra vez. No sé lo que dijo, no pude oír nada, pero fue entonces que le disparé. Para callarlo. Le disparé una y otra vez.

Silvia me miró desafiante. Esto no iba a funcionar muy bien frente al juez. Y yo me sentía terriblemente mal. Silvia no lo advirtió, pero cuando admitió que le había disparado a Gustavo yo había dejado de estar de su lado (si es que alguna vez lo había estado). La confesión que Silvia me había hecho era la llave con que Alonso saldría de la cárcel, y era también el final de mi investigación para Tommy.

—¿Por qué Alonso se declaró culpable?

—Tuvimos unos segundos antes de que los empleados llegaran corriendo para ver qué había sucedido —dijo Silvia—. Alonso inventó la historia en el momento y luego se mantuvo fiel a ella. Limpió la cacha de la pistola y la tomó en sus manos para dejar sus huellas. Inclusive, se pasó el cañón por su mano para que le quedaran restos de pólvora. Me decía que no me preocupara, que saldría en libertad porque diría que había sido en defensa propia.

—¿Y no te preguntó por qué mataste a Gustavo?

Silvia sacudió la cabeza negativamente y miró el vaso vacío.

—Creo que no quería saberlo —dijo—. Debe tener sus sospechas, pero prefiere no saber nada. Cree que yo entré en pánico; al menos, eso es lo que me dijo.

—¿Y qué ocurrió con el cuchillo?

Yo estaba convencida de que había terminado en el pecho de Reina Sotolongo, pero lo que no sabía era cómo había llegado hasta allí.

—No lo sé —dijo Silvia, mirando hacia la ventana—. La última vez que lo vi fue cuando lo arrojé. Quedó en la parte de atrás de la oficina, cerca del cuartito de la limpieza.

El cuartito de la limpieza. Mi antena comenzó a vibrar.

—Ay, Lupe —dijo Silvia, rompiendo a llorar, sin que le importara esta vez perder el control—. Estoy en un lío. ¿Qué ocurrirá ahora? ¿Se lo dirás a la policía?

Parecía no haberse preguntado esto antes, de verdad.

—No, no lo haré —dije—. Según la ley de Florida, esta conversación es confidencial. Pero tengo que informárselo a Tommy McDonald, el abogado de Alonso.

Lo que le había dicho era verdad. Ella estaba en un grave problema, y ambas lo sabíamos. Y yo sabía también que la confesión de Silvia libraría a Alonso de la sospecha de homicidio, pero no de otros cargos.

Eran casi las ocho de la noche, y afuera el barrio estaba en calma.

—Tus padres deben estar preguntándose qué te ha ocurrido —le dije, intentando sonreír.

Silvia apoyaba la cabeza en sus manos, y no dio señales de haberme oído. Yo me quedé esperando a que dejara de llorar.

Era una situación irónica. Como detective contratada por Alonso, había descubierto algunos hechos que él intentaba ocultar. Pero esos hechos, por el momento, lo sacarían de la cárcel.

Me puse de pie, coloqué una mano sobre el hombro de Silvia y le dije que me iba. Ella seguía encerrada en su mundo. Yo sentí que no podía juzgarla, y sabía que no estaba en condiciones de entender todo lo que le había ocurrido. Todo lo que me quedaba por hacer era terminar con mi trabajo. Por la mañana, dejaría el problema en manos de Tommy.

Pero aún había algo sin resolver. ¿Quién había matado a Reina Sotolongo?

Salí del apartamento en silencio. Vi a una niña mirándome en la ventana de la casa de los padres de Silvia. Se parecía muchísimo a su madre.

35

Temprano en la mañana desperté a Tommy con mi llamada. Le dije que en un par de horas pasaría por su oficina, por un asunto de extrema importancia. Yo no solía utilizar esas palabras, que enseguida despertaron la curiosidad de Tommy.

No quería estar sola después de hablar con Silvia, por lo que había decidido pasar la noche en la casa de Cocoplum. Dormí mal; llovía, y tuve una pesadilla acerca de lo que podría ocurrirle a Silvia en la cárcel. Finalmente, renuncié al sueño y salí a la terraza. Me tiré a la piscina en el frío de la madrugada, y nadé varias veces de un lado a otro hasta que mis brazos ya no pudieron moverse.

Mientras preparaba un café con leche cubano en la cocina, apareció Aída. Casi se desmaya al ver que yo me había despertado antes que ella, y que encima estaba vestida con un traje de baño mojado. Desde la época del *college,* cuando pasaba las noches sin dormir, generalmente con Margarita, nunca me había despertado allí tan temprano.

—No hagas ruido, no quiero que despiertes a Papi —me advirtió Aída, colocando su dedo índice sobre los labios—. Anoche fue a una de esas reuniones por la libertad de Cuba. Bebió demasiado y se durmió escuchando el himno cubano una y otra vez. Osvaldo tuvo que llevarlo a la cama.

Pensé en el pobre Osvaldo, viejo y frágil.

—¿Osvaldo logró llevar a Papi?

—¡Casi se muere! —gritó Aída—. Tu padre no es lo que se dice un hombre liviano.

Mientras comenzaba a hacer los preparativos para el desayuno, Aída siguió hablando. Yo apenas la escuchaba, como siempre. Bebí unos sorbos de mi café con leche y le eché una ojeada al periódico del día anterior. En un rato, la cocina comenzó a oler a pan cubano recién horneado. En cuanto Aída lo sacó del horno, yo tomé un trozo considerable, lo unté con abundante mantequilla y me lo llevé entero a la boca. Hundí el siguiente trozo en el café con leche. Me metí el pan goteante en la boca y luego me quedé mirando la grasa que flotaba sobre la superficie de mi café. Puede que para algunos americanos sea repulsiva, pero esa es la única manera de atacar un desayuno cubano: ¡con gusto! Definitivamente, no es apto para las almas impresionables. Ni para los estómagos flojos.

El desayuno me hizo sentir infinitamente mejor. Besé a Aída en la mejilla, le agradecí y subí las escaleras para darme una ducha. Siempre sentía cierta culpa por no pasar más tiempo con Aída y con Osvaldo. Desde la muerte de Mami, ellos se habían encargado de mantener unida a la familia, ocupándose de las tareas cotidianas (aun cuando amaban y extrañaban a Mami tanto como nosotros).

Quería sentirme presentable en la oficina de Tommy de modo que elegí un discreto traje caqui de dos piezas con un *top* ajustado marrón sin mangas debajo. Unas sandalias de cuero negro coronaron mi atuendo. Lo que se dice vestida para matar.

Antes de ir a hablar con Tommy tenía algo que hacer. Quería preguntarle a Alonso hijo por las fotografías que había encontrado en las cajas de Margarita. Básicamente, quería verificar mi teoría acerca del modo como habían llegado hasta allí. Y además, averiguar por qué Alonso no había hecho nada con ellas ni me las había mencionado.

Lo llamé a su casa pero no recibí respuesta. Dejé un mensaje en su contestador, suponiendo que lo encontraría en Dinner Key. Parecía ser el tipo de hombre que siempre va a trabajar temprano. Llamé a su oficina pero tampoco estaba allí. Supuse que estaría en alguno de sus barcos, o bien camino al trabajo.

Aceleré en dirección a Dinner Key, y me alegró ver el Camaro rojo de Alonso parqueado en su lugar habitual, debajo de un flamboyán. Me estacioné en el puesto de visitantes que estaba al lado. Cuando salí del carro, vi que su automóvil tenía sobre el techo muchas flores y hojas, como si hubiera estado allí un tiempo. Era algo raro. Hubiera dicho que Alonso conservaba su auto limpio, y así estaba las veces que lo había visto antes.

Mientras caminaba hacia AAA Lines, recordé la tormenta de la noche anterior. Había llovido mucho, y el viento había soplado fuerte. Eso había provocado mi pesadilla. Al parecer, el automóvil de Alonso había estado allí toda la noche.

Golpeé la puerta de la oficina, pero no hubo respuesta. Dejé de golpear, temiendo activar la alarma. Di una vuelta y miré por las ventanas, lo cual era difícil porque estaban más alto que yo. No había manera de treparse; lo único que podía hacer era saltar una y otra vez y mirar adentro. Fue entonces cuando un automóvil llegó y se estacionó al otro lado del Camaro. De él bajó una muchacha. Parecía alarmada.

—¿Necesitas alguna ayuda? —me dijo.

No podía tener más de dieciocho años. Y me miraba con desconfianza, como si yo estuviera un poco loca o representara algún riesgo. No es que yo tenga el tipo del ladrón promedio, pero, como decía un anuncio para turistas, «Las reglas son diferentes en Miami».

Intenté mostrarme inofensiva.

—Sí. Estoy buscando al dueño de AAA Lines.

—¿Alonso? Debe estar por aquí. Aquél es su automóvil —dijo señalando el Camaro rojo.

—Sí, lo sé —intenté mantener la calma. Tal vez ella tuviera la llave de la oficina—. ¿Tú trabajas aquí?

—Trabajo al lado, en Miami Marine Underwriters —la muchacha pasó junto a mí—. Hace tres meses que estoy allí haciendo una pasantía. Yo no tengo llave, pero puedes preguntarle a Bill, mi jefe. Ven.

Evidentemente, la muchacha había advertido mi nerviosismo.

No necesité que me invitara dos veces. La seguí, admirando el *look* sexy que le daban su minifalda ajustada y su *top* corto. Si se le caía algo mientras caminaba en la calle, sería mejor que no se inclinara para recogerlo, porque eso podía provocar una trifulca. Si por las venas de este Bill corría sangre, seguramente la iba a extrañar cuando la muchacha terminara con su pasantía.

La muchacha me dijo su nombre —Melissa— y me presentó a Bill. Bill tenía cerca de cuarenta años, un rostro rosado, cabello rubio y el comienzo de una panza que con el tiempo se haría considerable debajo de una camisa polo verde. Sí le corría sangre por las venas, de eso no había dudas. Vi que sus ojos entablaban una guerra, dudando si mirar primero mis piernas o el trasero de Melissa. Le dije a Bill que estaba buscando a Alonso, y luego le conté del Camaro y de mis llamadas sin respuesta.

Bill pensó que yo estaba exagerando un poco las cosas, pero fue al pasillo y abrió la puerta de la oficina de Alonso, y hasta desactivó la alarma.

No había nadie en AAA Lines, y no parecía que nadie hubiera estado allí. El ambiente estaba húmedo, y todas las ventanas cerradas. Pero todo parecía estar en su lugar, y no había ningún signo de allanamiento o robo.

Fue entonces que vi el maletín de Alonso apoyado contra una silla detrás de su escritorio. Comencé a sentir pánico. Algo andaba muy mal.

Bill pareció compartir mi preocupación, y comenzó a caminar en busca de pistas.

—Alonso siempre se lleva el maletín consigo cuando sale —dijo—. Pero su automóvil está allí afuera. Debe de estar en algún lado, ¿no crees?

—Miremos afuera —dije. Bill me siguió, y detrás Melissa. Salí por la puerta trasera hacia los muelles, donde los yates estaban amarrados en hilera.

El soplido del viento irrumpía en el silencio matinal. Pero allí no había nadie. Bill se encogió de hombros, aparentemente contento de poder volver a la comodidad de su oficina. Comenzó a hacerlo hasta que Melissa se interpuso en su camino.

—No podemos rendirnos, Bill —dijo—. ¡Es evidente que Alonso desapareció! Tenemos que buscarlo.

Sentí deseos de besarla. Tenía que tomar sus datos por si Leonardo decidía tirar la toalla.

Quería que alguien me apoyara, y sabía que Bill no querría quedar mal ante ella. Podía adivinar lo que el hombre pensaba en ese mismo momento: si era él quien finalmente encontraba a Alonso, podía incluso sumar algunos puntos con la muchacha.

—Claro que no vamos a rendirnos así nomás —dijo Bill—. Sólo quería buscar en el estacionamiento.

No podíamos ver el estacionamiento desde donde estábamos, pero yo no me quejé. Nos dividimos; Bill fue por el norte, Melissa por el centro y yo por la parte sur. Debía haber más de veinte yates en los diques secos; ninguno de ellos tenía menos de nueve metros. Estaba a punto de inspeccionar de cerca un Mako cuando oí un horrible chillido en el espigón del medio. Melissa vino corriendo, señalando hacia atrás.

—¡Allí está! —aulló—. ¡Está sangrando!

Bill y yo llegamos al yate al mismo tiempo. Era una lancha tipo Cigarette, ligera y veloz. Me trepé y vi a Alonso tirado en el piso. Su cabeza estaba cubierta de sangre, que en la mejilla ya se había secado.

—¿Está muerto? —gritó Melissa en mi oído—. ¿Está vivo?

La intensidad de su voz chirriante casi me derriba.

—Llama al 911 —dije—. Todavía está vivo. ¡Hazlo, ya!

Melissa corrió hacia las oficinas, y Bill se agachó junto a mí, sin saber qué hacer.

—Todavía tiene pulso —le dije—. No demasiado, pero puedo sentir algo.

Alonso estaba demasiado pálido.

—Alonso, ¿me oyes? —le dije—. Soy Lupe. Vas a estar bien.

No hubo respuesta. Lo sacudí con delicadeza.

—Alonso, ¿me oyes?

Sus pestañas se movieron un poco. Le quité el cabello sangrante de los ojos.

—Ya vas a estar bien —dije—. Ya viene la ambulancia.

Mientras esperábamos vi que toda la sangre le venía de una herida en la frente. No parecía una herida de bala; conjeturé que había sido golpeado con un objeto contundente. Eché una ojeada alrededor buscando algún objeto de ese tipo, pero no encontré nada. Sabía que la policía iba a decretar que la lancha era una escena de crimen, y que no iban a permitir el ingreso de civiles. Esta era mi única oportunidad de revisar el lugar. Pero tampoco podía abandonar a Alonso; Bill no estaba en condiciones de ayudar demasiado. Su necesidad de hacerse el héroe había desaparecido al mismo tiempo que Melissa.

Muy pronto escuché el ruido de las sirenas. Instantes después aparecieron tres enfermeros siguiendo a Melissa. Cuando llegaron hasta donde estábamos, se hicieron cargo de la situación.

Verificaron los signos vitales de Alonso, lo colocaron en una camilla y se lo llevaron. Cuando salían se cruzaron con la policía. Yo le di un breve testimonio al oficial a cargo.

No tenía mucho para decirle: había venido a buscar a Alonso, ver su auto allí me pareció sospechoso y comencé a buscarlo. No dije nada acerca del caso de su padre; estaba seguro de que el policía no necesitaba un dolor de cabeza a esa hora de la mañana. Después de dar nuestros nombres y direcciones, nos dejaron ir. Para ellos no era más que un caso cotidiano en Miami.

Me subí al Mercedes justo en el instante en que la policía comenzaba a cerrar la zona con una cinta amarilla. Llamé a Isabel y me atendió la sirvienta. Le informé cuál era la situación de Alonso hijo y le dije que lo habían llevado al Mercy Hospital.

Estuve unos minutos recomponiéndome. Lo que le había ocurrido a Alonso no era el típico asalto violento de Coconut Grove. Tenía que ver con el caso o bien —Dios no lo permitiera— con Margarita. Me angustiaba pensar que yo podía de algún modo tener responsabilidad en el hecho.

Conduje lentamente hacia el norte, demasiado abatida como para lidiar con una infracción por exceso de velocidad. Tommy me estaba esperando en su oficina. Yo sentí que estaba en un sueño.

—¡Por Dios, Lupe! ¿Qué te pasa? —preguntó Tommy, poniéndose de pie—. Te ves horrible.

—No me sorprende —dije, dejándome caer apesadumbrada en su sofá—. No tienes idea de todo lo que ha pasado en los últimos días.

Tommy se sentó junto a mí y me tomó las manos.

—Cuéntame.

Le conté casi todo: las llaves en el techo del Mercedes, la conversación de la noche anterior con Silvia, Alonso en el barco. Tommy me escuchaba atentamente y asentía. Yo me recosté en el sofá. No sé qué me produjo más dolor, si las experiencias en sí o tener que contárselas.

—Esto cambia todo —dijo Tommy, pensativo. Fue hasta el humidificador de su escritorio y cogió un tabaco. Rápidamente, el aroma a Montecristo Número Uno había invadido el lugar. El embargo no tenía ningún efecto en Tommy.

—¿Qué vas a hacer? —le pregunté.

—Obviamente, el primer paso de nuestra nueva estrategia es sacar a Alonso de la cárcel lo más rápido posible —Tommy exhaló un anillo de humo—. Le tengo que contar lo que tú descubriste. Si accede a ello, voy a presentarle a Sparkey Markey una moción de emergencia solicitando la remoción de los cargos. O, como mínimo, una reducción de las acusaciones que pesan sobre él.

—Quizá Alonso no acceda —dije—. Según lo que me contó Silvia, él inventó esta mentira para protegerla.

—Puede que casi dos meses en la Stockade le hayan hecho cambiar de idea —dijo Tommy—. Eso y el hecho de que su hijo esté en el hospital.

Para enfoques pragmáticos de una situación, nadie mejor que Tommy. Pero yo no estaba tan segura. Alonso padre era un caballero cubano de la vieja escuela. Primero las damas y los niños, siempre. Quizá, por una cuestión de honor, no aceptara entregar a Silvia, aun cuando lo hubiéramos descubierto.

—¿Qué piensas que le ocurrió al hijo? —preguntó Tommy, cambiando de tema.

—No fue un simple asalto —dije—. O está relacionado con el caso de su padre o con Margarita Vidal.

Tommy tosió tan fuerte que el humo formó una nube encima de nosotros. Que la nube tuviera la forma de un hongo no alivió mis temores.

—Dime por qué piensas que esto tiene relación con Margarita.

Hacía tiempo que le escondía a Tommy que mi intervención en este caso estaba marcada por una doble lealtad. Finalmente, se lo conté todo, desde las últimas palabras de Margarita hasta el juicio de Rodrigo, pasando por la vigilancia que yo había padecido. Tommy asentía para que sintetizara las partes que ya conocía, y escuchaba atentamente lo que era nuevo para él. Gruñó cuando le nombré a Fernando Godoy, y dijo finalmente:

—Es extraño. No pensé que alguien podía llegar a seguirte, o a hacer algo como lo de las llaves.

—Todo el mundo comete errores alguna vez —dije, encogiéndome de hombros—. Pero temo que conduje a Fernando Godoy hacia Alonso hijo. Rodrigo debe de haber creído que Margarita me confiaba todo, incluyendo el nombre del padre de su hijo. Pero no fue así. Yo confiaba en que si me veían con Alonso, pensarían que era por el caso de su padre.

—¿Hay alguna manera de conectar a Alonso hijo con Margarita? —preguntó Tommy, usando la lógica.

—La única persona que tenía alguna pista era Mariano Arango —dije, suspirando—. Él vio una vez a Alonso y a Margarita juntos en el apartamento de él. Alonso me dijo que le dio una excusa razonable, pero no estaba seguro de que su hermano le hubiera creído.

—De modo que no tienes ninguna seguridad —dijo Tommy, y luego le dio una chupada volcánica a su Montecristo.

—No —admití—. Hoy iba a hablarle de ello, en relación con las fotografías que encontré, pero bueno, tú sabes.

—No tiene sentido que te culpes por ello.

Tommy se sentó a mi lado y me abrazó con fuerza. Era lo que necesitaba en ese momento, aun cuando tuve que echarme un poco hacia atrás para asegurarme de que su tabaco no me quemara el cabello.

Le di las gracias a Tommy. Si la situación lo requería, él podía comportarse muy humanamente.

—Pero no te olvides de Reina Sotolongo —dije.

Tommy me sonrió con picardía. Era hora de resolver problemas.

—¿Tienes alguna teoría?

—Una sola.

—¿Y vas a hacer el trabajo de la policía?

—De ningún modo —dije—. Es un cabo suelto, pero este caso me tiene loca. Todo el mundo miente. Preferiría tener que enfrentarme a un tratamiento de ortodoncia que durara una semana.

Tommy levantó las manos burlonamente.

—Si quieres, te saco del caso. No tengo ningún problema. Se lo daré a otro. Ya está casi terminado y tu hiciste todo el trabajo sucio. Puedes irte ahora mismo a tus merecidas vacaciones en Cayo Hueso, con tu amante retirado de la sociedad.

Tommy se rió a carcajadas. Me conocía demasiado bien. Ni un millón de dólares harían que yo me saliera del caso. Sabía también que yo necesitaba protestar de vez en cuando, sólo para asegurarme de que él me apreciaba. Típica actitud de princesa cubano/americana.

—¿Sabes qué? No me siento mejor ahora. Conseguí una confesión que sacará de la cárcel a nuestro cliente. Pero me siento como plasta de mierda.

—Por Dios, Lupe. ¿Cómo puede una mujer tan inteligente, parecer tan tonta en ocasiones? —la punta del Montecristo parecía como el Vesubio a punto de destruir Pompeya—. Te sientes mal porque no acataste el primer mandamiento: nunca te involucres personalmente.

Tommy tenía razón, y eso no hacía sino aumentar mi malestar. Me puse de pie y me alisé la falda. Tenía algo que hacer antes de volver a mi oficina, y no quería que Tommy lo supiera.

Mi amigo comprendió que me iba y se puso también de pie, abrumándome con su estatura. Maldije mis delicadas sandalias con sus tacones bajos.

—Ve a casa a descansar. Espero que no me odies por volver a decírtelo, pero luces horrible.

Tommy se inclinó hacia mí y me dio un beso inocente en la mejilla. El perfume de su colonia me invadió.

—Dile a Aída que te prepare un buen almuerzo —dijo—. Y cómetelo en la cama. Y llámame en la noche, ¿sí?

Le prometí que así lo haría. Pero sólo pensaba cumplir con la parte de llamarlo por la noche. No tenía la menor intención de volver a casa para almorzar tranquilamente en la cama.

36

—No sé por qué diablos me estoy encontrando contigo de esta manera. Espero que nadie de la oficina me vea contigo. ¡Mi trabajo no es tan estable y seguro como para ponerlo en riesgo de esta manera! Yo se que no respetas mucho lo que hago, Lupe. Pero, ¡qué diablos! Este trabajo me da de comer.

Charlie Miliken protestaba más de lo habitual en el asiento del acompañante de mi Mercedes. Yo lo ignoré y me alejé de allí tan pronto como me fue posible. Charlie no había advertido, al parecer, que mi querida enemiga Aurora Santangelo había elegido justo ese momento para salir del Palacio de Justicia. La señorita Santangelo se caracterizaba por su exquisito sentido del tiempo.

—¡Se te ve muy bien, Charlie!

Intenté sonar tan sincera e inocente como me fue posible. Todavía me dolían las mejillas de tanto habérmelas pellizcado en el camino desde la oficina de Tommy. Hacía años había leído en una revista que, en el pasado, sólo las mujerzuelas de baja reputación se maquillaban. Las damas de buena familia se pellizcaban las mejillas para tener un buen color sin recurrir a métodos artificiales. Yo no estaba segura de que fuera a funcionar, pero después de que Tommy insistiera en lo mal que me veía, había resuelto que el intento valía le pena.

—No es necesario que me halagues —gruñó Tommy—. ¿Qué quieres?

—¿Por qué el mal humor? —le pregunté. Charlie podía salir campeón en un torneo de gruñones, pero esto era demasiado.

—Algún geniecillo de la burocracia decidió declarar área libre de humo a las dos manzanas que rodean a los Tribunales —Charlie tomó un cigarrillo y lo encendió—. ¡Tengo que caminar dos cuadras para fumar! ¡Dentro de poco tendría que ir caminando hasta Fort Lauderdale para fumar! ¡Qué reverendos hijos de puta!

No era necesario ser muy perceptiva para advertir que no era un buen momento para sonsacarle información a Charlie. Había que mejorarle el humor.

—¿Quieres ir a tomar algo?

—No tengo tiempo para esto, Lupe —tomó una cachada tan larga que casi consumió medio cigarrillo—. Trabajo demasiado y me pagan muy poco. En mi oficina hay montañas de papeles por procesar más altas que yo. Tú sabes que me encanta verte, pero hoy no tengo tiempo para juegos.

Charlie ya estaba listo para su segundo cigarrillo que encendió con la colilla del primero. Resolví que ese día debía resignarme a oler como un cenicero.

—Bueno, ¿qué es lo que quieres? —me preguntó mirando fijamente hacia delante.

—Información.

No tenía sentido jugar a las escondidas.

—Ya veo. ¿Acerca de qué caso?

Nos habíamos detenido en un semáforo y Charlie se volvió hacia mí. Ojalá no lo hubiera hecho. Yo tenía debilidad por sus ojos, aun cuando estuvieran marcados por la irritación.

—No es un caso, sino dos.

—Bien, bien. ¡Te agradezco muchísimo! Déjame adivinar. Alonso Arango padre es uno, ¿verdad? —yo asentí—. ¿Y el otro?

—Reina Sotolongo.

—¿Reina Sotolongo? ¿Quién diablos es Reina Sotolongo?

—La encargada de limpieza que fue apuñalada hace dos semanas en un depósito de basura detrás de Optima Jewelers.

—¿La encargada de limpieza...? Sí, ahora recuerdo.

Charlie le dio otra chupada al cigarrillo. Conducir sin destino alrededor del edificio de los tribunales no es tan fácil como parece. Entre el tránsito y el humo del cigarro, yo sentía que estaba a punto de desmayarme.

—Vamos a almorzar —dije—. Tienes que comer algo.

Esta vez no le di posibilidades de rechazar mi propuesta. Me dirigí hacia Versailles, en la calle 8, donde había almorzado con Rodrigo. Charlie insistió con que tenía poco tiempo, de modo que parqueamos y pedimos comida para llevar. Elegimos dos medianoches, un sándwich de pan dulce cubano con jamón y queso, y dos batidos de mango. Un almuerzo por cierto que no podía competir con una comida en la cama preparada por Aída.

Uno o dos minutos después, la camarera dijo que nuestra comida estaba lista. Pagué, fuimos hasta el Mercedes y allí nos comimos los sandwiches. Yo dejé la ventana abierta, porque Charlie fumaba mientras comía. Supongo que intentaba completar su dosis diaria de nicotina, puesto que lo esperaba una tarde libre de tabaco.

Esperé un rato antes de volver a la carga con Reina Sotolongo.

—Lupe, sabes que me pueden despedir por hablarte de ese caso, de ese caso o de cualquier otro caso.

Era difícil tomarlo en serio, con esa mancha de mango que tenía en la mejilla. Pero tenía toda la razón del mundo. Cada vez que hablaba conmigo de un caso, ponía su carrera profesional en peligro. Pero ya lo había hecho antes, y yo sabía muy bien que lo volvería a hacer.

—Lo sé, Charlie —dije—. Con lo poco que puedas decirme estaré muy agradecida. Sabes muy bien que nunca traicionaría tu confianza en mí.

—Ese es el único motivo por el cual te estoy hablando —dijo Charlie, con la boca llena—. Aurora Santangelo me quemaría vivo si se enterara que esta charla tuvo lugar. Quiere arruinarte como sea y el caso Arango es la oportunidad ideal. No es algo muy profesional que digamos, pero la mala leche de algunas personas es para siempre.

No pude resistir la tentación de pedirle detalles:

—¿Qué dice de mí?

—¿Quieres toda la historia o una versión resumida?

—La versión completa, por favor.

Charlie comió un par de bocados y luego dio otra cachada. Sus manos se movían con rapidez del jugo a la comida y de la comida al cigarrillo.

—Dice que te has acostado con todos los abogados de la ciudad. Y que es por ese motivo que te encargan tantos casos.

—No es verdad —protesté—. No me he acostado con todos. Sólo con los hombres.

—Bueno, avísame antes de cambiar de estilo de vida. Me gustaría ver qué harías en ese caso.

Yo ignoré su comentario.

—Reina Sotolongo.

—Maldita sea, Lupe, eres un perro de caza. Está bien, déjame pensar. Recuerdo que hay algo gracioso en ese caso. Iba a ser tratado como un simple robo en el que se había interpuesto esta mujer, pero luego fue modificado debido al caso Arango. Aurora no cree en las casualidades.

—¿Había huellas en el cuchillo? ¿Ya determinaron la hora del deceso?

—¡Por el amor de Dios, Lupe, dame un respiro! —Charlie terminó su sándwich y se limpió el rostro—. ¡No me estoy ocupando de ese caso! Sólo sé lo que oí en la oficina. Y si dijera lo que sé, Aurora me mataría. Ella está esperando a cogerme en una falta. Me odia básicamente porque me asocia contigo. Se sentiría feliz si me despidiera.

Volví a pensar en Aurora saliendo de los Tribunales justo cuando Charlie se subió a mi auto. Si nos había visto, Charlie se enteraría muy pronto.

—¿Crees que hay alguna posibilidad de que averigües los resultados de la investigación en estos días?

Charlie suspiró. De su nariz salió una larga columna de humo.

—Lupe, creo que no me estás escuchando. Ya hay mucha gente que sospecha de mí. Y todo culpa tuya.

—Por favor... Necesito saber.

—Por Dios, Lupe, no me mires de esa forma. No me juegues sucio.

Junté los restos de mi almuerzo y los llevé a un cesto que había cerca. Caminé lentamente, dándole tiempo a Charlie para que me observara. Sabía el efecto que esto le produciría.

Él tenía razón. Le estaba jugando sucio.

37

Dejé al pobre Charlie y fui hasta el Mercy Hospital para averiguar el estado de Alonso hijo. Una recepcionista me dijo que estaba en el cuarto piso, en terapia intensiva. Por lo menos, estaba vivo. Cuando salí del ascensor, me encontré con Ernesto e Isabel Arango, que esperaban en la puerta de la Unidad de Terapia Intensiva.

Estaban sentados en el sofá, sumidos en una conversación, y no advirtieron mi presencia. Decidí pasar por el baño antes de saludarlos. Fui hasta la sala de enfermeras, pregunté por el baño y luego caminé hasta el fondo del pasillo. Cuando giré, oí una voz que me sonó conocida.

—¿Por qué cojones lo lastimaste?

Me quedé helada. Era la voz de Mariano Arango. Retrocediendo unos pasos, vi unos carteles que mostraban los baños y los teléfonos. Me quedé quieta y seguí escuchando.

—¡Casi lo matas, hijo de puta! ¿Cómo te atreves a tocar a mi hermano? —Mariano hablaba ahora con un susurro intenso y enojado—. Estoy en el hospital.

No sabía bien qué hacer: si retroceder y simular que acababa de llegar, o correr el riesgo de ser descubierta para averiguar con quién hablaba Mariano.

—Mira, no me interesa escuchar tus explicaciones. Mi hermano está en terapia intensiva. ¡Si le ocurre algo, te mataré! ¡Será mejor que reces para que Alonso se recupere!

Dicho esto, Mariano colgó el teléfono bruscamente.

Era demasiado tarde para buscar un lugar donde esconderme. Oí los pasos de Mariano que se acercaban doblando el pasillo. No había nada en el pasillo donde yo estaba, excepto un par de sofás en cada pared. Me arrojé al piso detrás de uno de ellos. Por una vez en la vida, bendije mi escasa estatura. Pude colarme en el espacio entre el sofá y la pared (eso sí, mi nariz se llenó de polvo y tuve que comprimir mis pechos). Pude ver un par de zapatos de hombre marrones y parte de unos *jeans* que pasaban.

En cuanto el ruido de los pasos desapareció, comencé a salir de mi escondite. En ese mismo instante, una joven enfermera negra pasaba por allí. Se detuvo al llegar a mí, intrigada. Nos quedamos mirándonos.

—Mis lentes de contacto —dije con la espalda rígida.

Ella se acercó y me miró a los ojos.

—¿Estás segura? Creo que los tienes puestos.

—¿De veras? —Comencé a girar los ojos como una loca, intentando verificar su teoría. Lo que menos necesitaba en ese momento era que un empleado de seguridad del hospital comenzara a preguntarme por qué me arrastraba detrás de los muebles. Intenté poner una expresión de vergüenza, lo cual no me resultó muy difícil.

—Tienes razón. Muchas gracias.

Miré irse a la mujer, que giraba la cabeza cada dos pasos para ver qué hacía yo. Luego fui hasta el baño de damas, y cerré la puerta con un gran estrépito.

Frente al espejo intenté recomponer mi aspecto. Después de quitarme pacientemente el polvo del cabello, repasé mi peinado y me coloqué lápiz labial. Mis mejillas todavía me dolían por los pellizcos, por lo que esta vez preferí maquillarme.

Estaba bastante segura de que Mariano no me había visto, pero no quería arriesgarme. Espié la sala de espera y lo vi con su madre y su hermano, y luego tomé el ascensor hacia la planta baja. Me senté junto a una enorme maceta cubierta de plantas que había cerca de los ascensores, desde donde podía ver quién entraba y salía sin ser descubierta. Recé para que Mariano bajara pronto. No quería pasarme el día en compañía de una areca medio seca.

Eran las tres de la tarde. Los empleados del turno de la mañana se fueron y llegaron los del turno de la tarde. No quería tener que esperar a los del turno de la noche. Tenía la sensación de que Mariano no era el tipo de hombre capaz de pasarse horas en un hospital, sobre todo si tenía trabajos pendientes.

Salí un rato y volví. Cerca de las seis, llamé a Leonardo y le dije que telefoneara al Mercy Hospital para preguntar por la salud de Alonso. Podía haber ido yo misma a la recepción, pero corría el riesgo de que me viera alguno de los Arango.

Leonardo me llamó cinco minutos más tarde para decirme que Alonso estaba en estado crítico pero mejoraba. Esperaban sacarlo de terapia intensiva en dos horas, para ponerlo en estado reservado. No era la mejor noticia que podía haber oído, pero estaba cerca. Mientras sostenía a Alonso en el yate, me había parecido que podía morir.

Veinte minutos más tarde, un guardia se acercó a mí. Era joven, y en sus ojos hundidos había una mirada seria.

—¿Algún problema? —pregunté, intentando mostrarme terriblemente mortificada. La compasión era mi única esperanza.

—No sabía que había alguien aquí hasta que te oí hablar por el celular.

—Lo siento. No estaba intentando esconderme —mentí. Cubrí mi labio superior con el inferior—. Es que... mi marido...

—Lo lamento mucho —dijo el guardia. Mi táctica funcionó. Estaba segura de que lo que menos quería escuchar el muchacho en ese momento era la historia que estaba a punto de contarle—. Es sólo que... no tengo teléfono en mi puesto y quería avisarle a mi novia que me tengo que quedar a trabajar hasta tarde.

Mientras decía esto, miraba mi cartera, donde yo acababa de guardar el celular. Tomé el teléfono y se lo alcancé, pensando en la cara de Leonardo cuando le explicara por qué gastaba tanto en teléfono.

El guardia marcó un número local; yo respiré aliviada.

—¿Janie? —dijo después de unos segundos—. Soy yo. Quería decirte que hoy me quedo a trabajar hasta tarde. Lo sé, lo sé...

Por lo menos él también estaba detrás de las plantas. Si Mariano bajaba en ese momento, no nos vería. Comencé a dar golpecitos en el suelo con los pies, para apurar al muchacho.

—Sé que tenemos la cena con Nina y con Ken. No es que *quiera* trabajar hasta tarde.

El tipo estaba mintiendo. Nina y Ken debían ser un par de pesados sin nombre. Mientras lo escuchaba, mantenía la mirada fija sobre las puertas de los ascensores. Como era de esperar, una de ellas se abrió y apareció Mariano.

—Claro que tus amigos me caen bien —explicaba el guardia. Mariano caminaba con rapidez, como si estuviera enojado. Pasó junto a la recepción y se dirigió hacia la puerta.

—Otro día los invitamos a comer una pizza —seguía el guardia.

Yo le arranqué el teléfono de las manos. Mariano ya estaba afuera.

—Tu novio te llamará más tarde —le dije yo a Janie.

Guardé el celular en mi cartera y enfilé hacia la puerta antes de que el guardia pudiera reaccionar a lo que había hecho.

En el parqueo vi a Mariano subirse a su Explorer. Por fortuna, mi Mercedes estaba aparcado en otra fila, por lo que pude llegar hasta él agachada y sin que Mariano me viera. Cuando estaba cerca, oí que encendía el motor y arrancaba.

Subí rápidamente al Mercedes mientras él aceleraba hacia la casilla de salida. Cuando arranqué, él estaba segundo en la fila. Busqué el ticket en mi cartera y tomé cinco dólares.

La barrera subió para que la atravesara Mariano. Yo aceleré, y me le metí delante a un Honda. Mientras le entregaba el ticket y el billete al empleado y le decía que se quedara con el vuelto, recibí como premio una andanada de bocinazos. La barrera se levantó instantáneamente.

Cuando llegué a la calle, Mariano estaba lidiando con el tránsito. Cambió de carriles y aceleró. Parecía el tipo de persona que infringe todas las reglas con tal de llegar unos segundos antes. Ese tipo de conductor me resultaba muy familiar; yo, de hecho, era uno de ellos. Seguirlos es una tarea endemoniada.

Afortunadamente había mucho tránsito, y Mariano no podía ir demasiado rápido. La calle se había convertido en un solo canal, y entonces pude relajarme y mantenerlo a la vista.

No debí haberme relajado. Repentinamente, Mariano dobló en la Avenida 27 y apretó a fondo el acelerador. Lo vi girar como una culebra, dejando atrás a varios automóviles que iban más lento. Maldije al comprender que se estaba dirigiendo a la U.S. 1. El único elemento a mi favor en ese momento era que se estaba haciendo de noche. Era más difícil que él me detectara.

Mariano era un conductor apenas mejor que su hermano Alonso. Temía la posibilidad de que un policía me parara, porque para mantenerme cerca del Explorer me veía obligada a realizar infinidad de maniobras idiotas. Me resigné a que hubiera sólo un auto entre nosotros (y a veces ni siquiera uno). Si manejaba con prudencia, lo perdería.

Rogué para que estuviera tan enojado y concentrado en su manejo que no advirtiera que tenía las mismas luces en el espejo retrovisor hacía cinco millas. Pero sabía por experiencia que la gente no se preocupa cuando tiene detrás un auto caro. Son los autos viejos y arruinados los que le preocupan.

Esto era demasiado para mí. Mi mandíbula me dolía de tanto morderme los dientes. Seguimos hacia el sur, pasando Coconut Grove. Dejamos atrás Coral Gables como una exhalación. Acabábamos de ingresar a South Miami cuando Mariano puso la luz de giro hacia la izquierda, para doblar en Red Road.

No podía correr el riesgo de doblar detrás de él, por lo que giré una cuadra antes. Avancé una cuadra y llegué a la esquina de Red

Road justo en el momento en que él pasaba a toda velocidad. Perfecto. Dos cuadras después, Mariano se detuvo para estacionar el Explorer.

Ya no necesitaba seguirlo. Sabía adónde se dirigía. Hice un giro de ciento ochenta grados y estacioné en un lote del otro lado de la calle.

Me quedé un rato sentada en el Mercedes, mirando el tránsito. Había parejas yendo al complejo de cines que había en la esquina, algunos tenderos cerrando sus negocios, patinadores y gente haciendo *jogging*, y unos pocos clientes camino a la librería que había enfrente.

Esperé a que Mariano desapareciera por la escalera del edificio antes de cruzar Red Road. En el lobby miré la lista de locatarios hasta que hallé el nombre que estaba buscando.

Fernando Godoy. Suite 212. Me reí en voz alta. Este lugar era tan miserable, que la palabra «suite» le quedaba demasiado grande.

La puerta estaba abierta. Desde el otro lado de la calle había visto que las luces del segundo y el tercer piso estaban encendidas. Al parecer, las oficinas estaban abiertas hasta tarde, y seguramente no cerraban la puerta con llave hasta las ocho o nueve.

Subí las escaleras y fui en puntillas hasta la puerta 212. No oí ruido alguno, lo cual no me sorprendió, porque la puerta estaba hecha de madera pesada. Puse mi oreja contra ella y lo único que pude oír fueron los latidos de mi corazón. Enseguida oí otro ruido: pasos detrás de mí. Me volví a tiempo para ver a Rodrigo Vidal que se dirigía también hacia la puerta 212.

—¡Lupe! ¿Qué estás haciendo aquí? —me gritó Rodrigo. Su voz rebotó con el suelo sin alfombrar del pasillo.

—¡Rodrigo! ¡Qué alegría verte! ¿Cómo estás? Luces muy bien.

¿A quién iba a engañar? Estaba agazapada contra la puerta de la oficina de Fernando Godoy a las siete de la noche.

—¿Qué estás haciendo aquí? —repitió Rodrigo.

Esta vez, la historia de los lentes de contacto no me iba a ser de utilidad, y no había ningún corazón en las ventanas. Sonreí estúpidamente, deseando desaparecer sin verme obligada a dar una respuesta.

En ese instante se abrió la puerta de la oficina de Godoy y apareció Mariano Arango. Lo seguía Tom Slattery, y detrás venía un tercer hombre —presumiblemente, Fernando Godoy—. Hacía años que no veía a Slattery, y al revés que el buen vino, el tipo no había mejorado con los años. Estaba más grande, más gordo, más grasiento y más malvado.

—Vaya, vaya —exclamó Godoy—. ¡Miren a quién tenemos aquí! ¡Nuestra pequeña Nancy Drew a la cubana!

Lo odié a primera vista, y ni siquiera me digné a contestarle. Me di vuelta en dirección a las escaleras.

—Justo quería hablar contigo —dijo Godoy—. ¿Quieres pasar?

Sin esperar mi respuesta, le hizo un gesto con la cabeza a Slattery, que me tomó del brazo y me introdujo en la oficina. Apenas tuve tiempo de ver la recepción, porque fui arrastrada hasta otro ambiente. Godoy indicó que me sentaran en la silla que había del otro lado del escritorio, y le susurró algo a Slattery.

El oso gordo abandonó la sala. Mariano y Rodrigo se posicionaron en sendas sillas a mi lado. Yo era el jamón de su sándwich.

Me quedé quieta un momento. Oí que se abría la puerta detrás de mí, y luego los pasos pesados de Slattery. No pensé demasiado en ello hasta que una mano sudorosa me tomó de atrás y me colocó un pañuelo en la boca.

La tela tenía un olor dulce y pegajoso. Mi último pensamiento fue que conocía ese olor. Lo conocía del odontólogo. Recé para que lo que me esperaba no fuera tan doloroso como lo que solía hacerme mi dentista.

38

Cuando recuperé la conciencia, no tenía la menor idea de cuánto tiempo había pasado. Estaba recostada de lado sobre un suelo de cemento frío, y sentía algunos dolores, pero básicamente estaba bien. Lo cual no significa que estuviera cómoda. Tenía un gusto feo en mi boca, y también un trozo de tela maloliente, y mis manos y pies estaban atados detrás de mi espalda con una cuerda. Y no veía nada: un pañuelo me tapaba los ojos. Contuve mi respiración e intenté escuchar. Estaba sola, y me sentía demasiado mal como para tener miedo.

Intenté recordar qué había ocurrido. Mi último recuerdo era un trozo de tela apretado contra mi nariz en la oficina de Godoy. Ahora sentía el mayor dolor de cabeza de mi vida. Pensar sólo me causaba más dolor.

La cuerda me impedía moverme demasiado, y cuando intenté hacerlo me cortó la piel. Lo único que podía hacer era mover mis dedos, y lo hice, para mantener la circulación.

Estaba hundida en la mierda hasta el cuello. Nadie sabía dónde estaba, exceptuando por supuesto a los cuatro honrados caballeros que me habían metido allí. Mientras mi mente giraba como un carrusel, podía ver sus rostros: Mariano Arango, Fernando Godoy, Rodrigo Vidal y Tom Slattery.

Recordé que había ingresado al pasillo pocos minutos después que Mariano. Él había estado enojado antes de entrar, por la golpiza que alguien le había dado a Alonso. Pero cuando lo vi ya no parecía enojado. Claro que en ese momento no pude ver nada demasiado detalladamente. Estaba más preocupada por huir que por observar.

Pero, evidentemente, no había logrado mi propósito. Estaba atada de pies y manos. No tenía sentido castigarme por haber sido tan estúpida de exponerme a ese riesgo. Prefería sentir pena por mí misma, al menos por un rato. Pero enseguida comprendí que lo que debía hacer era intentar escaparme.

Primero tenía que sacarme el pañuelo de los ojos, para saber dónde estaba. Moví mi cabeza hacia atrás y hacia delante sobre el cemento, pero lo único que logré fue rasparme la piel y causarme más dolor. El pañuelo estaba atado por detrás. Intenté moverme en círculos para desatarlo.

Mientras lo hacía, tenía que morder con fuerza la tela que tenía en la boca para que no se oyeran mis gemidos. Mi cabello estaba enredado en el nudo, y me halaba el cuero cabelludo. Pronto establecí una rutina: mover la cabeza en círculos de izquierda a derecha, y luego un descanso.

Después de una docena de intentos, sentí que el nudo se aflojaba un poco. Lenta, dolorosamente, logré mover el pañuelo hacia abajo y espiar por encima de él. Con un poco más de esfuerzo pude quitármelo por completo del rostro. Me tomó unos momentos abrir los ojos por completo, de tanto que habían estado cerrados. Cualquier progreso me daba la esperanza de poder sobrevivir a aquel día miserable, o noche, lo que fuera.

Mis ojos se acostumbraron gradualmente, y no había mucho que ver. La única fuente de luz era una línea debajo de lo que presumí era una puerta. Unos minutos después ya podía ver un poco mejor.

Estaba en una habitación pequeña, que me resultaba vagamente conocida. Giré y giré sobre el concreto hasta tocar tres paredes. El cuarto tenía cerca de un metro y medio por cada lado. Me recosté de espaldas y miré hacia mi pullover negro. A la luz escasa que venía de la puerta, pude ver que estaba cubierta por una leve capa de polvo.

Cuando comprendí lo que esto significaba inhalé profundamente, lo que provocó que el trozo de tela se hundiera aún más en mi garganta. Decidí rápidamente que el siguiente objetivo era ese maldito pañuelo que me tapaba la boca, por lo que otra vez, aun cuando sabía que iba a doler, comencé con el movimiento circular. Lágrimas de dolor surcaban mis mejillas, y supe que estaba despellejándome la cara. Pero finalmente pude quitarme el pañuelo.

Escupí el maldito trozo de tela bien lejos de mí. Aun cuando seguía atada de pies y manos, me sentí libre. Especialmente porque sabía dónde me habían encerrado. El polvo que había en mi camiseta era el mismo que había visto en mis zapatos la noche en que Bridget O'Leary y yo habíamos hecho una visita nocturna a Optima Jewelers.

Ahora tenía que recordar con precisión dónde estaba el pasadizo que me sacaría de allí. Con mis manos atadas no podía tantear las paredes para ver dónde estaba. Tendría que adivinar. Cerré los ojos e intenté visualizar el plano que había copiado en el Departamento de Edificación y Planos. No podía correr el riesgo de equivocarme. Los hombres podían volver en cualquier momento.

Tenía que decidirme. Me ubiqué en la posición que creía correcta. Me estiré hacia atrás, levanté las piernas hacia mi pecho tanto como pude y golpeé con todas mis fuerzas.

El impacto rebotó contra mi cabeza y me provocó un dolor tan grande que me hizo gemir. Luego abrí los ojos para ver qué había ocurrido. No demasiado. El tabique apenas se había movido. Seguramente faltaba una docena de patadas para que cediera. Pero eso no me desalentó. Sabía que, si no lo lograba, lo que me esperaba era peor que el dolor que me provocarían las patadas. Finalmente, cuando ya mis piernas perdían la fuerza, la pared se rompió en pedazos. Yo estaba tan agitada que apenas lo noté.

Me quedé unos segundos inmóvil para ver si alguien me había oído y venía por mí. No oí nada. Di una vuelta sobre mí misma y miré desde el piso. Elegí el trozo de madera más afilado y lo empujé hacia mis pies. Me quité las sandalias y lo cogí con los dedos de los pies.

—Respira hondo —susurré. Había muy poca ventilación y hacía calor. Tuve que esforzarme para no agitarme al respirar. Arqueé mi espalda tanto como pude, hasta que mis manos y mis pies se tocaron, y comencé a serruchar la cuerda con la madera.

Si había creído que ya sabía lo que era el dolor, entonces estaba equivocada. Lo que había sentido hasta entonces no era nada comparado con esto. Algunas veces erraba el movimiento, y en lugar de la cuerda me cortaba mis manos. Sentí algo húmedo en ellas; rogué para que fuera sudor y no sangre. Era casi una suerte que el cuarto estuviera tan oscuro. Sabía que, si hubiera visto el estado de mis manos, habría entrado en pánico.

Cada vez se me hacía más difícil respirar. A cada rato, la madera se me resbalaba de los pies. Es que había tanta humedad que era difícil sostenerla. Usar las manos me habría facilitado las cosas, pero el ángulo necesario para que la madera tuviera algún efecto lo hacía imposible. Traté de no dejarme invadir por la frustración. Mis ropas estaban completamente empapadas en sudor. Le oré a la Virgen para que me permitiera continuar con mi tarea.

Ya estaba casi en automático cuando la cuerda finalmente comenzó a ceder, pero estaba demasiado oscuro para saber cuán profundo era el corte. Mordiéndome los labios para no gritar, pude cortarla del todo. Los últimos cabos se soltaron, lubricados por mis manos húmedas.

Me incorporé para desatarme los pies, luchando con la humedad y con la torpe rigidez de mis dedos. Me puse de pie por primera vez en muchas horas, otra vez agradecida de llegar apenas al metro con cincuenta de estatura, gimiendo en voz alta por la protesta de mis músculos. Me estiré cuanto pude, porque sabía que tendría que andar de rodillas para salir de allí. No me atreví siquiera a abrir la puerta que daba a Optima. Era más que probable que los hombres estuvieran en la joyería en ese mismo momento.

Me persigné, le agradecí a la Virgen y me puse de rodillas. Estaba más débil de lo que había pensado. Simplemente, no podía recordar cuánto tenía que avanzar para llegar a la salida del pasadizo más lejana. Todo estaba tan oscuro, había tan poco aire, que pensé usar la salida más cercana, pero estaba segura de que iba hacer sonar alguna alarma si salía por cualquiera de las otras tiendas. Lo que menos necesitaba en ese momento era que la siempre vigilante policía de Coral Gables me interrogara como sospechosa de allanamiento de una propiedad. Además, suponía que cuanta mayor distancia pusiera entre Optima y yo, mayores eran también mis posibilidades de seguir viva.

Intenté moverme más rápido, pero había tan poco aire que comencé a marearme. Me dolían los huesos, mi piel estaba lastimada, y estaba transpirando tanto que el sudor me hacía cerrar los ojos. Podía haber caminado agachada, pero en el estado en que estaba parecía más saludable ir gateando. Tenía miedo de caerme y golpearme la cabeza contra el cemento del piso.

Cuando llegué al extremo del pasadizo, sólo veía estrellitas de colores. Tanteé en busca de la puerta, la abrí con el último aliento y me abalancé en busca de aire sobre una noche fría e iluminada por la luna.

Mi primer intento de ponerme de pie fue un fracaso. Cuando finalmente logré una posición erecta, tuve que apoyarme contra la pared, temblando y entrechocando los dientes. Caminé casi a ciegas hasta que divisé un teléfono público del otro lado de la calle. Llegué hasta él dando tumbos, y eché una ojeada alrededor para ver si alguien me había visto. El reloj en la torre de la alcaldía de Coral Gables marcaba las tres y veinte de la mañana. Por eso no había nadie en la calle.

Me encerré en la cabina, estimando con total falta de lógica que eso me ayudaría si Slattery o Godoy me encontraban. Cogí el auricular y marqué el 0.

En ese instante vi mi reflejo en el espejo de una tienda. Mis piernas se aflojaron cuando vi el aspecto que tenía. Mientras me deslizaba hacia el suelo, pedí una llamada a cobrar por el destinatario.

—¿Tommy?

—¿Lupe? ¿Eres tú?

—¿Puedes venir a buscarme?

Más tarde, Tommy me dijo que me había encontrado enroscada en el piso de la cabina, desmayada, oliendo a podrido, semidesnuda, descalza y cubierta de sangre, con el auricular colgando sobre mi cabeza.

39

—Lupe, tienes que ir a la policía a hacer la denuncia —dijo Tommy—. No seas obcecada.

Intentó introducirme a la fuerza otra cucharada de sopa de pollo, pero yo me resistía. No me sentía inválida; sólo necesitaba un tiempo para recuperarme.

—Secuestro e intento de asesinato —prosiguió—. Puedes mandarlos a la cárcel por mucho tiempo. A todos ellos.

Sabía que Tommy estaba enojado por dejarse convencer por mí de llevarme a su condominio la noche anterior, y no al hospital. Yo no lo recordaba demasiado bien, pero él me había dicho que yo me había puesto histérica cuando él mencionó una ambulancia. Finalmente, me llevó en hombros desde su automóvil a su apartamento, agradeciendo que nadie pasara por allí a las cuatro de la mañana. Lo menos necesario en ese momento habría sido tener que responderle preguntas a un vecino curioso.

Yo estaba en un estado tal que lo primero que hizo Tommy fue meterme bajo la ducha. Mis heridas estaban tan en carne viva, que a Tommy le dio miedo usar jabón. Cuando me ofreció agua para beber, me tomé cuatro vasos seguidos. Luego me dejó acostarme en la habitación de huéspedes, y cuando estuvo seguro de que estaba durmiendo y a salvo de todo peligro, se fue a su oficina. Yo le había asegurado que lo único que necesitaba en ese momento era descansar. Y así era: dormí hasta bien entrada la tarde.

—Dime la verdad —dije mientras Tommy se llevaba la sopa—. ¿Cómo me veo?

Doce horas de sueño seguidas por una larga inmersión en un baño de burbujas habían hecho maravillas.

—Por lo pronto, eres otra persona. Son tus genes cubanos. Quien tiene que mejorar su apariencia ahora soy yo. El susto que me diste anoche me agregó cinco años.

—Gracias por ir a buscar el Mercedes al parqueo. Tuve suerte de que nadie rompiera el vidrio ni me robara la cartera.

—Tuviste suerte de que el auto estuviera allí.

Tommy me alcanzó la cartera. Yo tomé mi espejito y el *kit* de maquillaje de emergencia. No estaba tan mal; nada que un buen maquillaje no pudiera arreglar. No quería preocupar a Tommy preguntándole si había verificado que mi Beretta estuviera debajo del asiento del acompañante.

—Esta mañana llamé a Leonardo para decirle que hoy no ibas a trabajar. Le dije que íbamos a pasar el día juntos. No quería que se preocupara y enviara un equipo de rescate a buscarte.

—¿Qué haría sin ti, Tommy? —dije mientras lo abrazaba. El sólo hecho de estirar los brazos me provocaba dolores infinitos.

—En serio, Lupe, tienes que ir a hacer la denuncia. Estos tipos no son broma.

Empecé a decir algo pero Tommy me cubrió los labios con un dedo.

—A estas alturas, ellos ya saben que te escapaste. Van a venir a buscarte. Si no llamas a la policía, lo haré yo. De verdad.

—No, no, todavía no —supliqué—. Tommy, estoy a punto de resolver el caso. Me faltan sólo un par de cosas. Necesito un poco de tiempo y luego todo habrá acabado.

—¿Qué otra cosa hay que hacer? —preguntó Tommy—. Ya conseguiste la confesión de Silvia Romero. Descubriste que Mariano está metido hasta el tuétano en esto. Deja que la policía se ocupe de lo que falta. Tu papel en el caso ya terminó.

Tommy se sentó pesadamente en la cama. Discutir conmigo era uno de sus pasatiempos favoritos.

—Este caso es realmente de locos —gruñó—. Tú tienes que salvar al cliente y lo logras averiguando cosas que el mismo cliente nos había ocultado.

—Lo sé. ¿Eso quiere decir que no me vas a pagar?

—Buena pregunta —dijo Tommy, serio—. Sí, claro que te pagaré. Me aseguraré de pagarte. Maldita sea, sí que eres una buena detective, Lupe. Nunca te rindes y eso es lo que te convierte en la mejor de la ciudad.

—Gracias por el cumplido. Puedes enviar el cheque directamente a mi oficina.

Tommy no advirtió que le estaba tomando el pelo. Él nunca hacía bromas acerca del dinero.

—Lupe, esto va en contra de mi buen juicio —dijo con un suspiro—. ¿Cuánto tardarás en concluir el caso?

¡Qué caballero! Sabía que iba a persuadirlo.

—Treinta y seis horas —dije. En verdad, sólo necesitaba un día, pero sabía cuál iba a ser su respuesta.

—Veinticuatro —dijo—. Ni un segundo más. Esto es muy comprometedor para mí. Podría perder mi licencia por esto.

Eso no me impresionaba demasiado. Había no menos de mil motivos por los cuales Tommy podía perder su licencia.

—Una cosa más. Odio pedirte esto, ¿pero no tendrás algunas prendas para salir de aquí? Ya sabes cómo quedó mi ropa.

—La guardé en una bolsa, por si la necesitamos más tarde como evidencia. Y está bien, te prestaré algo, pero prométeme que te evitarás los comentarios sarcásticos.

Tommy y yo fuimos hasta su enorme ropero para invitados y abrimos las puertas. Lo que vi me asombró. Estaba repleto de ropas de mujer de todo tipo: vestidos, faldas y pantalones de todos los colores y tamaños. Tuve que guardarme mi opinión; se lo había prometido. Yo ya sabía que Tommy no era ningún monje, pero esto era demasiado. Elegí un vestido verde oscuro sin mangas y pensé que cuando el caso terminara le pediría si me lo podía quedar.

—Lupe, tengo toda la buena voluntad de darte un tiempo antes de ir a la policía —dijo Tommy, cerrando el ropero—. Pero tengo que insistirte en que pases la noche aquí. Todavía no estás en forma para conducir.

—Está bien, acepto.

La idea de pasar la noche allí me reconfortaba. Aunque ya me sentía mejor, todavía estaba cansada y dolorida. Y además mi apartamento no era el lugar más seguro para pasar la noche sola.

Tommy fue hasta su dormitorio y volvió con una camiseta enorme, para que yo la usara como camisón de dormir.

—Debo reconocer que tienes clase, Tommy —le dije besándole la mejilla. Tommy me recordó dónde estaba la comida y dónde podía buscar algún refresco. Luego me dejó sola. Yo me sumergí en la cama, gozando del roce de las sábanas limpias contra mi piel.

Pero tenía algo que hacer antes de dormirme. Cuando escuché que Tommy iba hacia el otro lado del pasillo, cogí el teléfono y llamé a mi apartamento. Oprimí mi código personal y me dispuse a escuchar mis mensajes.

Había nueve. Dos de ellos, de mis hermanas, preguntándose por qué no las había llamado en veinticuatro horas (cosas de las familias cubanas). Otro era de Leonardo, molesto porque me había enviado un mensaje al bíper y yo no le había respondido. Cinco de ellos eran de empleados de firmas de *telemarketing,* incluyendo uno que ofrecía una tumba a buen precio; o bien el vendedor era nuevo, o estaba desesperado, porque nunca dejan mensajes; sólo dicen que quieren hablar con la señorita Solano y que volverán a llamar más tarde. Nunca dan sus nombres ni piden que les devuelvan el llamado. Todos tienen la misma técnica. Por fin llegué al último mensaje; era de Charlie Miliken:

—Lupe, tengo algo para decirte. Llámame a casa.

Colgué y marqué de inmediato el número de la casa de Charlie. No me fue fácil recordarlo, puesto que desde hacía años lo tenía grabado en la memoria de mis teléfonos y para llamarlo oprimía un solo botón.

—¿Charlie?

—¡Lupe! ¿Dónde diablos has estado? —gruñó Charlie—. Te envié unos diez mensajes al bíper.

—Discúlpame. —Otro día le contaría que no había dedicado ese día precisamente a esperar mensajes del bíper—. Escuché tu mensaje en mi contestador.

—Esto puede costarme muy caro, tanto en lo personal como en lo laboral —comenzó, pomposo. Yo odiaba que hablara así—. Pero tengo algunos datos acerca de la encargada de limpieza, Reina Sotolongo.

—¿Qué tienes? —pregunté ansiosa.

—Aurora va a ligarlo al crimen de Gustavo Gastón —dijo.

—¿De modo que el móvil del robo está descartado definitivamente? —Lo había sospechado.

—Aparentemente, el informe del laboratorio hizo que Aurora reconsiderara las cosas. Al parecer, había restos de un polvillo blanco en los pulmones de Sotolongo. Aurora quiere averiguar qué significa eso.

Mierda. Eso quería decir que yo tenía la misma porquería en los pulmones. Yo también había permanecido el tiempo suficiente en ese cuartito.

—¿Qué más?

—¿Eso es todo lo que puedes decirme? —preguntó Charlie con cierta amargura—. Arriesgo mi trabajo por ti y tú ni siquiera eres capaz de decirme «gracias».

Le eché un largo discurso de agradecimiento. Debió funcionar, porque siguió hablando.

—Aurora está muy concentrada en este caso. Tiene a todo el mundo corriendo: a los detectives, a quienes estuvieron en la escena del crimen, a los tipos del laboratorio, a los analistas de huellas. Y ella también está trabajando *full-time*. Está convencida de que hay algún tipo de conspiración que involucra a todos los Arango. Y además, quiere tu cabeza, Lupe. No sé cómo vas con el caso, pero será mejor que no cometas errores. Quiere acusarte de obstruir la investigación.

—Lo sé —dije con un suspiro—. Ya pasaron muchos años desde que la hice quedar en ridículo, pero esta perra todavía quiere que yo se las pague. Tiene buena memoria esa tipa.

Charlie se rió. Había en él un costado perverso que se apasionaba con las peleas feroces entre personas, sin importar quién fuera el que peleara.

—Te cuento un buen chisme —dijo Charlie, ya más relajado—. Dicen que Aurora lleva siempre consigo el teléfono del encargado de pintar los carteles del Palacio de Justicia. Quiere tenerlo a mano cuando llegue el momento de colgar el cartel de jefa de división.

—Un verdadero personaje. Muchas gracias, Charlie. Tú sabes bien cuánto te aprecio —le tiré un beso y colgué.

Antes de irme a dormir (o, para decirlo con mayor precisión, de caer rendida), llamé al Mercy Hospital. Después de varios minutos de espera conseguí que me comunicaran con la central de información, donde me dijeron que Alonso hijo había sido trasladado a una habitación privada, y que su estado de salud mejoraba con rapidez. Eso me puso contenta. Tenía muchas preguntas que hacerle.

Y me dio algo agradable en que pensar mientras me entregaba a los brazos del sueño. Sentí un gran alivio al saber que el día siguiente, pasara lo que pasara, sería el último que le dedicaría al caso Arango.

40

Cuando salí a hurtadillas del apartamento de Tommy, el sol recién comenzaba a elevarse en el firmamento. Hacía varios días que no iba a trabajar a esa hora, pero quería aprovechar cada segundo del tiempo extra que Tommy me había otorgado. Tenía muy en claro qué era lo que tenía que hacer.

El Mercedes estaba estacionado junto a su Rolls Royce, en el sector del sótano reservado para los huéspedes. Subí a mi auto e introduje la mano debajo del asiento del acompañante. Tocar el acero frío de la Beretta fue como tocar una mano amiga. Nunca había disparado contra nadie, y no tenía la intención de hacerlo, pero tenerla a mi lado me daba paz mental.

Me coloqué el cinturón de seguridad de tal modo que arrugara lo menos posible mi nuevo vestido verde y arranqué. Había poco tránsito en dirección al Grove. Mi primera parada fue en mi oficina, para prepararme un café. En su apartamento, Tommy sólo tenía café americano, y a mí me era imposible empezar el día con esa mezcla aguachenta.

Por primera vez, me puse contenta de que Leonardo no llegara a Solano Investigations antes de una hora tan civilizada como las nueve y media, porque eso me evitaba la obligación de perder el tiempo respondiendo a sus preguntas. Estacioné el Mercedes en mi puesto y caminé hacia la oficina. No había nadie por allí. Cada paso que daba en aquel territorio familiar calmaba mis nervios.

Me detuve unos instantes en el escritorio de Leonardo para revisar el correo, y luego me dirigí a la cocina sin detenerme en la luz intermitente del contestador telefónico. Una vez en la cocina, llené la cafetera de café expresso hasta el tope. Ni Leonardo ni yo somos grandes chefs, pero cuando reformamos la casa ambos coincidimos en tener una buena cocina: yo porque amo comer, y Leonardo para poder recuperar la energía que gasta en sus horas en el gimnasio. Tomé un cartón de leche entera del refrigerador (beber café cubano con leche descremada es casi un sacrilegio), eché una buena cantidad en una olla y la puse a hervir.

Luego fui a mi oficina, me acomodé en mi silla y miré por la ventana. Me eché hacia atrás en la silla tanto como pude, intentando llegar a ver el nido de las cotorras en las ramas del aguacate. Aquellos pájaros tendían a mostrarse más activos temprano en la mañana. No pude ver nada, por lo que cogí mis binoculares.

¡Allí estaban! Había no menos de una docena de pajarracos verdes brillantes en las ramas más altas. El hecho de que siguieran allí me hizo sentir reconfortada. Supuse que no habían tenido oportunidad de apreciar el hermoso rostro de Tom Slattery cuando estuvo rondando por allí. Su expresión era capaz de ahuyentar a un perro salvaje.

Tomé la carpeta del caso Arango y me puse a hojearla. Necesitaba hacer algunas llamadas antes de partir. Cuando encontré lo que estaba buscando, cogí el teléfono y marqué algunos números.

Cinco minutos más tarde, un aroma delicioso a café invadió mi oficina. Llegué a la cocina justo en el momento en que el contenido de la cafetera comenzaba a derramarse. Serví en mi taza favorita una dosis generosa de café, y le agregué un poco de leche burbujeante y tres cucharadas de azúcar.

El café estaba tan sabroso que mi lengua ni siquiera protestó al quemarse. Llevé el jarro a mi oficina, abrí la caja fuerte y cogí algunos cartuchos de nueve milímetros para mi Beretta. Verifiqué que hubiera suficientes balas y los coloqué junto al arma cargada, dentro de mi cartera. Mujer precavida vale por dos.

Mientras terminaba el café, decidí que esa mañana pasaría por alto el pan cubano que me esperaba en la cocina. Tenía que empezar a trabajar. Sólo me detuve para dejarle una nota, ciertamente críptica, a Leonardo. Le decía allí que no volvería hasta no terminar con el caso Arango. Que entendiera lo que él quisiera. Qué diablos. Ni siquiera yo entendía bien lo que había querido decir. Volví a activar la alarma y fui hasta el Mercedes con una mano dentro de mi cartera, por si había alguien esperándome en el parqueo.

Conduje hacia el sur. En veinte minutos estaba en Best Plants, el vivero de Mariano. Ya eran las ocho, pero el tránsito más denso era en dirección norte. Di una vuelta al lugar, buscando el automóvil de Mariano. Había llamado al vivero desde mi oficina, y él mismo me había atendido. Yo había cortado la comunicación de inmediato.

El Explorer negro no estaba allí, pero en mi segunda pasada por el lugar vi un Chevy azul oscuro parqueado en el sector norte de la playa de estacionamiento, junto a una bolsa con tierra negra. Disminuí la marcha, intentando recordar dónde había visto antes ese automóvil. Me detuve y cerré los ojos por unos segundos intentando visualizarlo en otro contexto. Era una técnica que me había enseñado un detective veterano de White and Blanco.

Y entonces lo recordé. Tomé la carpeta del caso Arango que había traído conmigo y busqué los informes de Marisol. Allí estaba. Era el automóvil de Tom Slattery, el mismo que Néstor había detectado cerca de Solano Investigations unas semanas atrás.

Seguí avanzando, para no llamar la atención, mientras vigilaba atentamente en busca del menor movimiento. Considerando que no había nadie más allí, estacioné el Mercedes junto a un grueso roble. No era el camuflaje perfecto, pero sí el mejor que había en los alrededores.

Mientras apagaba el motor y cogía mi Beretta, sentí que se me aceleraba el pulso. Esta vez no me iban a coger por sorpresa. Recordar lo que estos tipos me habían hecho me llenaba de furia, y no hubiera vacilado en oprimir el gatillo. Antes de salir, toqué las medallas religiosas que mi hermana Lourdes me había entregado para que llevara siempre colgadas de mi ajustador. Aunque sabía que la estaba haciendo trabajar horas extra, volví los ojos al cielo para llamar la atención de la Virgen. Salí del Mercedes y caminé muy lentamente hacia el Chevy, mirando con cuidado en todas las direcciones. No había nadie a la vista.

El Chevy estaba abierto. La bolsa de tierra que había a un costado llevaba una etiqueta: «Productos Químicos Peligrosos», junto a una calavera. Apoyé mi mano sobre el capó del Chevy, que estaba frío. El automóvil había sido estacionado allí hacía dos horas como mínimo.

El olor de la tierra era increíblemente nauseabundo, una mezcla de huevos podridos y otra sustancia indefinida. El viento soplaba sobre el automóvil abandonado, lo cual me provocaba una extraña sensación.

Abrí la puerta del conductor del Chevy y miré en su interior buscando alguna pista. No es que quisiera enfrentarme cara a cara otra vez con Tom Slattery, pero era inimaginable que un detective dejara su automóvil abierto en un lugar como ése. El Chevy estaba limpio, lo cual también era extraño. La mayoría de los detectives privados pasa tanto tiempo en sus automóviles que éstos se convierten casi en una segunda oficina. Me senté en el asiento del conductor y olisqueé. De la parte trasera venía un olor horrible.

Me bajé y di una vuelta alrededor del vehículo. En efecto, el olor que había allí atrás era intolerable. Tuve que combatir el deseo de vomitar, y al mismo tiempo sentí un nudo en el estómago. Sabía que tenía que abrir el maletero, pero no quería hacerlo.

Fui trotando hasta el Mercedes, cogí mi caja de herramientas y busqué la delgada herramienta destinada a abrir automóviles. Volví hacia el baúl del Chevy intentando mantener la calma.

Cuando lo abrí, me golpeó una oleada nauseabunda que me hizo saltar hacia atrás. Al comienzo sólo pude ver que dentro del maletero había más tierra. Pero cuando miré más de cerca, vi que había dos personas.

Miré alrededor buscando algo que me permitiera remover la tierra para poder identificar a los dos cuerpos sin tocar nada. La tierra contenía seguramente algún ácido, u otra sustancia corrosiva, porque los dos cuerpos estaban ya muy deformados. Corrí hasta el roble y me colgué de la rama más baja hasta que ésta cedió. Esto me provocó un terrible dolor en los brazos, pero funcionó.

De pie frente a la horrible escena que veía dentro del maletero, moví la rama mientras intentaba contener la respiración. Eran Tom Slattery y Fernando Godoy. No pude determinar la causa de sus muertes, porque la sustancia química los había desfigurado. Pero no había dudas de que estaban muertos. Ahora que lo sabía, me horroricé. Conmigo se habían comportado como animales, pero nadie merecía ese destino.

Caminando lentamente, volví al Mercedes y me marché. Dos cuadras más adelante, me bajé y llamé a la policía desde un teléfono público. Sin identificarme, les informé del hallazgo de los cuerpos. Supuse que podría dar una explicación convincente si es que encontraban mis huellas en el automóvil de Slattery. En cualquier caso, Tommy resolvería cualquier problema que eso me acarreara. Al fin y al cabo, todo lo que había hecho era cumplir con mi obligación cívica de reportar el crimen.

Dos bajas. Sólo faltaba uno. Llamé a Isabel Arango y colgué cuando me atendió ella. Eran casi las nueve. Ahora fui hacia el norte, rumbo a Coral Gables. El café de la mañana hizo un digno intento por subir por mi garganta. Me alegré de no haberme comido también el pan cubano.

El trayecto hasta la casa de Isabel duró más de lo que yo hubiera querido, porque tuve que vérmelas con el tráfico de la hora pico. De todos modos, la distracción me vino de perlas. De no ser así, me habría venido a la mente la horrible escena que acababa de presenciar. Estacioné el Mercedes una cuadra antes de la casa de los Arango. No había necesidad de anunciar mi llegada.

Caminé con rapidez en dirección a la casa, escondiéndome detrás de los arbustos, y la abordé por un costado. Eché una ojeada para ver si veía el Explorer de Mariano, pero sólo pude ver el Jaguar púrpura de Isabel. Me quedé parada unos instantes, pensando cuál sería mi próximo paso. Tenía la intención de confrontar a Mariano. Mi rabia me impulsaba hacia delante, y la Beretta que llevaba en la cartera me daba coraje. Estaba harta de ser arrastrada de aquí para allá. Quería que esto terminara de una vez. De pronto, oí a mi espalda el ruido de pisadas. Me maldije por dejar que otra vez pasara lo mismo.

—¿Lupe? ¿Qué diablos estás haciendo aquí? —me dijo Isabel Arango. Estaba en bata, y llevaba un ramo de rosas en una mano y unas tijeras en la otra. Suspiré aliviada. Al menos no era Mariano.

—Ven, vamos adentro. Iré a cambiarme.

—En verdad vine a ver a Mariano —dije mientras caminábamos hacia dentro de la casa—. Supuse que estaría aquí.

—No, no está. No lo veo desde ayer, en el hospital. Quiero agradecerte por haber encontrado a mi hijo y haber llamado a la ambulancia.

Entramos juntas a la casa, e Isabel me invitó a esperar en el living. Por el modo como actuaba, éste parecía ser un día igual a cualquier otro para ella. Pero yo ya sabía que con Isabel una nunca podía saber exactamente a qué atenerse. Era una mentirosa de primera.

Me senté en la misma silla dorada y desvencijada que había utilizado cuando entrevisté a los hijos al comienzo del caso. Lo que más deseaba en ese momento era un vaso de agua. Sentía gusto a bilis en mi garganta. Pero nadie apareció para ofrecerme nada.

Finalmente, Isabel surgió ataviada con otro hermoso traje Escada; esta vez, uno rosa claro con botones blancos, de dos piezas. Su habilidad para arreglarse a la perfección en dos minutos me impresionó. La mujer se sentó frente a mí.

—¿Por qué estás buscando a Mariano, Lupe? —me dijo con mirada amistosa.

Respiré hondo, recordándome a mi misma que esta mujer me había mentido y que no tenía la menor idea de cuáles eran sus verdaderas intenciones.

—Porque creo que es el responsable de tres muertes y de dos intentos de asesinato —dije, concentrándome intensamente en su reacción. El desenlace de esta situación era impredecible; yo sabía que mi acusación era terrible.

—¿Qué estás diciendo? —o bien era sincera, o bien a esta altura iba en camino hacia un Oscar a la trayectoria artística. La expresión de Isabel recorrió rápidamente el camino que va de la serenidad a la rabia. La mujer se acomodó en su silla echándose hacia atrás, lista para arrojarse sobre mí en cualquier momento. Yo me repetí a mí misma que estaba frente a una madre dispuesta a defender a su hijo. Tenía que ser muy cuidadosa.

—Comencemos por Reina Sotolongo —dije, contando con los dedos—. Luego, el abogado Fernando Godoy y un detective privado llamado Tom Slattery. Por fin, los intentos de asesinato: el mío y el de Alonso su hijo y hermano de Mariano.

Enfoqué toda mi atención sobre los ojos de Isabel. Quería anticipar un posible ataque.

—¡Estás loca! —Isabel se puso de pie en medio de un ataque de furia—. ¡No estoy dispuesta a escuchar esto! ¡No sé por qué te contrató ese abogado de McDonald, pero lo cierto es que en este mismo momento te despido!

Yo no me había movido.

—Hablemos de Reina Sotolongo. Mariano la mató por lo que ella sabía acerca de...

—¡Cállate la boca! —dijo una voz de hombre detrás de mí. Un terrible escalofrío atravesó mi cuerpo. Me volví y vi acercarse a Mariano, con una enorme Magnum .357 apuntada hacia mí. Yo había estado tan concentrada en Isabel que no lo había oído venir.

—¡No, Mariano! —los ojos de Isabel estaban bien abiertos. La mujer se puso de pie, alta y erguida, y extendió los brazos hacia delante—. Dame ese arma. Ésta no es manera de resolver el problema.

Yo miraba fijamente a Mariano. Muy pronto iba a dispararme. Rogué que su madre tuviera la suficiente influencia sobre él como para detenerlo. El pestillo de seguridad estaba abierto, y el dedo de Mariano temblaba sobre el gatillo. Me pareció que todo sucedía en cámara lenta. De pronto, un teléfono comenzó a sonar. Reconocí el sonido de mi celular, hundido en lo profundo de la cartera Chanel que estaba a mis pies.

—Es mi teléfono —anuncié, intentando hablar con voz tranquila—. Tengo que atenderlo, porque si no sabrán que algo anda mal aquí. Les dije que iba a estar aquí. Tengo que contestar. Siempre contesto.

Era pura mentira, pero no tenía otra posibilidad de salvarme. Mariano se acercó hacia mí, indicándole a su madre que se alejara. El teléfono seguía sonando. La tensión era insoportable; yo sentía la sangre hirviendo correr por mis venas.

—Contesta —dijo—. Pero no digas nada sospechoso. Sólo contesta y luego cuelga.

Mariano estaba a un par de pasos de mí; si me disparaba, no había posibilidad de que errara el tiro. Yo recogí la cartera y miré dentro de ella, como buscando mi teléfono. Pero tomé la Beretta, apunté y disparé a través de la cartera. El culatazo me tiró al piso, pero la bala dio en el pecho de Mariano. El muchacho arrojó su arma y me miró con tal expresión de sorpresa que me dio lástima.

Su cuerpo golpeó con fuerza contra el piso. Yo tomé el teléfono desde el piso y lo atendí, sólo para que dejara de sonar.

—¿Lupe? ¿Cómo estás? —era Leonardo—. Acabo de llegar a la oficina y leí la nota que me dejaste.

Me levanté y me recosté sobre las patas de la silla en la que había estado sentada, con la Beretta todavía en mis manos. Sollozando, Isabel corrió hacia su hijo.

—¿Lupe? ¿Lupe? ¿Estás bien? —mi primo comenzó a gritar.

—Llama a Tommy. Dile que venga a Coral Gables, a la casa de los Arango. Dile que acabo de dispararle a Mariano Arango. Y llama al 911. Que venga una ambulancia. Y también la policía, claro.

Mi voz sonaba trémula. Miré el cuerpo de Mariano, incapaz de comprender que realmente le había disparado.

Apagué el celular, dejando a Leonardo en medio de una frase. Isabel estaba arrodillada sobre su hijo, que yacía de costado con los ojos abiertos. Un charco de sangre cada vez más grande manchó la alfombra.

—¡Está muerto! ¡Tú lo mataste! —dijo Isabel, mirándome con odio—. Murió por mi culpa. Yo soy la responsable de todo.

La mujer parecía dominada por una calma helada, lo cual me aterrorizaba. El arma de Mariano estaba muy cerca de ella, en el piso.

Disparar en el club de tiro no me había preparado para esto. Al oprimir el gatillo, había sentido que era la primera vez en mi vida que tenía un arma en las manos. El olor a pólvora aún llenaba el aire.

—Querías hablar de Reina Sotolongo —dijo, acariciando el cabello de su hijo como seguramente lo había hecho cuando éste era bebé—. Sí, Mariano la mató. Lo hizo para protegernos a su padre y a mí. Mariano no era un asesino ni una mala persona. Lo hizo porque nos amaba.

Nos quedamos un momento en silencio. La escena era surrealista. Isabel levantó la vista hacia mí.

—Reina era una bruja entrometida —dijo con un siseo—. Siempre nos espiaba a todos allí en la tienda. Y esa mañana estaba espiando a Alonso y a Silvia. Maldita sea. He sabido desde hace años que mi marido tiene un *affaire* con ella. Y eso no me molesta.

Con gran ternura, Isabel seguía acariciando el cabello de su hijo.

—Pero Mariano no lo sabía, ¿verdad?

—Mariano piensa que sus padres son perfectos —se lamentó Isabel, mirando su rostro inexpresivo. Era horripilante—. Piensa que el nuestro es un matrimonio ideal. Siempre nos ha dicho cuán feliz lo hace saber que sus padres hayan logrado mantenerse juntos toda la vida.

En ese instante sonaron las primeras sirenas; quedaba poco tiempo. Tenía que sonsacarle a Isabel toda la información posible.

—¿Qué fue lo que ocurrió?

Isabel pensó unos segundos su respuesta, como si tuviera todo el tiempo del mundo.

—Puedo responderte porque de todos modos seguramente tú ya lo sabes —respiró hondo y luego continuó—. Reina vio lo que ocurrió esa mañana. Le dijo a Mariano que había estado allí, escondida en el cuarto de la limpieza y que había visto todo. Solía esconderse y espiar. Le dijo a Mariano que había visto el cuchillo y que, en la confusión, lo había cogido. Pocos días después de la muerte de Gustavo llamó a Mariano para chantajearlo. Le dijo que Alonso y Silvia eran amantes, y le contó también acerca de Gustavo y yo. Quería dinero para irse lejos. Y... Mariano la mató para callarla. No quiso creer que el matrimonio de sus padres no era perfecto. Quería protegernos, pero ya ambos sabíamos que el otro tenía un amante.

—¿Ambos lo sabían? —pregunté con lentitud. Vi unas luces rojas y azules rebotar contra las paredes—. ¿Alonso sabe de su *affaire* con Gustavo Gastón?

—Alonso no es ningún estúpido —dijo Isabel. Seguía acariciando el cabello de Mariano, y tuvo que desviar la mirada—. Habíamos llegado a un acuerdo. Al comienzo funcionó, pero luego comenzó a molestarme que Alonso tuviera una amante y yo no tuviera el mío. Él estaba con Silvia, ¿y yo? Pero cuando me hice amiga de Gustavo, Alonso intuyó enseguida. En la misma época se enteró de que Gustavo era el padre de Alejandra, la hija de Silvia.

Yo estaba sentada en el piso, con mi mente funcionando a toda velocidad. Isabel había comenzado a hablar más rápido, como si quisiera decirlo todo antes de que llegara la policía. En ese instante comprendí que confiaba en mí, o me respetaba. Consideraba importante decirme todo a mí antes que a nadie.

—Conozco a Gustavo de toda la vida —dijo mirando por la ventana—. Su familia y la mía eran vecinas en La Habana. Yo era amiga de su hermana, Alicia, y él era el bebé de la familia. Cuando lo vi en Cayo Hueso me sorprendí enormemente. No podía creer que hubiera logrado escapar. Al comienzo nos veíamos sólo como amigos. Pero luego... tú sabes.

La policía y el equipo médico arribaron al mismo tiempo. Miré mientras los paramédicos intentaban resucitar a Mariano, pero ya no había nada que hacer. Mientras lo subían a la camilla, pude ver el tatuaje en su bíceps izquierdo. Era un corazón con el nombre de su madre en el medio. Antes de que lo cubrieran con una sábana, miré sus ojos por última vez. Se veía joven, inocente y todavía sorprendido. Las lágrimas me nublaron la visión.

Les dije a los policías que mi abogado estaba en camino, y que cuando él llegara respondería a sus preguntas. Como Isabel les explicó pacientemente que su hijo me había apuntado con un arma y estaba listo para disparar, los policías no se preocuparon demasiado por mí. Yo les mostré mi permiso de porte de la Beretta y mi licencia de detective. Isabel actuaba como si el asunto no tuviera demasiada importancia, e insistió en que yo había actuado en defensa propia.

Por la ventana, vi llegar el Rolls de Tommy. Mi amigo corrió hasta la casa con el cabello desordenado, colocándose la chaqueta y tropezando con un cantero de flores. Tocó el timbre, y cuando le abrieron la puerta ya mostraba un aspecto totalmente compuesto.

En una hora me sacó de allí. Isabel se fue a otro sector de la casa, mirándome con una extraña mezcla de vergüenza y alivio. Por mi experiencia con Margarita, sabía que el shock iba a mitigar por un tiempo el dolor de su pérdida. Intenté expresarle con los ojos que lamentaba realmente haberme visto obligada a disparar contra su hijo. Yo misma tenía que recuperarme de aquella traumática experiencia.

Tommy me acompañó hasta la puerta después de que entregara mi Beretta. Los policías colocaron el arma dentro de una bolsa plástica y la guardaron como evidencia. Le dije a Tommy que estaba demasiado shockeada como para manejar. Sólo pensaba en ese momento en lo distinto que era dispararle a un blanco que a un hombre.

Subí al asiento del acompañante del Rolls.

—Más tarde enviaré a alguien para que recoja tu automóvil —me dijo Tommy cuando pasamos junto al Mercedes. Yo se lo agradecí. Últimamente se había ocupado mucho de mí.

—¿Qué diablos pasó aquí?

—Ya oíste. Ocurrió tal como se lo conté a la policía.

—No me refiero a eso —repentinamente irritado, Tommy conducía en medio de un gran tránsito—. Me refiero al caso. Te lo pregunto como empleador y también como tu abogado.

—La explicación final es que lo que mató a ese muchacho fueron todas las mentiras que rodeaban a su familia. Y eso fue también lo que llevó al otro hijo al hospital y al padre a la cárcel. Todo para mantener las apariencias.

Tommy frunció el ceño.

—Me perdí. Explícamelo.

—Silvia Romero mató a Gustavo Gastón, el padre de su hija, para evitar que Alonso padre supiera que era el amante de Isabel. Pero Silvia no estaba al tanto de que Alonso ya lo sabía. Mariano Arango mató a Reina Sotolongo para que su madre no se enterara del *affaire* de Alonso con Silvia. ¡Todo tan inútil, porque su madre lo sabía desde el principio! Y Mariano iba a matarme para que su padre no lo supiera.

—¿Y lo de Slattery y Godoy? —un estremecimiento sacudió a Tommy—. Godoy era una basura, pero no merecía terminar así.

Ahorrándoles muchas horas de trabajo, yo les había explicado a los policías las muertes del abogado y el detective.

—Las cosas seguramente se pusieron pesadas. Mariano estaba furioso por la golpiza casi fatal que le habían dado a su hermano. Tardó un día en satisfacer sus deseos de venganza.

—¡Una verdadera telenovela! —dijo Tommy. Nos detuvimos en un semáforo y mi amigo sacudió la cabeza—. En mi vida profesional me he encontrado con toda clase de locos. Pero estar dispuesto a matar para evitarle a un ser querido una noticia incómoda... Eso ya es demasiado. ¿Tiene que ver con el concepto de familia de los cubanos?

No tenía respuestas para esa pregunta. Miré mi reloj. Eran menos de las doce del medio día.

—Tommy, según lo que acordamos, todavía me quedan seis horas para cerrar el caso.

—¿Y todavía me lo recuerdas? ¿No tuviste suficiente?

—Tengo que atar algunos cabos sueltos —dije con mi mejor sonrisa—. ¿Puedes dejarme en mi agencia?

Silencio.

—Por favor... —seguía sin obtener respuesta de él. Mi hechizo no estaba funcionando; siempre hay una primera vez. Estaba a punto de renunciar cuando recibí una respuesta, no demasiado entusiasta.

—Seguro, ¿por qué no? —gruñó Tommy, dando una vuelta en u ilegal para volver al Grove—. A este paso, tú me vas a tener que pagar a mí y no al revés.

Tommy me dejó en la puerta. Antes de que volviera a arrancar, Leonardo llegó corriendo desde su escritorio. Me abrazó tan fuerte que pensé que me iba a quebrar las costillas.

—¿Estás bien? ¿Te lastimaron? —mientras, me besaba incesantemente en las mejillas—. ¿Necesitas alguna ayuda?

—Estoy bien, estoy bien. No te preocupes —caminé hasta la agencia con Leonardo pisándome los talones. Cuando entré, me senté a su escritorio—. No te ofendas, pero hablamos más tarde. Tengo que hacer algunas llamadas urgentes.

—Lupe, deberías irte a casa. Has vivido una experiencia terrible. Ve a casa, descansa y deja que Aída se ocupe de ti.

—Más tarde, más tarde —fui hasta mi oficina y busqué el número de la zapatería de Rodrigo. Me atendió uno de los vendedores, que me dijo que Rodrigo estaba ocupado—. Búscalo y dile que Lupe Solano lo esperará en una hora en MMV Interiors. Y que será mejor que esté allí.

Colgué, me recosté en el sofá y cerré los ojos. Sentía dolores en todo el cuerpo. Fui a buscar unas aspirinas y luego cargué la Beretta de repuesto que guardaba en la caja fuerte. Luego introduje la pistola en la cartera Chanel que había arruinado con mi disparo. Sólo en una ciudad como Miami podía necesitar dos pistolas en el mismo día.

Le insistí a Leonardo para que me prestara su Jeep, y también para que dejara de molestarme con su propuesta de que me fuera a casa. Me subí al vehículo y me dirigí al norte, hacia el distrito de los diseñadores. Mis manos ya no temblaban. El Lexus de Rodrigo estaba estacionado frente al edificio de la oficina de su esposa. No hay nada como la culpa para que alguien adquiera la virtud de la puntualidad.

Una vez frente a él, preferí evitar las formalidades.

—¡Escúchame, hijo de puta! —comencé.

Rodrigo levantó sus manos.

—Lupe, te juro que no fue idea mía. Sólo la acepté porque me amenazaron. Pregúntales, ellos te lo dirán.

—Ya no pueden hacerlo. Porque tú eres el único que quedó vivo. No tienes escrúpulos, sabes. ¡Secuestrar a una mujer que mide un metro cincuenta!

Los ojos de Rodrigo casi se salen de sus órbitas.

—¿Qué quieres decir con eso de que soy el único vivo?

—Tu socio, Mariano, mató a Fernando y a Slattery.

—¿Godoy está muerto? ¿Y Slattery también?

—Sí, y también Mariano —quería golpearlo con todo. Ya le había dado en la mandíbula; ahora faltaba la yugular—. Acabo de matarlo hace una hora.

Rodrigo comenzó a retroceder lentamente. Excelente.

—Sé cómo fue que te uniste a Godoy y a Slattery. ¿Pero por qué te acercaste a Mariano?

—Fue muy extraño —tenía acorralado a Rodrigo contra la pared de MMV Interiors. El marido de mi amiga comenzó a pronunciar las palabras con rapidez—. Cuando Margarita murió, unos días después del entierro... Fue después de que almorzara contigo en el Versalles, recuerdo eso, porque me remolcaron el automóvil a Homestead... Recibí una llamada de Mariano. Quería conversar conmigo.

Podía adivinar que Rodrigo decía la verdad.

—¿Lo conocías?

—No. Conocía su apellido. Margarita me había contado acerca de la decoración de la casa de sus padres. La cuestión es que me encontré con él en un café. Dijo que lamentaba mucho lo de Margarita y que él la conocía de cuando había decorado la casa de sus padres. Luego me dijo que había escuchado que ella estaba embarazada cuando murió.

—¿Cómo lo supo? No era algo que supiera todo el mundo.

—Lo sé. Yo me sorprendí muchísimo —Rodrigo me miró las manos, y sus hombros se desplomaron—. Me dijo que se lo había dicho su madre. Leonora, la secretaria de Margarita, había llamado a la madre de Mariano para decirle que habían quedado unas muestras de tela para ella aquí en la oficina. Como MMV Interiors iba a cerrar, Leonora quería saber si la señora Arango estaba interesada en las muestras. Y luego comenzó a contarle chismes de Margarita.

Pensé en Leonora, tan charlatana, sola, deprimida, a punto de cerrar el negocio. Probablemente había llamado a Isabel sólo para hablar con alguien, y había terminado contándole secretos.

—Leonora le dijo que Margarita estaba embarazada. Y que yo le había iniciado un juicio al condado. Mariano me dijo entonces que se sentía en la obligación de hacerme saber que Margarita había estado manteniendo un *affaire*. Dijo que quería evitarme la humillación pública de enterarme en el juicio que yo no era el padre del bebé. Decía que el caso iba a tener mucha publicidad y que mi vida y la de Margarita iban a ser puestas bajo la lupa.

Mariano era más hijo de puta que lo que yo había imaginado. Era un veneno. Comencé a sentir cierta felicidad de haberle disparado.

—No había ido a hablar contigo sólo por pura generosidad, ¿verdad?

Rodrigo sacudió la cabeza y soltó una risotada.

—¡Claro que no! Me dijo que, por un porcentaje de la indemnización, él se aseguraría de que el amante de Margarita no interfiriera.

—Pero tú ya sabías que el bebé no era tuyo —dije. Por un instante, Rodrigo se mostró sorprendido; pero enseguida comprendió. Margarita no me lo había ocultado todo.

—No, pero no sabía de quién era.

—¿Y qué conclusión sacaste?

—Mariano me dijo que estaba teniendo problemas financieros con su vivero. Pero creo que había algo más. La manera como hablaba de Margarita me convenció de que él estaba enamorado de ella, y creo que estaba celoso de su hermano.

Yo no dije nada. Pero, aunque sólo fuera en este punto, estaba de acuerdo con Rodrigo: Mariano Arango había sido un hijo de puta.

—¿Y entonces aceptaste su propuesta?

—No, le dije que lo pensaría un tiempo.

No se necesitaba ser un genio para deducir el resto.

—Entonces fuiste con tu nuevo amigo, Fernando Godoy, y le contaste de tu encuentro con Mariano Arango.

—Lupe, eres realmente inteligente —Rodrigo me sonrió; a mí ya no me importaba lo que dijera ni lo que dejara de decir.

—Y Godoy te dijo que podías hallar al amante sin ayuda de Mariano, con lo que te ahorrabas el porcentaje del botín que él pedía. Pero para no descartar ninguna posibilidad simulaste que le seguías la corriente a Mariano. Fue por eso que Godoy envió a Slattery a seguirme: para que yo los guiara hasta el amante —no necesitaba la confirmación de Rodrigo para saber que estaba en lo cierto—. ¿Pero por qué la golpiza al hermano de Mariano?

—No se suponía que eso pasara —dijo Rodrigo, ansioso—. El propio Slattery decidió hacerlo de esa manera para atemorizarlo. Mariano no sabía que ése era el plan. No quería que tocaran a su hermano, pero la ambición mató a Slattery y a Godoy. La cosa se nos fue de las manos —Rodrigo se pasó los dedos por el cabello. Se lo veía exhausto, lo cual no me extrañó; últimamente había estado muy ocupado—. Y en cuanto a ti... ya sabías demasiado. Godoy te quería sacar de en medio. Pero créeme, Lupe, yo no tuve nada que ver con eso de encerrarte en la joyería. ¡Nada que ver!

Su mirada se dirigía cada pocos segundos a mi cartera, como esperando que yo sacara un arma.

—¿Y entonces por qué no viniste a liberarme cuando los otros se fueron?

—Iba hacerlo, te lo juro. Tú eras la mejor amiga de Margarita. Ni por un millón de dólares hubiera dejado que te ocurriese algo.

No sé qué me resultaba más desagradable, si las mentiras de Rodrigo o el tono de súplica con que las decía.

—Mariano enfureció cuando descubrió que te habías escapado —dijo—. Godoy y Slattery tenían la responsabilidad de cuidarte mientras él pensaba una manera de deshacerse de ti.

Extraño, pensé. Mariano estaba furioso porque le habían dado una golpiza a su hermano, pero lo que realmente lo sacó de las casillas fue la incapacidad de Slattery y de Godoy para evitar que me escapara mientras él pensaba en la forma de matarme.

Ya había escuchado suficiente.

—Ya puedes callarte, Rodrigo. Y si quieres seguir con vida, escucha muy bien lo que voy a decirte. Voy a dejarte ir y no te delataré a la policía, pero sólo con una condición.

Rodrigo adoptó una súbita expresión de júbilo.

—Lo que sea. Lo que tú digas.

—En cuanto vuelvas a tu oficina, desistes de tu demanda al condado. Antes tendrás que conseguirte otro abogado, porque el tuyo está abonando las flores en el cementerio.

Lo miré a los ojos y abrí mi cartera Chanel.

—Si no... —Rodrigo no atinó a moverse cuando oprimí la Beretta contra sus costillas.

—Juro que haré lo que tú digas... —tartamudeó—. Llamaré al primer abogado que encuentre en las páginas amarillas.

—Que quede claro que sólo te dejo ir por Margarita. Ella era mi mejor amiga y no quiero que su imagen se vea embarrada por unos míseros dólares. Ni quiero que hagas dinero a costa de su cadáver.

—Entiendo —susurró Rodrigo.

—Será mejor que la dejes descansar en paz —dije siseando—. Eres una mierda, Rodrigo. Una verdadera mierda. Un tremendo hijo de puta. Y siempre lo has sido. Pero Margarita se casó contigo y yo tengo que respetar su decisión. ¡Retira la demanda y vuelve a tu chiquero!

Oprimí con más fuerza la Beretta contra sus costillas. El infeliz comenzó a castañetear los dientes.

Lo dejé en ese estado deplorable y volví al jeep. Si la suerte me acompañaba, nunca más vería a esa lacra. Estaba segura de que su cobardía lo haría cumplir con su promesa. Yo tenía la posibilidad de mandarlo a la cárcel, o algo peor. Con mucho gusto llevaría a cabo mi amenaza. Había comenzado el día como una detective que abjuraba de las armas de fuego, y lo terminaba convertida en una suerte de Rambo en versión femenina.

Ver el Mercedes parqueado en el lugar habitual me llenó de alegría. Que Dios bendijera a Tommy, que siempre se ocupaba tan bien de mí. Y que volvería a hacerlo ejerciendo sus virtudes de abogado, para sacarme de todos los líos en que me había metido por culpa del caso Arango.

Cuando estacioné el jeep, eran exactamente las tres de la tarde. Había terminado con el caso tres horas antes del límite.

41

Sam respondió el teléfono, escuchó por un momento y luego me alcanzó el aparato sin decirme nada. Era la primera llamada que recibía en los seis días que había estado en Cayo Hueso. Sam y yo habíamos estado muy ocupados... comiendo, durmiendo y bebiendo. Mi mente y mi cuerpo habían recuperado un cierto parecido con lo que habían sido antes de que yo oyera pronunciar por primera vez el apellido Arango.

—Hola, Tommy. ¿Cómo estás?

—No quiero interrumpir tus vacaciones. Pero me pareció que querrías escuchar esto.

Había dejado instrucciones cuidadosas de que no me molestaran. Leonardo se había quedado a cargo de la oficina y Tommy de mis urgencias legales. Estaba en buenas manos.

—Antes que nada, dime una cosa: ¿estoy en problemas?

—Claro que no. Tengo todo solucionado y tú estás tan limpia como un bebé recién bañado. Nunca olvides que soy el mejor. Le he dicho a la policía que te estás recuperando en un lugar secreto.

—Gracias, Tommy.

Un sentimiento de gratitud hacia mi amigo-jefe-abogado invadió todo mi cuerpo. Me quedé un momento mirando el ventilador, que daba vueltas en el techo, y luego bebí un largo trago de mi Margarita.

—También oí por allí que Aurora Santangelo, tu vieja amiga, está dedicada a perseguir a vendedores de droga de poca monta en un juzgado de Hialeah. Dicen que su jefe consideró que se estaba tomando el caso como un medio para vengarse de ti.

—¡Por fin se dan cuenta!

—¿Y adivina quién es su nuevo jefe, el responsable de su descenso al infierno...? Ni más ni menos que tu ex, Charlie Miliken.

Tommy rió entre dientes. Le encantaba darme este tipo de noticias.

Comencé a reír a carcajadas. Pensé que Aurora no necesitaría por el momento el teléfono de la persona que se encargaba de los carteles. Y pensé en Charlie, quien en ese mismo instante estaba seguramente sumergido en un Jack Daniel's y en una nube de humo de Marlboro.

—¿Algo más? —pregunté en medio de una risotada.

—Saqué a Alonso padre de la cárcel, al menos por el momento. Y revisamos juntos todo lo que había sucedido. Él estaba muy avergonzado. Le pregunté para qué había querido contratar a un detective, puesto que su familia tenía tanto que esconder.

Yo me había preguntado lo mismo.

—Me muero por saberlo, Tommy. ¿Qué contestó?

—El viejo dijo que cuando te conoció en la Stockade pensó que yo sólo quería contratarte porque eras mi novia, y no por tu habilidad como detective.

—Estás bromeando —bebí otro trago de mi Margarita. Estaba demasiado relajada como para ofenderme—. En parte tenía razón, ¿verdad?

—Juro que eso fue lo que me dijo —Tommy lanzó una carcajada—. Accedió a contratarte porque pensó que eso iba a hacerme feliz. Dijo que nunca hubiera pensado que una «chiquilina» como tú sería capaz de descubrir nada.

Tommy, poseído por un ataque de risa, estuvo a punto de aho-
garse. Yo me contagié de él. Vacié el vaso de margarita, colgué y me
eché hacia atrás, dejándome atrapar por la brisa de la tarde.

«¡Los hombres!», me dije. Y seguí riéndome sola un rato más.